남가일몽
南柯一夢

남가일몽 1

원도연 新무협 판타지 소설

초판 1쇄 찍은 날 § 2002년 8월 10일
초판 1쇄 펴낸 날 § 2002년 8월 20일

지은이 § 원도연
펴낸이 § 서경석

편집장 § 문혜영
편집책임 § 박영주
편집 § 장상수 · 김희정 · 권민정 · 이종민
마케팅 § 정필 · 강양원 · 김규진 · 안진원

펴낸곳 § 도서출판 청어람
등록번호 § 제1081-1-89호
등록일자 § 1999. 5. 31
어람번호 § 제2-0120호

주소 § 경기도 부천시 원미구 심곡1동 350-1 남성B/D 3F (우) 420-011
전화 § 032-656-4452   팩스 § 032-656-4453
http://www.chungeoram.com
E-mail § eoram99@chollian.net

ⓒ 원도연, 2002

값 7,500원

ISBN 89-5505-453-X (SET)
ISBN 89-5505-454-8 04810

원도연 新무협 판타지 소설

남가일몽

南柯一夢

1
종즉시 (終則始)

도서출판
청어람

목
차

 ❶ 종즉시(終則始)

제1장
다시 얻은 시작을 향하여

다시 얻은 시작을 향하여

"휴우~"

밀려오는 걱정거리와 한숨에 진현은 안 되는 줄 알지만 담배를 하나 물었다. 라이터에 맺힌 불 사이로 담배를 가까이 가져갔더니 이내 가슴속 깊은 곳까지 흰 연기들이 몰려드는 것 같은 느낌을 받았다. 하지만 조금의 편안함도 잠시, 안 되는 줄 알면서 한 결과로 진현은 얼굴을 찡그리며 기침을 하였다.

"콜록, 콜록… 제길… 이젠 더 심하군 그래……."

멀리 창밖으로는 화려한 네온사인과 부산한 인파들이 보이지만 거기에 낄 수 없는 자신이 얼마나 비참한지 진현은 다시 한 번 깨달았다. 책상 위에는 영어로 된 원서들과 여러 장의 씨디, 그리고 진현이 얼마 전에야 구입한 노트북이 있었다. 진현은 그것들을 보면서 곧 자신이 해야 할 일을 생각하고는 자리에 앉아 열심히 노트북의 자판을 두드리며 연신 원서들을 훑었다.

띠리링— 띠리링—

진현은 자신의 휴대폰이 울리자 받을까 말까 고민을 하다 곧 폰을 들었다.

「야! 이제야 연락이 되는구나.」

"후후, 동민이냐? 왜 전화했어?"

진현은 상대방이 그의 절친한 친구인 동민인 것을 확인하고 그의 얼굴을 떠올리며 입가에 미소를 지었다.

「야! 너, 지금 일하고 있지?」

동민이 이렇게 묻는 이유를 알면서도 바른대로 말할 수 없었던 진현은 동민이 걱정하는 바를 해소시켜 주었다.

"아냐, 지금 자고 있었어."

「그래, 좀 쉬고 있어라. 너, 몸이 말이 아니잖아. 의사 선생님이 말하신 것처럼… 남은… 기간 동안… 푹 쉬다… 가.」

계속해서 울먹이는 동민의 말을 듣는 진현은 다시금 자신의 현실을 느꼈다. 이제 한 달도 제대로 살지 못하는 몸을 가진 자신. 옛날부터 약한 몸을 가지고 잦은 병치레를 하였으나 몸이 이토록 망가진 줄은 정말 몰랐었다. 갑작스런 현기증과 함께 각혈을 해 병원에 갔더니 폐암 말기라니……

「너, 이제 네 동생 걱정일랑은 하지 말고 네 몸만 생각해… 알겠지…….」

"후후, 알았어. 그래, 고마워."

자신을 이토록 걱정해 주는 친구의 말을 들으며 자신의 인생이 그리 헛되지 않았음을 느꼈다. 솔직히 진현은 자신의 삶을 그리 비관하지 않았다. 어렸을 때부터 잔병치레로 고생하였고, 그것으로 인해 많은 걸 잃어야 했지만 자신보다 더 어려운 삶을 살아야만 하는 동생이 있었기에 삶을 비관할 겨를이 없었다는 것이 더 솔직한 표현이었다. 자신을 위해 힘든 몸을 이끌고 사회로 뛰어들어야 했던 동생의 나이는 고작 열일곱이었다. 이제 내가 이 아름다운 동생을 위해 희생을 해야 한다는 생각이 진현의 머리 속에 가득 차 있었다. 하지만 그에게 시간은 얼마 남지 않았고 이번 의뢰를 끝으로 그녀에게 아무것도 해줄 수 없다는 걸 알기에 진현은 더욱더 다급해졌다. 그리고 동생을 두고 떠나야 한다는 것이 너무나 안타까웠다. 동생 지현이를 생각할 때마다 아직도 자신의 건강 때문에 기도를 하는 그 모습이 눈에 선했다. 그런 그녀의 바람이 헛되게 걱정만 하게 하는 자신이 못내 아쉬웠다.

"…오빠… 일어나… 일어나서 날 봐……."
귀에 선명하게 들리지만 눈에는 희미하게만 보이는 지현의 모습에 진현은 눈을 크게 뜨려고 노력했다. 하지만 자꾸만 감기는 자신의 눈에서 눈물이 나오는 것을 느끼지도 못한 채 동생의 모습이 보이지 않는 것만을 탓하는 진현의 모습에 지현은 가슴이 아려왔다. 만약 자신의 삶을 줄 수만 있다면 자신의 생을 반으로 나누어 주어 함께 살다 같은 날 하늘로 올라가는 꿈을 꾸던 그녀에게 이러한 현실은 참으로 비정하게끔 느껴졌다.
"지현… 아… 미안해……. 이젠… 오빠가 널 안아… 주지도… 못하겠네……. 우리 지현이… 웨딩… 쿨럭… 웨딩드레스 입는 것도 봐야 하는데… 쿨럭… 쿨럭……."
"오빠… 말하지 마… 난 다 알아… 오빠가 말하지 않아도 다 알고 있단 말야… 흑흑흑……."

자꾸만 각혈을 하며 힘겹게 말을 이어가는 오빠의 모습에 그녀는 그만 참고 참았던 눈물을 쏟아내고야 말았다. 하지만 자신이 우는 걸 알면 오빠가 더 슬퍼할 것을 알기에 숨죽여 울 수밖에 없었다.

'어린 시절 다른 아이들보다 유난히 몸이 약했던 오빠는 자기 몸 추스르기에도 벅찼지. 그런 오빠가 억지로 몸을 일으키며 집안을 꾸려나간 것은 마지막 희망이었던 어머니가 돌아가셨을 때일 거야. 그때 나는 어렸을 때라 무작정 울기만 했고, 그런 나를 달래느라 오빠는 그렇지 않아도 힘든 삶에 짐을 하나 더 보태야만 했어. 그러던 오빠가 쓰러진 건 내가 열일곱 살 때였어. 아무래도 성치도 않은 몸으로 무리를 한 오빠의 몸에 이상이 왔나 봐. 하지만 병원에 갈 형편이 되지 못했던 오빠는 자꾸만 괜찮다는 말로 나를 달랬고 난 미심쩍었지만 오빠를 믿었기에 그 말을 곧이곧대로 받아들여야만 했어. 하루가 다르게 창백해져 가는 오빠는 언제부턴가 집에서만 일하게 되었어. 영어로 된 원서를 번역하는 거였는데… 머리가 좋은 오빠는 곧 그 일에 적응하며 차츰 건강을 찾아가는 듯했어. 아니, 그렇게 보이려고 오빠가 노력했던 거지. 그렇게 오빠와 난 같이 일하며 열심히 돈을 모은 덕에 집 형편도 풀리고 안정을 찾아가기 시작했어. 그런데 어느 날 평소보다 집에 일찍 들어온 나는 회사 일 때문에 서류를 찾다가 못 보던 통장과 흰 봉투 하나를 보게 되었어. 평소라면 그냥 지나칠 거지만 이상하게도 내 몸을 이끄는 느낌에 난 그것을 살펴보았지. 통장에는 내 명의로 된, 무려 오천만 원이나 되는 거금과 병원에서 나온 듯한 소견서와 영수증이 있었어. 그 소견서에는 의사의 당부와 함께 병명이 써 있었는데… 거기

엔 오빠 이름과 함께 폐암 말기라는 단어가 박혀 있었어. 그렇게 망연
자실하게 앉아 있던 난 급히 오빠를 찾았고 이내 환한 웃음으로 다가
오는 오빠를 보게 되었어. 아무렇지도 않게 한 달 정도 남았다는 오빠
의 말을 믿을 수 없었고 그런 오빠가 정말 미웠어. 처음에는 이런 현실
이 싫고 이런 중요한 것을 말하지 않은 오빠가 싫어 집에도 들어오지
않았지만 오빠의 심정을 알게 되자 오빠와 난 그렇게 한참을 울었어.
오빤 조용히 가고 싶었대… 내가 너무 아파할 걸 누구보다도 잘 아는
오빠니깐 차마 입이 떨어지지 않더래……. 미안했어… 정말 미안했
어……. 나 혼자 건강하고 아무것도 도움이 되지 못하는 내 자신이 너
무나 싫고 오빠에게 미안했어. 그래서 조금이나마 보탬이 되고자 새벽
기도를 가던 어느 날 기도를 마치고 집에 와보니 격한 기침과 함께 각
혈을 하는 오빠를 보게 되었어. 내가 잘 안 보이는지 자꾸만 손으로 내
얼굴을 확인하려 하고, 떠나야만 하는 것이 싫은지 나를 품에 안고 있
었어. 나의 조그만 울음소리에도 손을 떨며 환한 미소를 짓던 오빠는
잠시 동안 그렇게 괴로워하다 내 품에서 영원히 잠들고야 말았어. 나
와 헤어지기 싫은지 나의 손을 꼭 잡고서 말이야. 오빠, 미안해… 그리
고 사랑해… 다음에는 우리 정말 떨어지지 말자… 꼭 약속해야 돼…
오빠, 정말 사랑해…….'

　　'어서 떠나요.'
　　'하지만…….'
　　'어서요. 조금만 기다리면 동생도 올 거예요.'
　　'그렇지만…….'
　　'다음 생(生)을 사는 동안 그 기다림은 충분히 보상받을 거예요.'

‘그럼 제가 환생이라도 한다는 말인가요?’

‘그래요.’

‘하지만 그러면 오히려 지현이가 많이 기다릴 텐데……’

‘그건 걱정 하지 말아요. 그녀도……’

‘바람이 한 가지 있어요.’

‘뭔가요?’

‘제가 다시 환생을 한다면 부디 건강한 몸으로 태어나게 해주세요. 다시는 사랑하는 사람에게 걱정 끼치게 하고 싶진 않아요.’

‘후후후, 걱정하지 말아요. 그대 말처럼 이루어질 테니까.’

‘……’

*　　　　*　　　　*

끼이익.

대로(大路)를 급정거하다시피 서버린 마차 안에서 중년의 의원과 함께 그의 수행원으로 보이는 사내들이 급히 나오더니 바로 마차 앞에 위치한 장(莊)의 문으로 들어갔다. 갑자기 나타나 급정거해 버려 아슬아슬하게 옆으로 비켜 버린 많은 사람들이 그 마차를 향해 욕을 했다.

“아니, 대로에서 저렇게 마차를 몰다니! 정신이 있는 거야, 없는 거야?!”

“그러게 말이야.”

장이(張二)의 말에 동조를 하던 조문(曹文)과 장이였다. 우삼(愚三)은 마차가 저렇게 급히 온 것에 대한 이유를 알고 있었기에 설명을 해주었다.

"자네, 아직 소식이 늦군 그래. 저 마차가 뭔지 모르나?"

"아니, 내가 그걸 왜 모르나. 저건 광의당(廣醫堂)의 마차가 아닌가."

당연하다는 듯 대꾸를 하는 조문에게 우삼은 천천히 말해 주었다.

"그래, 그럼 저 광의당의 마차가 왜 세가(世家)로 들어가는지 이유를 아는가?"

우삼의 말에 조문과 장이는 그것까지는 모르겠다는 듯 고개를 옆으로 저으며 우삼의 말을 기다렸다.

"저 광의당의 마차가 말이네, 부리나케, 그것도 꽁지가 빠지게 온 이유는 말이네. 바로 세가에 변이 생겼기 때문이네."

"헉!"

우삼의 말에 나머지 두 사람은 깜짝 놀라며 혹시 누가 들을세라 주위를 살폈다.

"이 사람… 자네, 미쳤나? 세가의 앞이나 마찬가지인 이곳에서 그런 재수없는 말을 하다니… 경을 치고 싶은 건가?"

쏟아지듯 말하는 조문의 눈에서는 세가에 대한 존경의 눈빛이 흘러나왔다. 그때 그의 생각을 무참히 깨버리는 말이 있었다.

"우삼의 말이 맞네. 지금 우리 세가에 큰일이 생겼네."

조문은 이 말의 주인공이 다름 아닌 세가의 살림살이를 도맡아 하는 황 노공(黃老公)이자 우삼의 말이 사실임을 알았다. 하지만 자세한 사실을 모르더라도 세가에 일이 났다는 말만으로도 이토록 가슴이 뛰는 것 같은데 그 내막을 알고 나면 어찌 될지 두려웠다. 자신이 차마 가슴이 뛰어 물어보지 못하는 것을 장이가 해결해 주었다.

"그럼 세가에 무슨 변이 났다는 것입니까?"

장이의 말에 황 노공은 우선 표정을 일그러뜨리며 신음을 먼저 토해

냈다.

"으음… 어디서부터 말해야 할지 모르겠군 그래……."

황 노공이 이번 일의 속사정을 차근차근 털어놓았다.

한편 근원지라고도 할 수 있는 세가 안에서는 침울한 기운이 흐르고 있었다.

"심 의원님, 방도가 없다는 말씀이십니까?"

"대체로 이런 경우는 당사자 본인만이 해결할 수 있는 것이고 더구나 이번 같은 것은 이미 손을 쓸 수 있는 기한도 지났는지라… 아마도 화타나 편작이 다시 온다 해도 어려울 것이라 생각됩니다."

단후명(段厚鳴)도 이미 그것까지는 알고 있는 사실이건만 남이 아닌 자기 자식의 문제라 계속해서 미련을 가질 수밖에 없었다. 더욱이 아들이 둘이라면 나머지 하나에게라도 기대를 걸 수 있겠지만 유감스럽게도 하나, 그것도 삼대독자라 하늘이 무너지는 것 같은 슬픔을 느껴야만 했다.

심 의원은 자신의 잘못이 아니건만 계속해서 죄송하다는 말만을 반복하고 있었고, 그 옆에는 자신의 부인인 단목빙(端木氷)이 솟아오르는 눈물을 참지 못하고 방 안을 울음바다로 만들고 있었다.

"하지만 한 가지 방도가 없는 것은 아니……."

작은 목소리로 말하는 심 의원의 말이었지만 귀가 번쩍 뜨이는 단후명이었다.

"그게 무슨 말이오? 그렇다면 방법이 있단 말이오? 조금 전까지만 해도 없다고 하지 않았소. 아니, 그런 걸 따질 게 아니지. 그래, 그게 무슨 방법이란 말이오?"

횡설수설하는 단후명을 보며 깊은 부정(父情)을 느끼는 심 의원이었지만 쉽게 말하기에는 너무도 그 후유증이 컸다.

"잠시 저랑 따로 보시면 안 되겠습니까?"

세심헌(洗心軒).

마음을 닦는다는 주인의 고결한 의지가 담겨 있는 방 안에는 이 서재의 주인이자 이 세가의 주인인 단후명과 심 의원이 앉아 있었다.

"어서 말해 보시오. 이러다 가슴이 다 타겠소."

천하에서 가장 침착하기로 소문난 그가 이렇게 당황하며 서두르는 기색이 완연하자 심 의원은 또다시 깊은 부정을 느낌과 동시에 고소를 금치 못했다.

"예, 사실 공자님은 어떤 질병도 아니고 병마가 찾아와 그런 것도 아닌 내가(內家)의 길을 걸으시다 그리되신 것은 잘 알고 있으시리라 봅니다. 차라리 병마로 인해 그렇다면 쉽게 고치기나 할 것이지만 내가의 문제라면 그에 대한 대처는 없는 거나 마찬가지옵니다. 하지만 모든 것에는 길이 있는 법. 아무리 내가의 문제라지만 길이 전혀 없는 것은 아닙니다. 원래 주화입마(走火入魔)란 내가에서 말하기를 내기(內氣)를 운용함에 있어서 심마(心魔)나 혹은 다른 이유에 있어 방해를 받았을 때 그 내기가 경혈로 스며들어 굳어지는 현상을 말합니다."

단후명은 심 의원이 자꾸 본론으로 들어가지 않고 겉만 맴돌자 답답함을 느끼고는 성화를 부렸다.

"그 내기가 경혈로 스며들어 굳어질 때 그 강도에 따라서 당사자 본인의 생사 여부나 후유증이 결정된다고 봐도 무리가 없습니다. 특히 그 내가지공(內家之功)이 정묘하면 할수록, 그 본 위력이 크면 클수록 그와 비례하여 주화입마의 피해 정도도 같이 커진다 할 수 있습니다.

공자님의 경우 어떤 공부인지는 몰라도 피해 경우를 봐서 아주 현묘한 공부인지라 그 피해가 더욱 크다 할 수 있습니다."

그 말에 단후명은 잠시 생각에 잠겼다. 아마도 운(雲)이는 가전무공(家傳武功)을 익히다 저렇게 된 것 같은데 자신의 가문이 이렇게까지 성세를 이루게 한 무공인지라 더욱 할 말이 없었다. 그리고 그 주화입마를 당했을 때의 피해 정도도 유추해 낼 수 있어 더욱 희망이 줄어드는 걸 느끼는 단후명이었다.

그런 단후명을 보며 심 의원은 잠시 그가 생각할 여유를 주었다가 다시 말을 이어갔다.

"제가 이곳으로 와서 공자님의 몸을 살펴봤을 때 한 가지 이상한 점을 발견할 수 있었습니다. 그건 바로 아직까지 살아 계시다는 점입니다."

심 의원의 말에 바로 발끈하며 노화를 터뜨리려 했으나 상대가 상대인지라 단후명은 다음 말을 기다렸다.

"아마 제 말이 이해가 안 되실 겁니다. 그 강대한 무공을 익히다 그리되셨으면 저의 짐작으로는 벌써 목숨을 잃으셔야 말이 되는 것인데… 이상하게도 아직까지 숨이 붙어 계시다는 겁니다. 어떤 호심지기(護心之氣)라도 있어 그렇다면 이해라도 될 것이지만 아무런 이유가 없건만 아직까지 살아 계신다는 것은 아마도 부처님의 가호가 있지 않았나 생각이 됩니다. 그래서 생각한 것이, 이미 죽으셨어야 이치인데 아직 살아 계신다면 깨어나는 것도 희망을 가질 수 있다는 것이 제 생각입니다."

듣고 보니 심 의원의 말에 한 치도 틀린 것이 없었다. 물론 단후명도 그것을 알 수 있었지만 아들의 문제라 이성을 차릴 여유가 없었던 것이다.

"물론 이대로 평생을 식물인간으로 살아가실 수도 있습니다. 하지만 전자의 확률이 반이라면 정신을 차릴 수가 있는 확률도 반입니다. 그래서 저는 한 가지 모험을 하고자 합니다."

모험이라는 말에 불안감을 느꼈지만 자신까지 그런 기색을 하면 자신의 부인을 떼어놓고 이곳에서 말하고자 한 심 의원의 의도가 없어지는 것이기에 단후명은 침착하게 심 의원의 말을 기다렸다.

심 의원은 자기 자식의 문제라면 그 어떤 이라도 흥분할 것인데 침착하게 자신의 말을 기다리는 단후명을 보자 과연 명불허전이라는 생각을 하였다.

"의가(醫家)에서는 사람을 살릴 때 모든 방법을 쓰고도 별 차도가 없으면 쓰는 방도가 하나 있습니다. 하지만 믿기에는 성공 확률이 떨어질 뿐더러 위험하기까지 해서 보호자의 양해를 구한 뒤에나 하는 것이기도 합니다. 그 방법이란 바로 인체의 기를 격발시키는 것입니다. 아시겠지만 사람의 몸에는 내가공부를 통해 쌓은 기가 아니라도 선천지기(先天之氣)라는 얼마만큼의 기가 내포되어 있습니다. 그 힘은 자신이 극한 상황이나 무의식 중에서 발현이 되기도 합니다. 예를 들어 수레에 깔린 아기의 엄마가 자신의 두 배나 되는 수레를 들어 올리는 일이 종종 있는 이유도 그들이 이 힘을 발현했기 때문입니다. 제가 공자님에게 쓸 방도도 바로 이 선천지기를 발현시키자는 겁니다. 물론 그 방법은 여러 가지가 있습니다. 독물을 이용하여 발현시키는 방법도 있겠고 내가공부가 극에 이른 사람이 자의로 격발시키는 방법도 있습니다. 하지만 위의 두 가지 방도는 그 위험 부담이 너무나 크기 때문에 실로 어렵다 할 수 있습니다."

심 의원의 조리있는 말에 단후명은 저절로 고개가 끄덕여졌다. 아닌 게 아니라 독물을 이용하는 방법은 역사에서 말하는 신의(神醫)가 쓴 방법인데 독이 오히려 약이 되는 경우를 말한다. 예로부터 독을 이용해 약 처방을 하는 경우는 종종 있었다. 하지만 내가공부와 관련해 그런다는 것은 아직 전례가 없기 때문에 그 위험 부담이 크다는 것이다. 그리고 내가공부의 극을 이룬 사람이 상대방의 몸으로 기를 넣어 선천지기를 격발한다는 것은 너무도 위험한 일이라 할 수 있었다. 만약 내가진기를 전수한다는 명목 아래 진기를 흘려 넣는다면 그 성질이 같은 내공이 한데 어울릴 것은 이미 밝혀진 사실이다.

하지만 사람마다 다른 고유의 선천지기에 내가진기를 흘려 넣는다면 이것은 마치 사파의 심법을 익힌 자에게 불가의 승려가 내공을 전해주는 것과도 같았다.

"이 두 방법 말고도 또 다른 한 가지 방도가 있긴 합니다. 하지만 이건 의가에서도 멀리할 뿐더러 정파(正派)에서는 좌도방문(左道傍門)이라 여기는 것이라……."

말을 흐리는 심 의원을 보고 단후명은 자신의 아들을 살릴 방법이라면 자신의 목숨이라도 내놓을 자신이 있었기에 계속해서 말을 하라 일렀다.

"그 방법이란 성합(性合)을 이용해 그 선천지기를 발현시키는 것입니다. 제가 알기로는 아직 공자님도 동정의 몸을 유지하고 계시니 순양지기(純陽之氣)를 보유하고 계실 겁니다. 거기에 순음지기(純陰之氣)를 가진 여인, 아직 사내를 알지 못하는 여인과 성합을 한다면 그 선천지기가 깨어날 확률은 아주 크다 할 수 있습니다. 만약 그 여인이 순음지기뿐 아니라 구음(九陰)의 몸을 가진 여인이라면 이 참에 구음까지

고칠 수도 있고 공자님이 깨어날 수 있는 확률은 더욱 커질 겁니다."

이제 자기가 할 말은 다 끝났으니 이제는 당신이 결정을 할 때라는 듯 심 의원은 단후명은 지그시 바라만 보고 있었다. 그 말을 듣고 있던 단후명은 오랜 시간 동안 생각에 빠져 있다가 눈을 떴다. 그리고 그는 그가 알고 있는 친구 하나를 떠올리며 눈에서 확연히 알 수 있는 결심의 빛을 발했다.

"화련(華蓮)아, 지금이라도 네가 싫다면 물릴 수 있단다. 그러니 잘 생각해라."

"아닙니다. 이미 저의 몸은 그분께서 주신 거나 마찬가지입니다. 그런 분의 부탁을 어찌 소홀히 하겠습니까?"

아직 어린 티가 나긴 하지만 실로 말로는 표현하지 못할 아름다움을 가진 소녀가 대답을 하자 그를 바라보던 중년인의 음성에선 신음이 절로 흘러나왔다.

"아… 하지만 이건 너의 인생이 걸린 것이다. 아무리 너의 병을 고쳐주어 너로 하여금 새로운 생을 살게 하였다고는 하나 너의 평생이 걸린 것……."

차마 말을 끝까지 못하는 아버지를 보며 사마화련(司馬華蓮)은 눈물이 앞을 가리는 것 같았으나 참고 또 참았다. 그녀 역시 슬픔을 토해내면 그걸 보는 아버지의 심정이 어찌 될 것인지 알기 때문이다.

"다시 생각을 해도 이건 아니다 싶다. 그러니 다시 한 번 잘 생각해보아라. 아무리 네가 그 친구로부터 새 삶을 받아 살아간다고 해서 그런 부탁을 받았다지만 그건 그 녀석이 정상일 때 할 수 있는 일. 그 아이가 정상이라면 내가 앞장서서 나설 것이지만 생사를 헤매는 그 녀석에게 네가 가버린다면 너의 앞날은 한 치도 내다볼 수 없을 것이다. 그 친구도 그건 이해할 거다."

"아닙니다. 제가 생사를 헤맬 때 그분께서 도와주시지 않았다면 지금의 저는 없었을 겁니다. 그런데 그분의 아드님이 한 치 앞을 알 수 없는 상황일진대 제가 제 생각만 하여 모른 체한다면 이건 도리가 아니라고 생각합니다. 그리고 세가의 부탁을 저버린다면 아마도 저희 세가와는 반목하게 될 것이 자명하다 할 수 있는데, 세가와 반목한다면 맹에서도 아버님의 입장이 곤란해지실 것은 불을 보듯 뻔한 일이기에 더욱더 안 된다고 생각합니다."

차분하게 자신의 생각을 말하는 자신의 딸을 보며 사마추현(司馬秋賢)은 너무나 가슴이 아팠다. 아무리 친구 사이라 해도 자신의 자식이 걸리는 문제는 다를 수밖에 없었다.

사마화련은 홀로 방에 남아 이제 다시 볼 수 없을지 모를 자신의 방을 둘러보며 생각에 잠겼다. 한데 좀 전의 슬픈 기색과는 달리 생각에 잠기며 무언가 결심을 하듯이 중얼거리고 있었다.

'상대는 천하제일가(天下第一家)다. 좋고 싫고는 이미 떠나 버린 이야기다. 어쩌면 이 일로 오래전 금성(禁城)의 일로 인해 실추된 우리 가문의 영광을 되찾을 수도 있을 것이다. 아무리 천하제일가의 독자라고는 하나 아무 힘도 없는 어린아이에 불과한 것. 우리 가문을 비웃은 자들이여, 두고 보자. 언제까지 그렇게 웃을 수 있는지… 호가호위(狐假虎威)의 형세라 하나 호랑이의 힘은 무서운 법. 내 한 몸 희생해서라도 우리 가문의 실추된 명예만 되찾을 수 있다면 이것보다 더한 것도 할 수 있다!'

열네 살이라는 어린 나이에 이미 무림사화(武林四花)에 속해 있는 그녀의 눈에서 결의에 찬 눈빛이 흘러나와도 그저 아름답기만 했다. 하지만 세상일이란 알 수 없는 것이 당연하지 않는가…….

중원은 예부터 왕조가 바뀌면서 영역을 넓혀왔다. 각 왕조 때마다 계속된 정벌과 함께 이루어놓은 것이 이제는 신강(新疆)과 남만(南蠻), 그리고 저 북해(北海)까지 그 발을 넓혔다. 그만큼 여러 문화가 생겨 각 지마다 고유의 풍습과 문화를 가지고 있었다. 그중 운남(雲南)이라는 곳은 예전 송(宋) 왕조 시대에 있었던 대리국(大理國)으로 더 유명한 곳으로 곤명(昆明)과 대리(大理)를 중심으로 발달한 성(省)이다.

아래쪽에는 남만이 위치하고 있어서 대륙에서 귀주(貴州), 광동(廣東)과 더불어 따뜻한 기후로도 유명하다. 특히 운귀(雲貴) 고원이 위치한 곤명(昆明) 쪽의 동남부는 아열대 지방에 속하기도 한다. 그렇기에 일 년 내내 꽃과 나무가 시들지 않아 많은 관광 요소들이 자리하고 있고, 당나라 때 창건된 원통사(圓通寺)나 대리국의 살아 있는 증거이기도 한 공죽사(筇竹寺), 석림(石林)의 사자지(獅子池), 24개의 소수 민족들이 내놓는 풍물은 더할 나위 없는 일색을 이루고 있다.

하지만 조금이라도 무명(武名)이 있거나 그렇지 않더라도 운남에 들어서면 제일 먼저 들러야 할 곳이 있다. 바로 운남 단씨세가(雲南段氏世家)이다. 앞서 말한 대리국의 황조를 이루던 가문이며 지금은 망국의 짐을 지고 있어 명(明)에서는 지방의 호족으로 치부해 버리지만 무림이라는 독특한 세계에서는 그렇지 않다. 대리국이라는 황조를 세울 때에도 그러했지만 지금까지도 명맥을 유지해 이어 내려오는 가전무공(家傳武功)은 무림의 일가를 이루고 있으며 150년 전 검황(劍皇)이 나옴으로 해서 단씨세가는 명실상부 천하제일가로 등극하게 되었다. 아무리 무림인의 별호라 하나 별호에 황(皇) 자가 들어가면 그것은 어김없는 대역죄에 속한다.

하지만 검황의 실력과 명성을 친히 견식한 명태조(明太祖)는 그에게 기명(記名)으로나마 정3품의 관직을 주었고 별호에 황 자를 친히 넣어 주었다. 사정이 이러하니 그 누가 단씨세가에 도전을 하겠는가. 천하의 모든 문(門)과 파(派)는 이 세가에 천하제일가라는 편액을 주고 항시 경원하였다.

그런데 지금 운남의 모든 사람들은 몸을 사리고 있다. 중앙의 관리보다 실질적인 운남의 왕이나 마찬가지인 단씨세가의 삼대독자가 무공을 익히다 주화입마에 빠져 생사를 헤매고 있기 때문이다. 그리고 암중으로는 단지운에 대한 갖가지 소문이 퍼지고 있었다.

그 소문과 진실의 당사자가 있는 단씨세가에 지금 화려하고도 웅장한 마차가 한 대 도착했다. 주위의 사람들은 저 마차가 무엇인지 잘 몰랐으나 어디서 초청해 온 의원이거니 하고 돌아서 버렸다.

"어서 오너라, 얘야."

"안녕하세요, 어머님, 아버님."

깍듯이 인사하는 사마화련을 보며 단후명과 단목빙은 미안한 마음을 감출 수가 없었다. 아무리 자신의 아들 문제라 하지만 잘못될 경우 저 아이는 평생을 홀로 지내야 하기 때문이다. 또한 그런 것까지 알면서도 자신의 뜻에 따라준 사마화련이 너무도 고마운 단후명이었다. 그러하기에 단목빙은 벌써부터 며느리라고 여긴 듯 두 손을 꼭 잡고 놓지 않았다.

"어서 들자꾸나. 그래, 먼 길 오느라 고생했지?"

예나 지금이나 자상한 마음으로 대해주는 단후명과 단목빙을 보며 사마화련은 계속해서 약해지려는 자신의 마음을 다잡았다. 그러면서 자신의 속마음이야 어떻든 겉으로는 화사한 미소를 건네고 있었다. 무림사화의 막내이면서 가장 아름답다 하여 해어화(解語花)라는 별호까지 붙은 사마화련이었기에 그녀가 미소를 짓자 주위의 모든 것이 환해지는 느낌을 받았다.

단후명은 이 어린것에게 못할 짓을 한다 여겼으나 팔은 안으로 굽는다고 자신의 아들을 생각하자 여러 가지의 이유를 대면서 자신을 합리화시켰다. 단지운은 사마화련으로 인해 정신을 차린다 하여도 평생 무공을 익히지 못할 뿐더러 범인보다도 못한 삶을 살지 모른다. 그렇기에 한없이 약해질 아들에게는 이런 현명한 여인이 붙어 있어야 한다고 단후명은 생각했다.

단후명은 자신의 옆에서 대기하고 있던 하인 하나를 불러 급히 심 의원을 불러오라고 했다. 심 의원이 말하던 구음의 여인을 데리고 왔으니 이제 되든 안 되든 하늘의 뜻이었다.

"오, 이 여아가 구음지체(九陰之體)란 말입니까? 가만… 어디서 본 듯한데……."

심 의원은 자신이 의원의 길을 걸으며 보고 들은 것이 적지 않기에 고개를 갸우뚱거리며 잠시 생각에 잠겼다. 하지만 곧 단후명이 그 의문을 해소해 줌으로써 생각에서 빠져나올 수 있었다.

"이 아이가 바로 사마세가(司馬世家)의 무남독녀인 사마화련이오."

"아! 그럼 무림사화 중 아름다움과 재지(才智)가 하늘에 닿았다는 그 아이… 그럼……."

심 의원은 이제야 이해가 되었다. 왜 해어화 사마화련이 어린 나이에도 불구하고 무림사화 중 으뜸이 될 수 있었는지. 사실 구음지체란

십이정경(十二正經) 중 수태음폐경(手太陰肺經), 족태음비경(足太陰脾經), 수소음심경(手少陰心經), 수태양소장경(手太陽小腸經), 족소음신경(足少陰腎經), 수궐음심포경(手厥陰心包經), 족궐음간경(足厥陰肝經), 독맥(督脈), 임맥(任脈), 이 아홉 가지의 맥(脈)에 음기(陰氣)가 서서히 차면서 맥을 굳혀 버리는 절형의 절맥(絶脈)이었다.

원래 여자의 몸에는 음기가 존재하고 있으며 남자에 비해서 많은 음기가 자리 잡고 있다. 하지만 그 음기가 정도가 지나칠 정도로 쌓이면 그 음기로 인해 맥이 굳어져 버리고 혈맥의 손상까지 옴으로써 열 살이 되기 전에 목숨을 잃는 병이다. 하지만 극음(極陰)의 무공을 익혀 그 음기를 자신의 것으로 소유하거나 천기(天氣)가 서린 양강지물(陽剛之物)이나 단(丹)을 복용하게 된다면 구음의 음기는 녹아버린다. 그럼으로써 구음이라는 병을 가짐으로써 얻을 수 있었던 하늘에 닿는다는 재지와 아름다움마저 자신의 것을 만들어 버릴 수 있었다. 그걸 알기에 심 의원은 사마화련이 어째서 이토록 아름답고 재지가 넘치는지 알 수 있었다.

한 가지 덧붙이자면 단후명은 사마화련이 아홉 살로 얼마 남지 않은 삶을 살고 있을 때 빙령옥녀심경(氷靈玉女心經)이라는 극음에 이를 수 있는 기서(奇書)를 줌으로써 그녀를 죽음으로부터 구해준 바 있다.

"아마도 사마 소저께서도 전후사정은 다 들었을 것이라 생각됩니다. 하지만 사세한 것은 모를 것이라 여겨 다시 한 번 설명해 주겠습니다."

심 의원은 단후명과 사마화련으로부터 무언의 동의를 얻고 다시 한 번 사태의 심각성과 해결 방법에 대해 차근히 설명해 주었다. 저번과는 달리 긴 시간 동안 설명을 하던 심 의원은 품에서 붉은 원단으로 만들어진 서책을 하나 꺼냈다. 서책의 가장자리에는 '환희천교심술지서

(歡喜天教心術之書)'라고 쓰여 있었다. 그걸 본 사마화련의 눈이 이채를 띠었다.

"이게 무엇이오, 심 의원?"

심 의원은 어린 여아의 앞에서 말한다는 것이 상당히 쑥스러웠지만 이것 또한 사람을 살리는 일이라 여겨 떨어지지 않는 입을 열었다.

"이것이 무엇이냐 하면… 혹시 환희밀교(歡喜密教)라고 들어보셨습니까?"

그의 말에 단후명은 잠시 기억을 더듬더니 이내 떠올려 냈다.

"그럼 이게 바로 서역 너머에 존재한다는 그 환희밀교의 기서란 말입니까?"

"예, 그렇습니다. 환희밀교는 서역밀교(西域密教)의 한 종파로서 성합을 이용하여 부처를 이룬다고 믿는 종교입니다. 중원에는 방문좌도(傍門左道)의 이교(異敎)로 여겨 멸시를 하지만 그들의 성서(聖書)라고 여기는 이 책의 내용을 보면 그리 불가능한 내용이 아니라고 여겨집니다. 오히려 신빙성이 있다고 봐도 무방합니다. 사마 소저께서는 이 책의 내용을 잘 숙지하셔야 합니다. 하지만 소저의 입장에서는 무척이나 힘이 들 것이며 수치스러울 것입니다. 여인의 몸으로 감당하기에는 너무나 벅찬 게 사실입니다. 그러나 이것이야말로 단 공자를 살릴 수 있는 마지막 희망이라는 걸 잊지 말아주셨으면 합니다."

사마화련은 자신의 방으로 지정되어진 방 안에 홀로 남아 심 의원이 준 환희천교심술지서라는 방중술에 가까운 내용을 읽고 있었다. 이 책의 내용을 잠시 살펴보자면 환희밀교는 성합을 할 때 욕정에 물들지 않는 마음가짐과 몸 자세를 바르게 하여 음양(陰陽)의 기를 조화시킴으로써 더 나은 방향으로 이끌고자 했다. 하지만 그 체위라든지 내용이 너무 사이(邪異)하고 낯뜨거운 것이라 유교 사상에 입각한 중원인들로부터 멸시를 당한 것이었다. 하지만 심 의원의 말대로 사마화련이 읽어보니 과연 신빙성있고 구구절절 이해가 가는 내용이 많은지라 어느덧 그 책에 빠져들었다. 그러나 또한 심 의원의 말대로 처녀의 몸으로 행하기에는 너무나 곤란한 주문이라 저절로 한숨이 나왔다.

'하나 이건 나 자신만의 일이 아니라 우리 가문의 흥망성쇠(興亡盛衰)가 걸려 있는 문제다. 이번 일이 잘못된다면 나 자신은 씻을 수 없는 수치를 간직한 채 묻혀 살아야 하고 우리 가문은 다시없을 기회를 놓치게 된다.'

그녀는 단씨세가에서 단지운과 태중혼약한 여인이 있음에도 불구하고 자신과 결혼시키려 하는 이유가 자신이 구음지체이기 때문이라는 것임을 잘 알고 있었다. 그러므로 이런 기회가 왔을 때 잘 이용해야 한다는 것 또한 알고 있는 터였다. 지금은 성합을 이용한다는 심 의원의 말 때문에 자신을 끌어들였지만 이 일이 실패한다면 혼약이 약속된 곳에서 도움을 받아 원래의 계획을 이룰지도 모른다. 더구나 그곳은 관(官)의 영역이라 무공을 익힐 수 있든 없든 아무 상관이 없지 않은가.

다시 한 번 이번 일의 중요성을 떠올리며 책으로 눈을 돌렸다.

그 무렵 아무도 없는 천심소축(天心小築)에서 이상한 빛이 흘러나오고 있었다. 천심소축이라면 지금 생사를 헤매고 있는 단지운의 거처인데 빛이라니… 방 안에 나온 빛을 따라가 보니 침상에 고이 뉘어져 있는 한 소년에게서 흘러나온 빛이란 것을 알 수 있었다. 특정한 매개체가 있어 빛이 나오는 것이 아니라 단지운의 몸에서 발하던 빛은 절정에 달하더니 오색(五色)의 기운을 한껏 뿜어내며 다시 단지운의 몸으로 서서히 스며들기 시작했다. 근원지가 단지운의 몸이라고 생각되는 그 오색의 빛은 그렇게 한참을 뿜어냈다가 다시 스며들기를 반복하더니 육안으로 식별이 되지 않는 투명한 무엇인가와 함께 스며듦으로써 마무리를 지었다. 그리고 영원히 떼이지 않을 것 같던 단지운의 입에서 미약하지만 신음과 함께 소리가 나오기 시작했다.

"음… 으… 지… 음… 현… 으… 아……."

너무 미약해서 알아들을 수 없었지만 분명히 이 시대의 말이 아니라는 것은 확실했다. 알 수 없는 일이었다.

사마화련이 이곳에 온 지도 오늘이면 삼 일째였다. 그동안 환희천교 심술지서라는 기서를 익히고 있으면서 심 의원이 택한 길일만을 기다렸다. 어차피 해야 할 일이라면 빨리 끝내 버리는 것이 낫다고 생각한 사마화련에게 기다리는 시간이 너무도 지루했지만 시간은 어김없이 흘러갔고 오늘 밤이 바로 심 의원이 택한 길일이었다. 마음을 독하게 먹고 기다리던 사마화련이었지만 아직 어린 소녀인지라 떨리는 마음을 주체할 수 없었다.

"오늘 밤… 조금 있으면 나의 순결은 없어져 버린다. 하지만 이것으로 인해 가문을 살릴 수 있다면 이보다 더한 짓도 할 수 있다."

계속해서 자신에게 최면을 거는 사마화련에게 그 조금이라는 시간마저 흘러버렸다.

어느덧 단지운이 거처한다는 천심소축까지 온 사마화련의 곁에는 미안한 마음과 초조한 기색으로 서 있는 단후명 부부와 함께 심 의원이 서 있었다.

"아가야, 정말 미안하다. 너에게 몹쓸 짓을 시키는구나."

아직 결혼은 하지 않았지만 마음속으로 이미 사마화련을 자신의 며느리로 여긴 단목빙은 계속해서 사마화련의 얼굴을 쳐다보며 미안한 마음을 감출 수 없었다. 아무리 자신의 아들 문제라지만 같은 여인의 입장에서 이런다는 것이 얼마나 수치스러운 일인지 잘 알기 때문이다. 하물며 청백지신(淸白之身)인 사마화련이기에…….

사마화련은 자신의 의지와는 상관없이 계속해서 떨리는 몸을 진정시키며 천심소축 안으로 들어갔다. 그 뒤에서 하염없이 바라보는 한 쌍의 부부와 한 명의 의원을 뒤로한 채…….

처음으로 천심소축으로 들어온 사마화련은 천하제일가의 외아들답지 않게 검소한 방 안의 풍경에 조금은 의아한 표정을 지었다. 화려하진 않으나 그렇다고 너무 허전하지도 않은, 오히려 있을 건 다 있는 그런 단아한 방 안이었다. 사마화련은 잠시 방 안을 둘러보다 침상에 죽은 듯이 누워 있는 단지운을 보았다. 자신보다 두 살이나 적은 열두 살이지만 어려서부터 무공을 익혀서인지 체격이 같은 또래의 아이보다 컸고 얼굴이 아주 귀엽게 생겼다고 사마화련은 생각했다. 마치 자신의 남동생 같아 보이는 이 아이가 자신의 야망을 이룰 제물로 쓰인다는 것이 어찌 보면 불쌍하다고 사마화련은 생각되었다.

"그래, 어찌 보면 너 또한 피해자일지 모른다. 그렇지만 나의 순결을 바쳐 너의 생명을 얻는다는 것을 따지면 그리 불만도 없을 것이다. 그래, 딱 한 번이다. 나의 남편이라는 명목으로 너에게 처음이자 마지막으로 나의 몸을 허락한다."

입술을 잘게 깨물며 다짐을 하듯 말하는 사마화련은 천천히 옷을 하나씩 벗기 시작했다.

스르륵.

어느 천상의 소리보다 아름답게 들리는 이 소리는 사마화련의 몸을 끝까지 감싸주던 속옷까지 없어짐으로 해서 더 이상 들려오지 않았다. 아무도 보지 않지만 그래도 부끄러운지 치부를 손으로 가린 채 서 있는 사마화련의 나신은 진정 열네 살이라는 나이가 믿어지지 않을 정도로 훌륭했고 아름다웠다. 그렇게 잠시 서 있던 사마화련은 단지운이 누워 있는 침상 곁으로 다가가기 시작했다. 그리고 단지운이 덮고 있던 침낭을 한쪽으로 치우고는 자신이 벗었던 것처럼 천천히 단지운의 옷을 하나씩 벗기기 시작했다.

"아!"

옷을 벗기다 단지운의 맨살에 닿은 손가락의 감촉에 사마화련은 깜짝 놀라며 주춤거렸다. 하지만 그것도 잠시뿐이었고 계속해서 옷을 벗겼다. 마지막 남은 하나까지 벗겨 버린 사마화련은 자신의 눈앞에 있는 단지운의 남성에 또다시 깜짝 놀라며 밀려오는 두려움에 떨어야 했지만 계속 자신에게 최면을 걸어서인지 망설임은 없었다.

"그래, 딱 한 번이야."

사마화련은 서서히 침상으로 올라가 단지운의 몸 위로 올라탔다. 책에서 본 그대로 행하기 때문에 어찌해야 한다는 것은 다 알고 있었지만 몸이 따라주지 않았다. 떨리는 손으로 단지운의 남성을 깨우기 시작했다. 처음에는 의식을 잃은 사람이 그러하듯 아무 증상이 없었지만 책에서 나온 그대로 행하자 조금씩 자신의 손 안에서 꿈틀거리기 시작하는 것을 느꼈다. 그리고 어느새 단단해져 사마화련은 잘 모르겠지만 성인의 것만큼이나 커져 버린 단지운의 남성에 사마화련은 입술을 다시 한 번 깨물며 자신의 치부에 갖다 대려 하였다. 그때였다.

"허억!"

갑자기 급살을 맞은 사람처럼 팅기듯 상체를 일으킨 단지운의 모습에 사마화련은 깜짝 놀랐다. 아직 시작(?)도 하지 않았는데 정신이 깨다니… 알 수 없는 현상에 사마화련은 불길한 생각을 하며 불안에 떨었다. 어차피 자신의 순결이야 바칠 생각을 했지만 이것으로 인해 잘못이라도 된다면 이제까지 왔던 길이 헛일이 되기 때문이었다.

그렇게 사마화련에게 불길한 생각을 하게 한 단지운은 초점이 잡히지 않는 듯한 눈으로 서서히 사마화련을 보더니 깜짝 놀라는 표정을 지었다.

"으… XDFV… 윽… HKB… UY……."

단지운은 신음 소리와 함께 사마화련을 보며 알 수 없는 말을 중얼거렸다. 그 소리에 사마화련은 자신의 지식으로는 알 수 없는 언어라고 생각하며 괴이하다는 생각을 하였다. 그것도 잠시.

"음… 지현… 지현아… 너구나……:"

이제 사마화련이 알아들을 수 있는 이 시대의 언어로 말하던 단지운은 갑자기 사마화련을 껴안았다. 사마화련은 갑자기 여자의 이름이라 생각되는 단어를 뱉더니 단지운이 자신을 껴안자 숨이 막혀옴을 느꼈다.

"지현아… 오빠는… 오빠는……."

계속해서 같은 말만 반복하던 단지운의 몸에서 어제와 같은 오색의 기운이 뻗치더니 단지운과 사마화련을 감싸 안았다. 단지운의 품 안에서 서서히 감겨오는 눈에 이상함을 느꼈지만 매우 편안한 품이라고 생각하며 사마화련은 정신을 잃어갔고 단지운 역시 얼마 못 되어 정신을 잃었다. 그렇게 둘은 꼭 껴안은 채로 정신을 잃고 침상에 쓰러져 버렸다.

'어서 떠나요.'

'하지만……'

'어서요. 조금만 기다리면 동생도 올 거예요.'

'그렇지만……'

'다음 생(生)을 사는 동안 그 기다림은 충분히 보상받을 거예요.'

'그럼 제가 환생이라도 한다는 말인가요?'

'그래요.'

'하지만 그러면 오히려 지현이가 많이 기다릴 텐데……'

'그건 걱정 하지 말아요. 그녀도……'

'바람이 한 가지 있어요.'

'뭔가요?'

'제가 다시 환생을 한다면 부디 건강한 몸으로 태어나게 해주세요. 다시는 사랑하는 사람에게 걱정 끼치게 하고 싶진 않아요.'

'후후후, 걱정하지 말아요. 그대 말처럼 이루어질 테니까.'

'……'

진현은 그 말을 끝으로 이제까지 목소리만 들리던, 천사가 아닐까라고 생각되던 존재의 목소리가 끊어지고 자신의 의식도 멀어져 감을 느꼈다. 그리고 검은색과 흰빛이 어우러진 곳으로 자신이 빨려 들어가 마치 태어나기 전 어머니의 몸 안에서 꿈틀대던 그때처럼 아늑하고 편안한 느낌으로 공중에 떠 있던 진현은 조금씩 멀어져 가던 의식이 마침내 끊어짐을 느꼈다.

의식이 사라진 진현의 영체(靈體)는 조금씩 빛을 발하기 시작했다.

그리고 그 주위를 감싸는 것 같은 오색의 기운들이 회오리치는 것 같더니 진현의 영체를 다시 한 번 감싸며 점점 줄어들었다. 그리고는 사라져 버렸다.

진현이 다시 의식이 돌아온 것은 무언가가 자신에게서 떨어져 나가는 느낌을 받은 후였다. 자신의 몸을 감싸주던 느낌의 그 무언가가 하나씩 없어져 갔고 끝내는 마지막으로 여겨지던 것까지 없어져 버렸다. 그리고 어디선가 느껴지는 찬바람에 몸을 잠시 떨고는 정신이 맑아지는 것을 느꼈다.

그때였다, 자신에게 타인의 촉감이 느껴지던 것은……. 자신의 신체 중 어딘가를 만지는 것 같은 느낌이었지만 이상하게도 몸이 자신의 것이 아닌지 정확히 알 수는 없었다. 그랬다. 진현은 지금 자신이 자신의 몸이라 여기는 이 신체가 자신의 것이 아닌 타인의 몸처럼 느껴졌다. 무언가 부자연스러운 통제와 낯선 이질감이 정신을 지배했다. 아무래도 이상함을 느낀 진현은 눈을 뜨려고 노력했다. 하지만 그건 생각처럼 쉽지 않았다. 눈꺼풀이 천근만근 무거움을 느껴야만 했다. 진현은 이내 떠오른 생각에 쓴웃음을 지어야만 했다.

'그래, 나는 죽은 상태였지. 한데 여기가 어디지? 볼 수 없으니 어딘지 알 수가 없잖아. 여기가 바로 천국인가? 흐흐… 지옥일지도 모르지.'

이런저런 궁금함과 호기심에 계속해서 눈을 뜨려는 진현의 노력이 시작되었다. 처음엔 눈에 아교라도 붙은 것처럼 떨어지지 않더니 어느 순간 이제까지의 노력이 거짓말인 것처럼 서서히 열리기 시작했다. 그런데 눈을 뜰 수 있는 것을 얻은 대신일까? 알 수 없는 고통을 느껴야만 했다. 속에서 끌어오르는 이질적인 기운과 자신의 기운인 것 같은 친근한 기운이 마치 병균과 백혈구가 싸우는 것처럼 한데 어우러져 싸우고 있는 것 같았다.

진현은 그 고통을 뒤로한 채 서서히 열리는 동공 속으로 온 정신을 집중하였다. 하지만 낯선 몸이라는 생각 때문이었을까? 이상하게도 초점이 맞지 않았고 모든 것이 희미하게 보이기 시작했다. 그나마 희미하게 보이는 것에 감사하며 주위를 둘러보았다.

"으… 지… 현… 아… 윽…….."

지현이였다. 자신이 두고 온 지현이가 진현의 앞에 있었다. 희미해서 뚜렷하게 보이지는 않았지만 지현이 같다고 진현은 생각했다. 아직 입을 열어 말하기가 쉽지 않았지만 자신이 생각하는 가장 큰 목소리로 지현이를 불렀다. 하지만 자신의 생각과는 다르게 목소리는 아주 작게 나왔다. 거기에 이상함을 느꼈지만 이내 다시는 볼 수 없다고 여긴 지현이를 볼 수 있다는 것에 감사함을 느끼고 다시 한 번 지현이를 부르며 자신의 품속으로 끌어안았다. 다시는 놓지 않을 것처럼…….

"윽… 지현아… 오빠는… 오빠는…….."

하지만 좀 전에 지현이를 부른 것과 달리 차이점이 있었다. 진현 자신은 인식하지 못했지만 바로 좀 전에 부를 때는 분명 전생의 언어를 써서 불렀으나 이번에는 분명 이 시대, 바로 명(明)대의 언어였다. 분명 진현은 중국어를 모르는데도 불구하고 말이다. 이것 또한 알 수 없는 일이었다.

그렇게 지현이를 안고 있던 진현은 이것이 정말 꿈만 같았다. 아니, 꿈이라면 깨지 않았으면 좋겠다는 생각을 하였다.

진현이 이런 생각을 하고 있을 때 진현의 몸속에서 계속해서 싸우고 있던 두 가지의 기운들은 막바지에 이르렀다. 그리고 끝내는 진현에게 친숙하게 느껴졌던 그 기운이 이겨 그 기운을 바탕으로 좀 전의 그 이질적인 기운마저 흡수되기 시작해 마침내 두 기운은 하나가 되었다. 그 영향일까? 진현의 몸에서 오색의 기운이 퍼져 나오더니 둘을 감쌌고 진현과 지현이라 생각되는 존재는 정신을 잃었다.

제2장

다시 찾은 시작은 어느덧 흘러가고

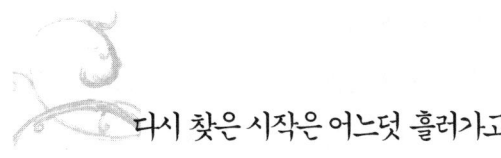# 다시 찾은 시작은 어느덧 흘러가고

짹짹.

나무 사이로 햇살이 들어오고, 어디선가 들려오는 새들의 지저귐은 아주 평화로운 아침을 느끼기에 충분한 조건이었다. 오늘도 보람찬 하루 일을 위해 서둘러 일터에 나갈 준비를 하는 장정들과 하루 시작의 아침을 준비하는 아낙들의 표정에는 활기가 넘쳤다. 주위에 심어진 여러 나무들은 간밤에 자신의 잎에 맺혀진 이슬을 따사로운 햇살에 맡기며 말리고 있었다.

"음."

창 사이로 쏟아지는 햇살에 눈이 부신 진현은 서서히 눈을 뜨며 잠에서 깨었다. 뻐근해진 온몸을 비틀자 뼈마디에서는 비명이 들려왔다. 간만에 편한 잠을 잤다고 느낀 진현은 그제야 이상하다는 것을 느끼고 주위를 둘러보았다. 왠지 자신이 중국 배경의 사극을 찍는 영화 촬영

장에 온 것 같은 기분을 느꼈다. 고풍스러워 보이는 탁자와 TV에서나 봄 직한 중국의 장식들······.

"이곳은 어디지? 요즘 천국은 이렇게 생겼나?"

아직까지 자신이 천국에 온 줄만 아는 진현이었다. 하지만 곧 그런 생각들이 틀렸다는 것을 알게 되었다. 제 살을 꼬집었는데 아프니까.

"허어··· 꿈도 아니고 죽으면 가는 천국도 아니고, 도대체 뭐지?"

너무나도 헷갈리는 진현이었다. 그때 목소리만 들리던 천사의 말처럼 진짜로 환생이라도 한 것일까? 하지만 이건 환생도 아니었다. 자신의 눈을 굴려 자신의 몸을 보니 왜 어제 희미한 기억이었지만 자신의 몸이 자신의 의지에 힘겹게 반응했고, 통제가 잘 되지 않았는지 알 수 있었다. 진현의 몸은 십대 초반의 어린아이 몸이었는데 어린 나이에도 불구하고 몸의 전체적인 균형이 잡혀 있는 몸이었다. 그럼 이건 환생이 아니다. 환생이란 전생의 기억을 묻은 채 다시 처음부터 시작되는 삶을 말할 것이다. 적어도 진현이 생각하는 환생이란 그런 것이었다. 그런데 이게 무엇인가? 꼭 남의 삶에 끼어든 것 같지 않은가? 뭐가 어찌 돌아가는지 정말로 혼란스러웠다.

그때였다.

'마음에 드시나요, 진현님?'

'아! 당신은······.'

진현은 지금 마음속에서 울리듯이 말하고 있는 존재가 바로 자신이 천사라고 생각한 존재라는 것을 깨달았다. 그리고 너무도 물어볼 것이 많음을 느꼈다.

'도대체 여긴 어디죠? 그리고 이 몸은?'

'후후후, 보시는 그대로입니다. 진현님은 환생을 하신 거죠.'

'환생이라뇨? 환생이라면 아기 때부터……'

진현은 자신이 알고 있는 환생에 대한 상식으로 반문을 하였다. 하지만 그것에 대한 대답을 준비라도 한 듯 막힘없이 말하였다.

'그래요. 원래 일반적으로 사람들이 환생한다는 개념은 아마도 진현님이 생각하시는 그대로일 겁니다. 하지만 그렇지 않은 경우도 있죠. 오직 신의 의지와 진현님의 무의식 속에서 행해지는 염원들이 이렇게 만든 것이죠. 저야 아직은 모자라는 존재라 그 속에 담긴 진실은 알지 못하지만 분명 이건 진현님에게 피해가 가지 않을 것이라고 생각됩니다.'

그녀의 말에 잠시 고개를 갸우뚱거리며 생각에 잠긴 진현이었지만 결론은 알 수 없다라는 것밖에 도출되지 않기에 고개를 흔들며 준비한 다음 질문을 하였다.

'그럼 내가 이 아이의 몸에 영(靈)만 끼어든 셈인데 그럼 나는 어떻게 되는 거지요?'

'그건 간단해요. 진현님의 육체를 이루고 있는 그 아이 분의 삶을 계속해서 살아가는 거지요.'

'그럼 이 아이의 원주인은 어떻게 되는 거죠?'

'그건 걱정하지 말아요. 어차피 그의 삶은 여기까지였답니다. 그런데 진현님께서 그의 영이 빠져나갈 때 대신 들어오심으로써 그 육체는 다시 삶을 얻은 거죠.'

진현은 그 말에 대충이나마 어떻게 돌아가는 건지 알게 되었다. 이 몸의 원주인은 이미 생을 마감하여 죽으려 했고 자신이 그의 영이 나가자마자 들어와서 대신 사는 거. 보기보다 단순한 경로였지만 진현의 상식으로 이런 건 소설이나 영화에서나 나올 수 있는 것이라 생각되었다.

'그럼 제가 이 몸으로 원주인의 삶을 이어가라는 말인데 저는 저의 기억만을 가지고 있을 뿐 원주인에 대해서 아무것도 모르는 건 어떻게 하죠?'

그녀는 그 부분에 대해서도 준비를 했는지 좀 전과 마찬가지로 한 치의 망설임 없이 그에게 해답을 주었다.

'떠올려 보세요. 그럼 당신의 기억뿐만 아니라 당신 몸의 주인의 기억까지도 떠올려질 거예요. 원래 기억이란 그 주인이 떠난다고 해서 쉽게 없어지지 않죠. 아무리 사람이 망각의 동물이라는 말이 있어도 말이에요.'

진현은 그녀의 말에 따라 머리 속에서 여러 가지의 기억을 떠올려 보았다. 그러자 자신이 잘 알고 있는 기억뿐만 아니라 낯선 기억마저도 떠올랐다. 아기였던 시절에서 무언가 육체적으로 수련을 하는 어린아이의 시절, 그리고 마지막으로 어떤 커다란 고통을 당하는지 괴로워하다 끊겨 버린 기억까지······.

진현은 자신의 기억뿐만 아니라 타인의 기억마저도 공유할 수 있다는 것이 아주 신기했고 마치 자신이 소설의 주인공 같은 기분이 들었다.

'정말이에요. 떠올라요. 무척 신기하네요. 어떻게 이럴 수 있죠?'

'후후후······.'

그녀는 어린아이처럼 신기해하는 진현을 바라보며 미소 지었다. 사실 그녀는 진현이 죽음이라는 단어를 접하기 전부터 진현을 지켜보고 있었다. 하지만 그녀의 기억에 그는 자신의 동생과 함께 있을 때를 제외하고는 이처럼 좋아하거나 들떠 있었던 적이 없었다.

진현은 마지막으로 궁금한 것을 그녀가 해소해 주길 바라며 말을 꺼냈다.

'저기요, 한 가지만 더 물어볼게요. 저번에 말씀하시길 지현이를 다시 볼 수 있다고 하셨잖아요. 그럼 그 시기는 언제죠? 언제쯤 볼 수 있는 거죠?'

진현은 좀 전의 장난스러운 분위기와는 달리 조급한 목소리로 말을 하였다. 그걸 너무도 잘 알고 있는 그녀이기에 그녀 또한 진지한 목소리로 말할 수밖에 없었다.

'우선 미안하다는 말밖에 할 수 없네요. 그치만 만날 수 없는 건 아니에요. 정말로 볼 수 있어요. 하지만 그때가 정확히 언제인지는 저도 몰라요. 그건 그걸 주관하는 분만이 아실 뿐.'

진현은 그녀의 말에 저도 모르게 실망을 하였지만 그녀 앞에서 표정에 실어 보내는 그런 짓은 하지 않았다. 지금 이것만으로도 충분히 감사받아야 할 자격이 그녀에게 있으니까.

'진현님은 이곳에서 생활하시기가 조금은 어려울지도 모릅니다. 그래서 진현님의 몸에 몇 가지 선물을 주었답니다. 차차 아시게 되겠죠. 그리고 마지막으로 이것 한 가지 덧붙이고 싶네요.'

그녀는 잠시 말을 끊어 가만히 있는 것 같더니 다시 말을 이었다. 아마도 진현을 지그시 바라보고 있었던 같다.

'처음에는 모든 것이 혼란스럽고 힘들지도 몰라요. 하지만 그건 잠시뿐이에요. 진현님은 언제나 하늘이 지켜보고 있다는 걸 잊지 말아요. 항상 하늘의 가호가 진현님과 함께할 거예요. 그러니 아무 걱정 하지 말고 지내요. 이제 더 이상 아파하지 말고, 다른 누군가 때문에 슬퍼하지 말아요. 이제는 진현님 자신만을 생각하고 진현님만의 행복을

찾으세요. 진현님은 충분히 그러실 자격이 있으세요.'

　'나만의 행복이라… 후후.'

　진현은 낯선 단어를 중얼거리며 웃음을 지었다. 자신이 생각하기에 전생의 자신은 한숨 쉴 겨를도 없이 앞만 보고 달려왔다. 자신이 병에 걸린 것을 알고부터는 더했다. 오로지 자신의 하나뿐인 혈육인 지현이를 위해서 살아왔다 해도 과언이 아니었다. 그렇게 자신도 모르게 쓴웃음을 짓고 있는 진현을 보며 그녀는 가슴속에서 슬며시 적셔드는 슬픔을 맛보아야만 했다. 그리고 그녀는 지금이 떠나야 할 때라는 것을 알고 진현에게 마지막 인사를 건넸다.

　'그럼 잘지내요. 언제나 진현님만의 그 순수함을 잃지 않길 바랄게요. 그리고…….'

　마지막 한마디는 너무 작은 목소리로 말해 진현은 듣지 못했지만 그녀가 이제 간다고 생각하니 무언가 허전한 느낌이 들었다.

　'저기, 저기요…….'

　몇 번이고 진현은 그녀를 불러보았지만 돌아오는 건 텅 빈 공간뿐이었다.

　"허걱!"

　진현은 정말로 깜짝 놀라지 않을 수 없었다.

　진현은 자신을 이곳까지 데리고 온 그녀와의 대화를 곰곰이 생각하다 옆에서 들려오는 숨소리에 무심코 쳐다보았다. 그런데 이게 웬일… 중고생으로 보이는 한 여자 아이가 벌거벗은 몸으로 자신의 옆 자리에서 자고 있는 것이 아닌가! 혹시나 이 몸의 원본이 데리고 있는 시비(侍婢)이거나 아님 어릴 때부터 색에 눈이 떠버려 그 짓(?)을 즐기려고 하는 파트너인가 싶어 기억을 모조리 끌어올려 찾아보았지만 원본의 생활에는 오직 치고 받고 하는 것만 가득 차 있을 뿐, 몸으로 한다는 면에선 같은 것이긴 하지만 성격이 다른 그건(?) 전혀 없었다. 원래 보통 상태의 진현이었다면 자신의 몸이 열 몇 살짜리의 어린아이인 걸 알고 그런 상상은 하지 않았겠지만 당황한 데다 진현의 정신 연령은 이십대 후반이기 때문에 자꾸 이상한 쪽으로 생각이 가는 것이었다.

"뭐여, 이 여자는… 아무 관계도 아닌 것 같은데…….”

얼굴을 붉히며 잠시 멍하게 있던 진현은 여자 아이가 잠결에 몸을 돌리며 등을 다 보이자 급히 고개를 돌렸다.

"이런… 어험, 산책이나 가야겠구만…….”

무안해지는 마음을 달래기 위해 진현은 자리에서 일어나 산책을 가려고 했다.

"뭐여? 왜 나도 다 벗은 거야? 그럼 진짜로… 저 아이가…….”

아파오는 머리를 붙잡으며 옷을 챙겨 입고 나가려던 발길을 재촉했다.

방문을 나간 진현은 쏟아지는 햇살에 눈이 부심을 느끼며 좀 전에 있었던 황당한 일은 머리 속에서 지우고 밀려오는 행복에 몸을 떨었다. 표현이 이상한가, 몸을 떤다는 것은… 험험.

"아, 다시는 이 따스한 햇볕을 보지 못하는 줄 알았는데…….”

진현은 아침의 싱그러운 햇살에 몸을 맡기며 주위의 경관을 둘러보았다.

"호오, 이런… 이건 정말 TV에서나 볼 수 있었던 그런 장소잖아? 이야, 금붕어도 정말 많은걸. 정말 멋있네. 이런 걸 지으려면 돈깨나 들겠는걸.”

진현이 천심소축과 조금 떨어진 곳의 팔각정을 보고 한 말이다. 지름이 50m는 돼 보이는 연못에 위치한 팔각정의 편액에는 한문 쓰기에 무지한 진현이 보기에도 정말 잘 썼다고 생각되는 세 자의 글이 있었다.

"정(亭), 무(武), 문(文). 정무문… 이거 많이 듣던 말인데. 아하! 아닌데… 그 정무문은 이 정무문(情武門)이잖아. 그럼 뭐지? 아, 맞다. 원래 한문은 반대로 읽는 거지. 문무정(文武亭)이구만……."

진현이 한문 하나 읽어내는 데 그리도 고민하고 겨우 해답을 얻을 때였다.

"까아악, 공자님……!"

"뭐? 공자님? 여기에 공자님이 계시다는 거야? 우와~ 내가 살아서 공자님도 보게 되다니! 실례지만 공자님이 어디 계신지 가르쳐 주시겠습니까?"

진현은 자신 쪽을 바라보며 비명을 지르고 공자님을 외친 한 소녀에게 정중히 물음을 청했다. 진현은 진심으로 공자님을 자신도 볼 수 있게 해달라는 눈빛을 보내며 소녀의 대답을 기다렸지만 돌아오는 건 다른 소리였다.

"공자님… 무슨 소리 하고 있는 거예요? 아니, 이럴 때가 아니지. 이 소식을 가주(家主)님에게 알려 드려야지."

자신의 말만 하고는 쌩 하고 가버리는 소녀를 보며 진현은 너무 황당해 말이 안 나왔다.

"내… 가… 공자님이라고? 내가 그 논어(論語)에 나오는 공자님이라고……?"

정말로 자신이 공자인 줄 착각하는 진현이었다.

잠시 후 진현은 자신을 찾아온 중년 부부를 볼 수 있었다. 젊었을 적에 여자들에게 한인기 했을 것 같아 보이는 남자와 젊었을 적의 화려한 미모를 예상하게 하는 중년이지만 곱게 늙은 여인이었다.

"운(雲)아, 정말 운이가 맞는 거냐……? 정말로 운이가… 흑흑……."

단목빙은 북받쳐 오르는 눈물을 참을 길이 없었다. 그렇게 눈물을 흘리고도 아직 그녀의 눈물샘이 마르지 않았나 보다. 하지만 이전의 눈물이 슬픔의 눈물이라면 지금의 눈물은 기쁨의 눈물이었다. 자신의 아들을 살려주신 하늘에 감사하는 눈물. 그런 그녀를 보던 단후명은 입가에 희미한 미소를 지으며 자신의 아들인 단지운을 보았다. 어리둥절해 보이는 표정이 익숙하지 않았지만 이제야 정신을 차려 그런 것이라고 생각하니 더욱 살갑게 느껴지는 아들이었다.

"운아, 이제 정신이 드니? 얼마나 걱정했는지 모른단다, 얘야. 나는 네가… 흑흑……."

"여보, 그만 하구려. 이렇게 우리 앞에 운아가 서 있질 않소? 그럼 된 거요."

진현은 직감적으로 눈앞의 부부가 자신이 차지한 단지운의 부모님인 것을 깨달았다. 그리고 생각을 하자 자연스럽게 떠올려지는 기억 속에서 어렸을 적 단지운 부모님의 따스한 사랑을 받고 자란 걸 느끼게 되었다. 진현은 전생의 자신이 얼마나 정에 목말라 했는지 잘 알고 있었다. 보지도 못한 아버지, 그리고 항상 아픈 몸을 이끌고 여기저기 일하러 가신 어머니, 그러다 끝내는 어린 두 아이를 두고 저 멀리 따라가지 못할 곳으로 가버리신 어머니.

진현은 정말로 자신을 이곳으로 데려와 준 그녀가 몸서리치게 고마웠다. 자신에게 다시 삶을 준 것보다도 이런 따스한 가정의 정을 느낄 수 있도록 기회를 준 그녀가 말이다.

진현은 결심했다. 비록 눈앞에 서 있는 이 두 부부가 자신의 친부모는 아닐지라도 정성을 다해 모시겠다고 말이다.

"아… 버님… 어… 머님… 저는 이제 괜찮습니다. 그러니 걱정하지 마십시오."

아무리 단지운의 기억을 가지고 있어 상황 유추가 된다지만 생판 부르지 않았던 아버님, 어머님 소리는 어색하지 않을 수 없었다. 단후명과 단목빙이 그걸 모를 리가 없었다. 하지만 자신의 아들이 자신에게 미안함을 가지고 있기 때문에 그러는구나라고 생각해 버렸다.

오랜만에 가족 간의 정을 느끼며 하루의 상쾌한 아침을 맞은 두 부부는 그제야 사마화련에게 생각이 미쳤다.

"운아, 화련이는 어디에 두고 너 혼자 있느냐?"

"화련이라뇨?"

그 말에 단후명은 자신이 단지운에게 그동안의 경과를 말하지 않은 것을 알고 대략 간단히 설명해 주었다. 그 설명으로 단지운은 아침에 자신의 옆에 누워서 자고 있던 그 여자 아이가 사마화련이라는 것을 알았고 어제 자신이 지현이로 착각한 여자라는 것도 알게 되었다.

'음… 그랬었구만. 하지만 다행이군. 거사(?)를 치르지 않았으니… 그런 어린아이와 결혼했다는 걸 누구라도 알게 되면 원조 교제라고 신고될 거야.'

아직까지도 자신이 전생의 이십 대 후반의 노총각인 줄 알고 있는 진현이었다.

"그래, 피곤할 것이야. 아직 어린아이나 마찬가지인 것을… 지운아,

너는 화련이에게 정말 잘해주어야 한다."

"예, 아… 버님… 이 아니라 아버님, 사실은 그 아이와 저는……."

얼떨결에 예라고 말하다 급히 수정하고 바로 사실을 털어놓으려던 진현의 노력은 이들 사이에 끼어든 한 명에 의해서 바로 물거품이 되고 말았다.

"아버님, 어머님, 편안히 주무셨습니까?"

"오! 그래. 화련이는 피곤하지 않느냐? 얼굴이 창백한 걸 보니 어제 저 녀석이 무리(?)를 하였나 보구나."

"꽤! 아버님, 그것이 아니오라 사실은 저 아이와 저는 아무……."

진현은 2차 시도도 역시 물거품이 되어버렸다.

"하하하. 이 녀석, 무엇이 그리도 부끄럽단 말이냐. 허허허. 천하의 운아가 이리도 수줍음을 타다니. 화련아, 네가 이해를 하거라. 이 녀석이 원래 그런 아이가 아닌데 너를 보니 부끄러운 모양이다."

"꾸엑~"

진현은 여기에 계속 있다가는 무슨 소리까지 들을지 모른다는 생각에 급히 왔던 길을 되돌아 천심소축으로 가버렸다. 그런 그를 보며 잠시 눈에 이채를 띠던 사마화련은 단후명과 단목빙을 향해 인사를 하고는 단지운을 따라갔다.

"허허허, 정말 보기 좋지 않소? 꼭 우리 젊을 때를 보는 것 같구려."

단목빙은 단후명과 같이 마음 편히 웃지를 못했다. 그것은 단목빙은 단후명의 마음속을 누구보다도 잘 알기 때문이다. 원래 단후명은 이렇게 경망스럽지 않았는데 단지운이 자신의 처지 때문에 실망을 할까 봐 일부러 그 어느 때보다 웃음을 많이 짓는 것이었기 때문이다. 무가(武家)의 자식으로 태어나 이제 다시는 무공을 익히지 못하는 아들. 천하제일가의 주인이며 무림절대강자 중 최상위에 군림하는 아버지가 바라보기엔 너무도 안타까울 것이다. 거는 기대가 누구보다도 클 터인데. 하지만 단후명은 밖으로 표출하지 않았다. 오히려 그런 것에는 신경도 쓰지 않는 모습을 보여주며 아들의 미안함을 감싸주는 부정을 보여준 것이다.

"명랑(明郞)……."

이런 부인의 마음을 누구보다도 잘 알고 있는 단후명은 그저 아무 말 없이 단목빙을 감싸 안으며 단지운이 간 곳을 바라보았다.

"안 되겠어."

사마화련은 정말 이렇게 나가다가는 큰일이 아닐 수 없다고 느꼈다. 자신은 구음이라는 명목 때문에 선택된 존재로 확실히 발목을 잡지 않으면 자신의 여자로서의 인생은 끝날 뿐 아니라 가문의 바람을 저버리게 된다는 것을 너무도 잘 알고 있기에 대책을 세우지 않으면 안 된다고 생각했다.

"그 어린 녀석이 사실을 불기 전에 일(?)을 치르든지, 아님 그 녀석을 내 손으로 움켜잡든지 무슨 수를 내야겠어."

아, 어쩌다 이렇게 됐는가? 무림에서 활동하는 여인 중 가장 아름답다는 네 명의 꽃 중 하나인, 그것도 너무도 지혜롭고 재지가 넘친다는 해어화 사마화련이 어쩌다 이렇게 변해 버렸단 말인가. 알 수 없는 일이다. 다만 짐작할 수 있는 건 사마화련도 여자라는 점과 아직 어린아이에 불과하다는 점이다.

그 무렵.

"아, 그것을 물어보지 못했네. 진짜로 내가 공자님일까?"

그렇다. 이렇게 한심한 말을 하는 놈은 진현밖에 없었다. 그때였다.

"야, 너, 이리 와봐."

문득 전생에 어두운 뒷골목에서나 들을 수 있던 그런 목소리가 생각나는 진현이었다. 고개를 돌려 그 목소리의 진원지를 찾아보니 사마화련이 서 있었다.

"왜 그러니?"

"뭐라고? 그러니? 니? 어라, 말이 반 토막이네. 야, 이게 나이도 어린것이 어디서……."

흥분한 나머지 말을 제대로 하지 못하는 그녀를 보며 진현은 아차했다. 그의 속이야 이십 대 후반일지 몰라도 외형은 열 살가량의 어린아이였던 것이다. 이제까지 그걸 잊고 있었던 진현은 조심해야겠다는 생각을 했다.

"아, 죄송합니다. 제가 뭔가를 혼동한 나머지……."

자신이 인상을 쓰자 급히 꼬리를 마는 진현을 보며 사마화련은 일이 의외로 잘 풀려간다고 생각했다.

"됐어. 다음부터는 조심해. 그리고 명심해. 너랑 나랑은 무려 두 살이나 차이가 나. 알았어? 한마디로 니가 어머님 품에서 옹알거리고 있을 때 나는 글 한 자라도 더 보려고 책을 손에서 놓지 않았다 이 말이야."

결론은 너와 나는 레벨이 다르다라는 말이었지만 알게 모르게 자신의 자랑이 담겨져 있는 말이었다.

"너도 알겠지만 난 너의 생명의 은인이야. 물론 그 뜻에는 너의 반쪽이 된다는 것도 포함되기는 하지. 하! 지! 만! 어설픈 생각은 하지 않는 것이 좋을 거야. 여기서 어설픈 생각이란 말 안 해도 알겠지?"

슬쩍 주먹을 쥐어 보이며 말하는 사마화련이 진현이 보기에는 귀여운 여동생 같았지만 자신의 몸을 생각했을 때 그저 고개를 끄덕이는 수밖에는 없었다. 웃음이 절로 나올 것 같았지만 실천으로 옮기지 못하는 것은 당연했다.

진현은 계속해서 자신에게 주의할 점과 경고 비슷한 발언을 하는 사마화련을 뒤로하고 자신의 방을 둘러보았다.

'호오, 부잣집 어린아이치고는 상당히 검소한 편이었네. 그런데 저 액자는 뭐지?'

진현의 눈이 가리키는 곳에는 4척이나 되는 커다란 편액(扁額)이 걸려 있었다. 휑하리만치 텅 빈 듯한 공간에 무언가 부조화처럼 걸려 있는 액자에는 한 초로의 노인이 서 있었고 그 주위에 내(川)가 하나 흘러가며 주위에 수양버들이 한가로이 야들거리는 그림이었다.

그 밑에는 정관(定觀)이라는 호가 하나 찍혀져 있었는데 진현이 곰곰이 생각해 보자 그것이 단지운의 할아버지의 할아버지인 검황 단진천(段震天)의 호가 됨을 알았다. 진현으로서는 원본 조상의 편액에 그리 신기할 것도 없겠지만 유독 자신을 잡아당기는 듯한 느낌은 이 그림 편액에 신경이 가는 걸 막을 수 없었다. 하지만 계속해서 쳐다봤자 그 이유를 알 수 없음은 당연지사. 그리고 원래 성격이 하나에 그리 집착하지 않는 진현인지라 그냥 그러려니 하고 넘어갔다. 그때 마침 자신의 말을 듣지 않는 진현을 본 사마화련이 꽥 하고 소리를 질러 그리된 것도 한몫하였지만.

"야! 운, 너 어디를 보는 거야? 감히 생명의 은인이 말하고 있는 중이신데!"

사마화련을 보자 갑자기 두통이 밀려오는 진현이었다.

자기 말대로 자신, 아니, 원본의 은인이라고 확정 지은 그 경위가 진현으로서는 이해가 되지도 않았고, 저런 핏덩어리나 마찬가지인 어린 아이하고 무엇(?)을 하자는 이야기인지. 하물며 자신의 몸은 이제 십대를 갓 졸업한 신체이지 않은가.

아무리 조혼(早婚)이 성행하는 시기라지만 이것은 상식적으로 생각을 해도 너무 이른 감이 없지 않았다.

"저기, 사마 소저, 저의 말을 들어보시겠습니까?"

진중히 말하는 진현을 보며 사마화련은 드디어 올 것이 왔구나라고 생각했다. 하지만 자신이 누구인가? 비록 구음의 형틀에서 벗어남으로써 부수적으로 얻어졌다고 하나 재지가 하늘에 이르렀다고 하는 해어화 사마화련이 아닌가.

'여기서 틀어지면 이제까지의 수고는 물거품이 되고 만다. 그러면 가문을 세울 수 있는 기회는 다시 오지 않겠지.'

"뭔가요?"

갑자기 존댓말을 쓰는 사마화련이 이상도 하건만 진현은 무심하게 넘어가고 자신의 할 말만을 하고 있었다.

"예. 어디서부터 말을 꺼내야 할지 모르겠지만 저의 나이 이제 열두 살이고 소저는 이제 열네 살인 걸로 알고 있습니다. 이렇게 어리고 어린 저희가 이제 피어나는 시기라고도 할 수 있는 나이에 서로에게 구속되어 성혼을 하게 된다면 소저께서는 너무도 힘이 들 수도 있을 겁니다. 제가 듣기로는 저희 아버지께서 소저에게 조그마한 은혜가 있어 어려운 부탁을 하셨다고 하던데 이왕지사 그… 일… 도 없었던 이상 무엇에 구애를 받겠습니까? 더구나 저는 무가의 자식으로서 생명을 다

한 입장이고 소저께서는 방명이 자자한 사화 중 한 분이시니, 저같이 못나고 어린 사람보다는 소저의 대명에 걸맞는 분을 맞이하시는 게 좋을 듯합니다."

생긴 거와는 다르게 청산유수 격으로 말을 하는 진현을 보며 일이 어렵게 된 사마화련이었다. 처음에 볼 때는 그 일을 겪어서인지 눈이 흐리멍덩한 게 자신이 손에 쥐고 세가의 안주인으로서 천하에 여중제 일인(女中第一人)이 되는 것은 시간문제라 여겼거늘, 이제 보니 마치 어른을 마주하고 있는 것 같았다.

"운! 랑! 그에 대한 답변을 드리는 것이 도리겠군요."

운랑이라며 운을 떼는 사마화련으로서는 마치 혼인 신고 서류에 도장을 찍는 듯하였고, 그 소리를 들은 진현으로서는 머리가 어지러움을 느꼈다.

"먼저 운! 랑! 의 말에서 한 가지 틀린 것이 있어요. 아버님의 은혜가 조그맣다 하였는데 어찌 생명의 은혜를 조그맣다 하겠어요? 운랑을 구하는 것이 저로서는 당연하겠거니와 영광이 아니겠어요?"

"하지만 그 은혜라는 명분 아래 사랑하지도 않는 사람과 결혼을 한다는 것은 행복하지 않은 삶을 이루는 지름길이라 할 수 있습니다."

그의 말에 기다렸다는 듯이 대답하는 사마화련의 얼굴에는 득의가 가득했다.

"어차피 무가의 여인네라 하더라도 여자로서의 결혼은 정략적인 것이 다분합니다. 그렇게 어차피 해야 할 결혼이라면 이런 영광된 자리에 있는 것이 저로서는 더 보람된 일이랍니다. 그리고 사랑이라 하셨나요? 처음에 제가 한 말 때문에 오해를 하셨나 본데 저는 처음 운랑을 본 순간 저의 사람이라 여겼습니다. 그렇지 않고서야 제아무리 철면피라 하나 어제 같은 일을 쉽게 할 수 있었던 용기가 생기겠습니까?"

들고 보니 그렇기도 한 말이지만 진현으로서는 쉽게 인정할 수 없었다. 아마도 전생의 현대적인 삶을 살았던 진현으로서는 사랑이 없는 결혼이 얼마나 불행하며 이해가 가지 않는 일인지 알기 때문이리라.

"그리고 운랑의 무공 문제라면 걱정하지 않으셔도 됩니다. 제 일신의 무공으로도 저 한 몸은 물론 운랑까지도 책임질 수 있는 경지가 된답니다. 천천히 운랑의 무공을 회복할 방법을 찾아도 되고요."

그 말을 끝으로 사마화련은 갑자기 울음을 터뜨렸다.

"흑흑흑."

"아니, 왜 그러십니까?"

"흑흑흑……."

계속해서 울음만 터뜨리는 사마화련을 보며 진현은 당황했다. 전생에서도 지현이가 울음을 토해내면 달래기에 급급했던 진현이었기에 원인을 모르는 사마화련의 울음에 달래주며 원인을 묻기에 급급했다.

"흑흑… 운랑은 제가 싫으니 그런 말씀을 하시는 거죠? 그렇겠죠? 여자가 두 살이나 많으니 마음에 안 차시겠죠. 흑흑, 저는 박복한 년이군요. 낭군이라 여겼던, 그리고 마음과 몸마저 바쳤는데 이렇게 내침을 받다니… 흑흑."

말을 가만히 들어보면 사정에 맞지 않는 말도 있었지만 우선은 울음을 그치게 하기에 시급한 진현에게 그런 건 따질 여유가 없었다.

"아, 아닙니다. 그것이 아니고……."

진현은 말을 다 하지 않았다. 아니, 못했다고 해야 맞을 것이다. 말을 채 다 끝내기도 전에 사마화련이 품에 안긴 덕분이었다. 나이는 많았지만 아담한 체구의 사마화연이었기에 품에 안기자 쏙 하니 진현의 품에 들어왔다. 전생에 있었을 때도 여자를 안은 경험이 없는 진현이었기에 당혹감이 전신에 퍼져 갔다.

"고마워요. 흑흑, 고마워요. 운랑이 절 버리지 않을 줄 알았어요. 그럼요. 저는 운랑을 믿었어요."

완전히 못을 박아버리는 사마화련 앞에서 할 말을 잃었지만 한 가지는 알 수 있었다. 앞으로 꽤나 골이 아플 것 같다는 걸……

어느덧 진현이 이 세계로 온 지도 세 달이라는 시간이 지났다. 길면 길고 짧다면 짧은 시간이라 할 수 있는 한 달이라는 시간 동안 진현은 많은 것을 경험하게 되었고 부가적으로 많은 것을 알게 되었다. 우선 자신의 집, 즉 단씨세가(段氏世家)에 대해서 집중적으로 공부하였고 주위의 인물과 환경에 대해 조심스럽게 연구를 했다. 그러면서 자연히 자신이 논어를 쓰신 공자님이 아니라는 것도 알게 되었다.

세가에서 지내면서 자신이 해야 할 일이 그리 없음을 안 진현이었지만 태생이 부지런한 진현인지라 한시도 가만히 있질 못했다. 여기저기 가복들이 일하는 곳에 가서 구경도 하고 놀기도 하다 어느새 그 틈에 끼어 같이 일하고 있는 진현을 본 주위의 가복들은 자다가도 경기를 일으켰다.

어찌 그렇지 않겠는가. 자신들의 소주인 신분을 가진 단지운이 자신들과 같이 허드렛일을 하는 것을 봤을 때 놀라지 않는 것은 정상이 아닐 것이다.

그런데 여기서 진현은 자연스럽게 한 가지를 알 수 있었는데, 자신의 신체가 다른 또래의 아이에 비해 큰 것은 사실이지만 힘은 약하다는 것을 알게 되었다. 아마도 추측컨대, 우선은 내가의 힘에 의존을 하던 단지운이 그 힘을 잃어버리자 자연스럽게 다른 아이보다도 힘이 약해진 것 같았다.

그것을 알게 된 진현은 이때부터 운동을 하기 시작해 하루에 세 시진은 꼬박 체력 단련이라는 명목 아래 몸을 혹사시키니 보는 사람으로 하여금 또다시 놀라지 않을 수 없게 하였다. 그 모습을 본 단후명은 자신의 아들이 내가의 길을 걷지 못하니 외가(外家)의 길이라도 걸으려고 그러는 것이다라고 여기고는 대견스러워했다.

하나 여기서 단 한 명이 쓴맛을 보고 있었는데, 그 이름하니 바로 사마화련이다. 하루빨리 단지운을 잡기 위해서는 거사(?)를 치러야 하는데 매일 녹초가 되어서 들어오니 계획이 성사될 리가 있나. 그저 몸에 좋은 약재를 끓여 보약만 먹여줄 수밖에 없었다.

그런 그녀와는 달리 하루가 다르게 힘이 늘어감을 느낀 진현은 더욱 강도를 높여 이제는 총 열여섯 근이나 하는 현철로 된 발찌와 팔찌를 차고 일상생활을 하는 것이었다. 아무래도 전생에 무협지를 많이 보며 어디서 주워들은 것은 많은가 보다. 하지만 그게 생각처럼 쉽지 않았다. 말이 열여섯 근이지, 하나에 네 근이나 하는 현철이 함유된 이 철 덩어리는 여간 무거운 것이 아니었다. 제대로 운동도 하지 못한 진현이었고, 이 몸도 워낙에 내가 중심적인 신체라 힘든 육체적 노동이나 마찬가지인 이 일을 무척이나 힘들어했다.

"흥."

"왜 그러세요, 사마 소저."

"또 그러시네요. 사마 소저라 부르지 마시고 련! 누! 이! 라고 부르랬잖아요."

지금 진현은 사마화련에 있어서 고양이 앞의 쥐와 같았다. 안 되면 비장의 무기, 울어버리니 어디 진현이 대책이 있을 것인가? 누군가 일러준 방책대로 맞불작전을 써 같이 울어봤는데 몸만 어린아이지 머리는 이십 대 후반인 진현으로서는 할 짓이 못 된다는 것을 안 이후 그저 졌다라고 하는 수밖에는 없었다.

"왜 들어왔어요? 결혼도 하기 전부터 저를 이토록 홀대하니 누굴 믿고 살아가겠어요? 어디 입이라도 있으면 말해 봐요."

진현으로서는 대꾸를 할 수가 없었다. 하면 무얼하겠는가, 바로 뒷말이 문제인데.

"그래요. 저같이 나이 많고 못생긴 여자는 그저 하룻밤으로 데리고 놀다가 나중에는 그 태중혼약한 분과 결혼하실 거죠. 흑흑."

진현으로서는 진정 답답한 노릇이었다. 아버님 말을 들어보면 운의 할아버지 대에 자신이 태중에서부터 혼약한 처자가 있다고 하지만 진현은 듣도 보도 못한 상황이 아닌가. 말끝마다 마침표처럼 나오는 이 말 때문에 안 그래도 진현을 꼼짝 못하게 하던 사마화련의 눈물의 위력은 배가되었다.

"아닙니다. 그게 아니라는 것은 잘 알잖아요. 그 처자 분은 이름도 알지 못하는 상황이라는 것은 련… 누… 이가 더 잘 아시잖아요."

말을 하면서도 내가 왜 이 어린아이에게 이런 말을 해야 하나라고 반문하는 진현이었다. 하지만 어쩌겠는가? 팔자가 그런 것을…….

그에 반해 사마화련은 기분이 좋을래야 좋을 수가 없었다. 며칠 동안 말 한마디도 제대로 하지 못해 작업(?)에 실패한 그녀였기에 이런 기회에 마무리를 지어야 한다고 생각한 것은 당연한 것이었다. 그리고 아직은 진현의 나이 때문에 결혼까지 골인하는 데 많은 시간이 걸릴 것 같았다. 하지만 사마화련으로서는 결혼까지가 문제지, 일단 하면 분위기를 잡는 것은 순식간이라 생각했다. 물론 사마화련만의 생각이었지만.

"그럼 우리 결혼해요. 저에게 증명을 해주세요. 저에게 그 믿음의 증명을 보여주세요."

어느덧 눈빛을 반짝이며 자신의 면전까지 오고만 사마화련의 입술을 보며 진현은 입술이 바짝바짝 타는 것을 느꼈다.

'어… 내가 왜 이러지? 아무리 예뻐도 어린아이가 아닌가. 안 된다, 진현아. 이러면 안 돼.'

하긴 사마화련이 괜히 무림사화의 한자리를 차지한 것이 아니다. 그녀가 마음먹고 덤비면 이 남자 저 남자 할 것 없이 그냥… 하여튼 그렇단 말이다. 더구나 지금의 사마화련은 눈에 눈물을 가득 머금고 진현을 바라보는 것이 한 떨기 백합과도 같은, 필설로는 표현하지 못할 자태였다.

진현도 남자인지라 이런 자태의 사마화련이 너무도 유혹적으로 느껴졌다. 그렇지 않다면 그게 남자인가? 여자 아니면 그거(?)지. 하지만 자꾸만 육체가 십대인 것을 부정하는 진현으로서는 이 아이와 어찌한 다는 것이 정말 그의 사상적 머리로는 용납하지 못하는 것이었다. 만약 사마화련이 이십 대라면 좋다구나 하고 덤벼들 진현이었을 것이다.

각설하고 진현은 차츰차츰 다가오는 사마화련의 입술을 어떻게 피해야 할지 대책이 서지 않았다. 만약 자신이 그녀를 밀친다면 분명 그녀는 또다시 이곳을 울음바다로 만들 것이 자명하고, 그렇다고 받아들이자니 자신의 머리가 용납을 하지 못하고. 거기에 더욱더 진현을 괴롭히는 것은 바로 이성이 본능에 자꾸만 고개를 숙인다는 것이었다. 몸은 십대지만 마음은 한창 피 끓는 청춘인 이십 대인 진현이기에 이런 기회를 마다한다는 것이 잘 되지 않았다. 그걸 바로 사마화련이 노린 점이었다.

"저기… 우리 말로 하는 것이… 으악!"

"꺄아!"

더 이상 참을 수 없어 가볍게 손으로 밀친다는 것이 그만 사마화련의 가슴을 더듬는 꼴이 되고 말았다.

"아… 아… 련 누이… 이건 정말… 의도한 것이 아니라… 실수였어요… 알죠? 실수란 걸……."

씨가 먹힐 리 있나. 어림도 없는 소리다. 사마화련은 손으로 가슴을 가린 채 벌벌 떨며 하염없이 눈물을 흘리고 있었다. 마치 진현에게 당했다는 표정으로… 물론 속마음은 다르겠지만.

'앗싸, 딱 걸렸어!'

"련 누이, 이건 정말 실수였어요. 전혀 그럴 마음이 없었는데 그만……."

"변명하지 말아요. 제 몸을 더럽혀 놓고 발뺌하시는 건가요? 정말 저는 운랑의 하룻밤 노리개였군요. 흑흑."

이쯤 되면 진현의 입장에서 미치고 환장할 노릇이었다.

"그, 그게 아니라는 건 련 누이가 잘 알잖아요."

"그럼 어쩌실 건가요?"

"언제쯤 계획하고 있느냐?"

단후명은 며느리를 맞이한다는 생각에 절로 입이 귀에 걸렸다. 그만큼 진현으로서는 고역이었다. 일주일 전 손 한번 잘못 놀린 죄로 일주일간 사마화련에게 시달림을 받아야만 했다. 도망도 가지 못했다. 웬

만한 고수는 저리 가라 할 무공의 소유자라 사마화련의 손아귀에서 빠져나간다는 것이 어불성설이었다. 그때였다, 진현으로서 빛나는 계획이 머리에 스침은.

진현은 입이 귀에 걸린 단후명과 그에 못지않은 단목빙, 마지막으로 고개를 숙이고 요조숙녀의 표본인 것처럼 내숭을 떨고 있는 사마화련을 쭉 둘러보았다.

"아버님, 어머님, 그리고 련 누이, 제 말을 들어보시겠습니까?"

그의 말에 세 사람 모두 진현을 바라보며 무슨 말이 나올지 기다렸다. 그중 사마화련은 겉이야 요조숙녀의 티를 내고 있지만 속으로는 빨리 진현의 입에서 한다라는 말이 나오길 빌었다.

"사내대장부로 태어나 세상에 제 이름 석 자 떨치지 못한다면 그 또한 억울한 일일 것입니다. 저 역시 아직 나이는 어리지만 사나이임을 자부하고 있습니다. 그래서 제 이름 석 자를 세상에 떨치지는 못할지라도 제 이름이 있다라는 것만은 알리고 싶어 많은 노력을 들였습니다만 하늘의 계시인지 저에게 그 일이 닥치고야 말았습니다. 그러나 저를 살리고자 하는 것 또한 하늘의 계시인지 저에게 이 현명하고 아리따운 련 누이를 보내주셨습니다."

진현이 서두를 이렇게 장대하게 나오자 대체 무슨 소리를 하려고 그라나 싶었지만 마지막 말에 사마화련은 달콤한 느낌을 받았다.

"저는 이렇게 생각했습니다. 저에게 시련을 주시고 다시 기회를 주신 것이 하늘의 뜻이라면 다시 한 번 노력할 것이라고 말입니다. 그래서 그동안 내공을 재건할 여건이 되지 못해 아직 엄두도 내지 못하고 있긴 하지만 외공만은 쉬지 않고 연마했습니다. 아마도 이렇게 노력하다 보면 언젠가는 제 이름 석 자를 내세울 수 있는 날이 올 것이라 생각이 됩니다. 그런데 이러한 시점에서 결혼을 한다면 어찌 되겠습니까? 아마도 저는 연무는 등한시하게 되고 련 누이만 끼고 돌 것이 분명합니다. 아직 입신양명(立身揚名)에만 온 힘을 쏟아야 할 때에 그렇게 되어버린다면 저의 인생 목표는 없어질 것이고 아버님의 후광만을 보는 소인배가 될 것이 자명한 일입니다. 화무십일홍(花無十日紅)이라 했던가요? 아버님의 후광만을 뒤쫓은 저는 몇 년이 가지 않아 그리될 것이 눈앞에 선합니다. 저라고 어찌 련 누이와 결혼하는 것이 좋지 않겠습니까? 모르긴 몰라도 제가 련 누이와 결혼한다면 저를 시기할 무리들이 도처에 가득 있을 겁니다. 그! 렇! 지! 만! 눈물을 머금고 이렇게 사정을 해야 하는 제 마음을 알아주셨으면 합니다."

진현은 곧 자신이 세운 계획을 설명하고 주위의 세 사람은 그 이야기를 들었다.

도대체 말이 안 되는 소리라 생각했다. 자신이 어때서 이리도 박대를 하는가? 말로는 그렇지 않다라고 하지만 그렇지 않고서야 이렇게 자신을 거부할 수가 없었다. 지금도 자신이 거리를 나가면 자신의 얼굴 한번 보려고 달려들 남자들은 너무도 많았다.

"니가 뭔데 나를 이렇게 비참하게 하는 거야? 엉?"

아무도 없는 허공을 바라보며 사마화련은 눈물을 지었다. 가식이 아닌 진짜 눈물이 났다. 아무리 자신이 자신의 가문을 위해서 그런다고 하지만 사마화련에게도 자존심이라는 것이 있었다.

"그래도 너에게 대할 때는 어느 정도 진심도 있었는데… 넌 뭐 그리 잘났다고 나를 이렇게 만드는 거야… 으앙~!"

끝내는 대성통곡을 하는 사마화련을 보자니 그녀가 정말로 슬퍼하는구나라고 생각이 되었다. 사실 처음 그녀는 정말로 다른 뜻이 없었다. 단지운과 인연을 맺으려는 이유는 단 한 가지. 오직 가문의 영광을 위해… 천하제일가라는 배경을 얻기 위해 그녀는 단지운에게 갖은(?) 방법을 다 썼던 것이다. 그런데 그러면서 그녀도 예상하지 못한 결과를 낳아버렸다.

남녀 사이란 한 치 앞을 알 수 없다고 하지 않는가. 처음에는 딴 뜻으로 다가섰던 단지운이 그녀의 마음속에 조금씩 자리를 잡아가더니 어느새 사마화련으로 하여금 이토록 슬픔을 토해내게 하는 것이다. 처음의 불순한 동기가 이제는 진심이 되어버린 것인데… 그녀는 가문의 영광이라는 핑계로 자신을 속이고 있었지만 어쩌면 그녀도 인정하고 있었는지 모른다. 나이에 비해 어른스러운 행동과 말투, 무엇보다도 뭇 사내처럼 자신을 그저 육체적인 의미에서 여자로 보지 않는다는 것, 그리고 그런 큰 시련을 겪었으면서도 희망을 잃지 않고 꾸준히 자신의 길을 걷는 모습, 천하제일가의 소주라는 신분을 가지고도 격의없이 행동하는 그의 소탈함. 이 모든 것들이 어느새 사마화련에게 사랑이란 이름으로 다가왔던 것이다.

그토록 하염없이 울고만 있던 그녀는 갑자기 자신의 어깨를 감싸는 손길에 깜짝 놀라며 돌아보았다. 그곳에는 그녀를 이렇게 만든 장본인이 서 있었다.

"왜 왔어? 나가! 내가 그리도 싫으면서 왜 온 거야? 엉엉!"

"련 누이, 아니, 화련. 정말 할 말이 없어. 하지만 나의 솔직한 심정을 말하자면 너와 같은 마음이라 할 수 있어. 나도 그동안 많이 생각했어. 왜 나라고 너같이 아름답고 사랑스러운 여인을 마다하겠어. 하지만 난 이렇게 생각했어. 내가 만약 네 앞에 당당하게 섰을 땐 누구보다도 아름다운 방법으로 청혼하겠다고 말이야. 아직 난 모든 면에서 부족해. 나이도 그렇고 능력도 그렇고. 물론 사랑하는 데 그런 것들은 필요가 없지. 그러나 내가 사랑하는 사람이라면 당연히 지켜야 할 힘은 있어야 되는 거잖아. 넌 잘 모르겠지만 옛날에 아주 먼 옛날에 내가 아주 힘들었을 때 힘이 없어 누군가의 곁을 떠나야 한 적이 있었어. 그때 맹세를 했지. 다시는 내가 사랑하는 사람 곁을 떠나지 않겠다고 말이야. 그래, 난 다시는 떠나지 않을 거야. 내가 사랑하는 너의 곁을 말이야. 하지만 그러려면 힘이 있어야 해. 난 그 누구보다도 잘 알고 있거든. 잠시는 힘이 들지도 몰라, 너의 곁을 떠난다는 것이. 하지만 꼭 돌아올게. 그때까지만 기다려 주지 않겠어?'

  솔직히 진현의 입장에서는 그녀가 싫을 이유가 없었다. 나이라는 변명으로 자신을 속이고 있지만 그녀에게 다가서는 감정을 막을 수 없었다라는 것이 솔직한 그의 마음일 것이다. 하지만 다가설 수 없었다. 지현이를 떠올리게 하는 그녀가 너무도 사랑스러웠기에 더욱더 그러했다. 아무리 지금은 단지운이라는 껍데기를 쓰고 있지만 본질은 진현이다. 이곳에서 태어나 살아오지 않은 이상 이곳 생활을 이해한다는 건 너무도 시간이 많이 걸릴 것이고 힘들지도 모른다라고 생각했다. 그동안은 그의 곁에 있는 사람은 누구이든지 힘이 들 것이다. 자라온 환경이 달랐으니 이해하기 힘든 게 당연한 것이다. 그걸 잘 알기에, 전생에 그것 때문에 마음이 아팠던 사람들을 잘 알기에 다가설 수 없었다. 그러나 그녀의 진심을 듣는 순간 그에게도 용기가 생겼다. 이 어린아이도 이토록 솔직하게 다가오는데 자신이 뒤로 숨는다는 것은 너무도 용기가 없는 짓이라 여겼다.

  "흑흑흑……."

사마화련은 갑작스런 진현의 고백에 당황했지만 이내 그 뜻을 마음으로 느끼며 다시 한 번 눈물을 흘렸다. 감격의 눈물을 말이다. 이제까지의 서러웠던 순간과 마음들이 저 멀리 밤하늘의 별빛에 모두 흩어지며 달콤한 기쁨이 샘솟았다.

"내 말이 무슨 뜻인지 이해해?"

끄덕끄덕.

눈물을 닦으며 고개를 끄덕이는 사마화련을 보며 진현은 더욱더 사랑스럽다는 느낌과 자신에게 이 아이를 지켜줄 수 있는 힘이 필요하다라는 것을 느꼈다.

진현은 사마화련을 품에 꼭 안았다. 마치 자석처럼 끌려온 사마화련은 진현의 품에서 언제까지나 떨어지지 않겠다는 듯이 벗어나지 않았다.

"운랑, 운랑이 그곳에 가 계시는 동안 저는 무얼 하죠? 이제는 그대가 없다면 하루도 못 참을 것 같아요."

어느새 나이를 뒤집어 존댓말을 쓰는 사마화련과 자연스럽게 반말을 하는 진현이었다. 하지만 너무도 자연스러워 어색함이 없었다. 마치 처음부터 그리했던 것처럼.

사마화련은 이렇게 변한 자신이 한편으로는 우습기도 하고 부끄럽기도 했지만 후회는 없었다. 오히려 진현에게 모든 걸 기대고 싶어졌다. 이제는 가문 따위의 문제가 아니라 그저 자신의 감정이었다.

"말하는 련 누이를 보니 무슨 방법이라도 있는 모양이네?"

사마화련은 그의 품에서 벗어나 아직까지도 남아 있던 눈물을 닦으며 가슴을 진정시키고는 차분하게 이야기를 했다. 그리고 진현은 그녀의 이야기를 들으며 자신의 생각을 말해 보충시켰다. 어느 정도 대화를 하자 여러 가지 생각들이 하나로 합일되기 시작했다. 그렇게 그들의 목적은 끝이 났지만 그들의 대화는 끝이 나지 않았다. 오히려 이제 시작되는 연인답게 서로의 궁금한 점과 여러 가지 것들에 대해 얘기를 나누었다.

그렇게 밤은 흘러가고 오랜 시간 동안 천심소축 안의 불은 꺼지지 않았다.

후담이지만 진현의 친구들은 이 이야기를 들었을 때 그에게 의문 하나를 제시했다고 한다.

"정말 아무 일도 없이 그냥 이야기만 했어?"

"그럼 그 나이 때 뭘 하냐, 이 변태들아!"

제3장

작은 힘으로 큰 힘을 물리친다

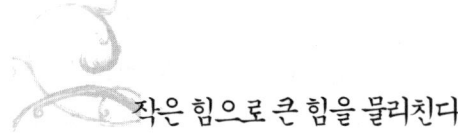

작은 힘으로 큰 힘을 물리친다

"휴우, 그게 그렇게도 좋아?"

사마화련은 마차를 타는 순간부터 운남을 지나 귀주(貴州)로 들어서는 지난 삼 일 내내 자신의 손을 바라보며 똑같은 자세를 유지하고 있었다. 정확히 말하자면 자신의 손에 끼워진 반지를 보며 말이다.

"그럼요, 운랑과 저 사이를 증명해 주는 정표인걸요."

이 시대의 결혼 풍습에는 당연히 결혼 전 약혼식 같은 절차는 없다. 그러나 계획상 결혼을 연기하기로 한 이 두 남녀에게 당사자 중 하나인 진현이 한 가지 의견을 내놓았다. 이른바 언약식. 천지신(天地神)과 조상의 위패 앞에서 이 둘은 서로에게 충실하자는 약속을 하게 되고 그 약속의 증표로써 서로 한 쌍의 반지를 나눠 끼게 되었다.

진현이야 정신연령은 이십 대이니 그렇다 치지만 이 어리디어린 사마화련은 도대체 무슨 생각으로 동의한 건지……. 어쨌든 이 사실을 알게 된 단목빙이 시어머니 된 입장에서 자신이 소중히 간직하고 있던 용봉쌍환(龍鳳雙環)을 이 둘에게 줘 그 의미가 더욱 커지게 되었다. 하나 이 정표를 더욱 소중히 아껴야 한다는 것을 알긴 하지만 가는 내내 사마화련이 이것만 처다볼 줄이야 진현으로서는 상상도 하지 못했던 것이다. 진현으로서는 용의 무늬가 새겨진 환은 진현이, 봉의 무늬가 새겨진 환은 사마화련이 갖는 것 정도만 생각하고 있었던 것이다.

"련 누이, 우리가 가고 있는 소천성탑(小天成塔)이 호남(湖南)의 장사(長沙)에 있다고?"

"정확히는 장사의 근에 위치한 형산(衡山)이죠. 그런데 가끔씩 이럴 때 보면 정말 천하제일가의 소주라는 신분이 맞는지 정말 의문이에요. 어떻게 무가의 자식이라는 사람이 소천성탑이 무언지도 모르고 어디에 있는지도 몰라요? 그게 말이나 돼요?"

말의 내용은 따지는 듯했지만 연신 손에 끼워진 반지를 보며 흐뭇해하고 있는 사마화련의 말투는 부드럽기 그지없었다.

"아… 그게 말이지… 사실은 잘 생각이 안 나. 아마도 그 일을 겪은 후부터인 것 같아."

진현의 말에 이내 그의 곁으로 다가선 사마화련은 진현의 어깨에 고개를 기대고는 손을 잡았다.

"운랑, 미안해요. 그 기억을 떠올리게 해서……."

사마화련은 진현이 주화입마를 당함으로써 어떤 고통을 겪는지에 대해서 누구보다 잘 알고 있기 때문에 마치 자기 일처럼 슬퍼졌다. 이번 소천성탑만 해도 그렇다. 빙령옥녀심경이라는 고기서(古奇書)를 익힌 사마화련은 웬만한 상급고수도 저리 가라 할 정도의 내가고수의 반열에 들어 구담전(九潭殿)에 든다고 하지만 단지운의 경우는 천하제일가의 소주라는 배경을 뒤에 지고도 외가의 길로 가야만 했다. 물론 단지운 스스로가 선택한 길이지만.

"련 누이, 이제 운랑이라고 하지 말고 진현이라고 해봐. 지금부터 연습을 해야 실수를 하지 않지."

이것 또한 떠나기 전에 세웠던 계획의 일부이다. 진현 자신이 천하제일가라는 배경을 지고 외가의 길을 걷는다면 아마도 소천성탑에서 가만두지 않을 것이다. 천하제일가라는 엄청난 뒷배경을 가지고 있는 진현을 어떻게든 잘 요리해서 자신들에게 유리한 입장을 만들려고 할 것이고, 자연히 진현은 자신의 계획과는 상관없는 삶을 살아가게 될 것이고, 또 혹시라도 무림사화 중 하나인 사마화련과 아는 사이라고, 아니면 약혼식까지 한 몸이라고 소문이 난다면 그 또한 앞의 사태처럼 될 것이 자명하기 때문에 소천성탑에 입성하게 되면 바로 서로를 모르는 척하기로 처음부터 사마화련과 입을 맞추었었다. 어차피 머무는 숙소가 달라 볼 일도 잘 없겠지만.

그래서 진현은 이곳에서의 이름, 즉 단지운 대신에 가명을 쓰기로 했는데 그 이름이 바로 진현이었다.

"하지만 그런 촌스런 이름보다는 원래 운랑 이름이 좋은데……."

빠직.

진현이라는 이름이 어디가 어때서! 뭐라고 말할 수도 없고 정말… 이라고 진현은 정말 외치고 싶었다.

"험험, 그건 그렇고 이제 귀양(貴陽)이라면 언제쯤이나 형산에 도착하지?"

"성급하게 굴지 말아요. 어차피 시간은 아직 두 달 정도 남았으니 천천히 가셔도 돼요. 그리고 이왕 귀양에 온 것 갑수루(甲秀樓)나 검령산(黔靈山)도 한번 구경해요. 귀양까지 와서 그런 구경도 못한다면야 말이 안 되죠."

"그, 그런가?"

진현은 사마화련의 말에 고개를 끄덕이며 그것도 좋겠다라는 표정을 지었다. 그가 알기로도 소천성탑은 춘계나 되어야 입탑(入塔)이 된다고 하였으니 어느 정도 시간도 있었고, 전생에서 한 번도 연애라고는 해보지 못한 진현이기에 이번에 연애라는 것이 어떤지 알아볼 심산이었다. 물론 겸사겸사 관광도 하면서…….

"호오, 여기가 련 누이가 그렇게 보고 싶어하던 갑수루야? 정말 멋진데."

진현의 말은 틀리지 않았다. 남명하(南明河)의 줄기 따라 굽어진 곳에 이 루(樓)가 세워져 있었는데 현대의 삶을 살아온 진현이 보기에도 정말 감탄할 만한 곳이었다. 여기저기 기교(技巧)가 쓰여진 흔적이 보이면서도 자연과 동화된 이 누각(樓閣)은 절로 감탄이 새어 나오게 하는 것이었다.

"저도 처음 봐요. 책에 설명되어 있어 알고 있었지만 정말 좋네요. 아! 그런데 이미 선객(先客)이 있네요."

그녀의 말대로 이미 그곳에는 사람이 있었다. 세 명의 소녀와 한 명의 중년 사내였다. 무엇이 즐거운지 하하호호 웃고들 있는데 보기에도 한 폭의 그림과도 같았다. 일견해도 십오 세 전후로 보이는 소녀들은 귀티가 나는 것이 부잣집 아이들 같았다. 하지만 둘만의 세계에 빠져버린 사마화련과 진현은 그들에게 별로 신경 쓰지 않으며 이야기를 하고 있었다.

그런데 그것이 먼저 와 있던 선객에게 이상하게 보였나 보다. 단지 운의 외모가 비록 못생긴 것은 아니지만 사마화련의 외모가 너무도 훌륭하다 보니 어쩐지 조화가 맞지 않는 게 그들에게 어울리지 않는 한 쌍으로 보였을지도 모른다.

"할아버지, 저 언니 너무 아름답지 않나요?"

"그렇구나. 아직 열다섯 정도로 보이는데 저 정도의 외모라면 능히 너의 둘째 언니와 자웅을 겨룰 만하겠구나."

조진환(趙鎭環)의 말에 옆에 있던 한 소녀의 옥용이 붉게 물들었다.

"그런 말씀 하지 마세요. 누가 들으면 진짜인 줄 알겠어요."

그녀의 엄살 어린 말에 모두들 다시 한 번 박장대소하였다. 하지만 조진환의 말대로 조수령(趙秀玲)의 자태는 정말 무림사화 중 하나인 사마화련과도 견주어 뒤지지 않았다.

한편 한참 둘만의 세계에 빠져 무아지경이 되고 있던 진현과 사마화련은 갑자기 들려오는 박장대소에 웃음의 근원지로 고개를 돌리지 않을 수 없었다. 그러자 진현과 사마화련의 눈과 조진환과 그의 손녀들의 눈이 마주쳤다. 상대방에 자신보다 연장자가 있다는 걸 안 진현은 경로 사상이 투철하였기에 얼른 고개를 숙여 인사를 하였다. 그에 조진환 역시 응대하며 미소를 지었다.

"보아하니 고관대작(高官大爵)의 자제들 같으신데 어디서 왔는가?"

그의 말에 진현은 급히 사마화련에게 눈치를 주었다. 그러자 사마화련은 곧 알아들었다는 듯이 고개를 미비하게 끄덕이고는 조진환에게 예의가 가득한 자태로 공손하게 답해주었다.

"예, 저는 사마화련이라 하고 이쪽은 제 친구인 진현이라 합니다."

사마화련의 말에 어디서 많이 들은 이름이다라고 잠시 생각에 잠기던 조진환은 이내 머리 속을 스쳐 가는 한 가지를 떠올리고는 무릎을 쳤다.

"그럼 어린 소저가 바로 무림사화 중 하나인 해어화란 말인가?"

진현과 사마화련은 조진환의 겉으로 드러나는 외모로 보아 사십 대 정도밖에 안 되어 보이는데 자신들에게 하대를 하는 모습이나 마치 손주를 대하는 듯한 모습이 이상하게도 거북함이 없었다. 오히려 더 친근하게 느껴졌다.

조진환의 해어화란 말에 소령과 수령, 그리고 이제까지 한마디도 하지 않던 그들 자매의 큰언니인 조옥령은 깜짝 놀라며 사마화련의 얼굴을 다시 한 번 쳐다보았다.

"정말 사마 언니이신가요? 우와! 정말 소문대로 예쁘시네요!"

소령의 어린아이 같은 말에 사마화련은 미소를 지으며 진현과 함께 그들 곁으로 다가갔다. 아무래도 이야기가 길어질 것 같은데 거리를 두고 말을 주고받는다는 것은 예의가 아닌 것 같았기 때문이다.

"무슨 그런 말씀을… 그건 전부 소문 내기 좋아하는 사람들이 지어낸 얘기인걸요."

"아니에요, 언니는 정말 예쁘세요. 여자인 제가 봐도 아름다운걸요."

사마화련은 자꾸만 자신을 추켜세우는 조그만 소녀가 너무 귀엽게 느껴졌다. 하긴 그 누가 자신에게 칭찬을 하는데 싫어할 사람이 있는가?

"참, 이름도 물어보지 못했군요. 난 들었다시피 사마화련이라고 해요. 이름이 뭐죠?"

"전 조소령이에요. 막내죠. 그러니까 편하게 말을 놓으세요."

소령의 말에 옆에 있던 수령과 옥령도 같이 이름을 밝혔다. 그제야 자신이 상대방을 이름을 물어놓고도 자신의 이름을 밝히지 않았다는 것을 알게 된 조진환은 자신의 실례를 사과하였다.

"이런, 내 정신 좀 보게. 이래서 늙으면 죽어야 한다니까. 노부(老父)는 조진환이라고 한다. 아마 모르는 이름일 게다. 내가 은거를 한 지도 이십 년이 다 되어가니까."

진현은 조진환의 외모로 보아 고작 사십 대 중반쯤으로 생각하고 있었는데 은거한 지가 이십 년이 넘었다 해서 놀랐지만 사마화련은 조진환의 이름 때문에 놀랐다.

"그럼 할아버지께서는 과거 사군(四君)의 한 분이셨던 곤군(棍君) 조노사(趙老師)님이란 말씀이신가요?"

"허허허, 아직 나를 알고 있는 아이가 있다니? 이거 정말 뜻밖인걸."

곤군.

너무도 유명한 이름이었다. 곤(棍) 하나로 호남(湖南)과 호북(湖北), 강서(江西)를 제패하더니 강남의 일인자로 떠오른 것이 고작 그의 나이 삼십 세였다.

백일도(百日刀), 천일창(千日槍), 만일검(萬日劍)이라 했다. 하지만 곤은 어디에도 속하지 않는다. 그만큼 기본이 되는 무기였다. 그런 보잘 것없는 곤 하나로 강호에서 내로라하는 고수들을 자신의 무릎 앞에 꿇린 그는 사십이라는 젊은 나이에 은거를 하였다. 하지만 그는 그의 가문인 조가장(趙家莊)의 살아 있는 신화가 되어 조가장을 삼보장(三寶莊)으로 탈바꿈시키며 천하에서 가장 유명한 열한 개 유파(流派) 중 일장(一莊)으로 급부상시켰다.

소문에 따르면 그는 곤 하나로 하늘을 흔든다고 한다. 그래서 생긴 별호가 진천곤(震天棍). 하지만 조가장이 삼보장으로 명칭이 바뀌었을 때 그의 위치 또한 변해 있었다. 바로 사군의 하나로 말이다.

그런 그였기에 사마화련이 놀라는 것도 무리가 아니었다. 오히려 이런 곳에서 거물 인사를 만났다는 것에 기연으로 여기며 영광으로 생각해야 할지도 모른다.

"진현, 인사드려요. 이분이 진천곤 곤군 조진환이란 분이세요."

"안녕하세요. 진현이라고 합니다."

사마화련의 외모 덕에 가려 눈에 띄지 못한 진현이 인사를 하자 그제야 조진환은 진현을 보았다. 사마화련보다도 어려 보이는 소년에게서 무언가를 발견한 조진환의 눈은 이채를 띠었다.

'호오, 얼굴이 낯이 익는데… 어디서 봤더라.'

진현은 조진환뿐만 아니라 옆에 있던 조씨 자매에게도 인사를 건넸다. 통성명과 함께 나이까지 알게 된 그들은 어느새 언니, 오빠 하고 있었다. 조씨 자매 중 첫째 조옥령이 열여섯으로 가장 나이가 많았고, 그 다음으로 사마화련과 조수령이 열다섯, 진현이 열셋, 막내로 소령이 열둘이었다. 참고로 지금은 원단(元旦)이 지났기 때문에 진현과 사마화련 모두 한 살씩 더 먹었다.

"그럼 진현 오빠와 사마 언니는 형산으로 가시는 중이에요?"

"응, 정확히 말한다면 소천성탑이지."

진현과 사마화련은 자신들이 어디로 가는지 밝혔지만 정확한 이유와 진현의 신분에 대해선 말을 하지 않았다.

"여기서 이럴 것이 아니라 어디 가서 식사라도 하면서 이야기하지 그러냐?"

조진환의 말에 모두들 찬성을 하며 갑수루를 나와 큰길을 따라 걸어갔다.

취운빈관(翠雲賓館).

귀양의 자랑거리 중 하나인 갑수루 근처 요식업을 하는 주루 중 가장 큰 곳이었다. 그래서 그런지 언제나 귀양을 오고 가는 관광객이나 여행자들로 꼭 차 있어서 빈자리가 거의 없을 지경이었다. 그래서 취운빈관에서 생각한 것이 층별로 한 차별화였다. 증축 공사를 통해 사층으로 높인 이 주루는 말이 주루지 멀리서 보면 고관대작의 집이나 탑을 연상케 하였다. 하여간 사층으로 구성된 이곳은 일이층은 보통 손님을 받는 곳, 삼층은 일급손님을 받는 곳, 마지막으로 사층은 특급으로 규정 지어 뛰어난 경관을 보면서 여유로운 식사를 할 수 있도록 만들었다.

'마치 스카이라운지 같은 곳이네.'

삼층 주루 밖으로 보이는 귀양의 시가지와 귀양의 또 하나의 자랑거리 검령산을 바라보며 생각한 진현의 느낌이었다. 갑수루 옆으로 흐르는 남명하에서 갓 잡았다는 잉어로 만든 당초이어(糖醋鯉魚)와 청초우육사(青椒牛肉絲)를 먹으며 잠시 동안 식도락에 빠져 있던 사마화련은 진현이 자신의 앞에 놓여진 음식은 먹지 않고 먼 곳만 바라보자 얼른 식사를 하라고 채근하였다. 그 모습이 꼭 아내가 남편을 챙겨주는 것 같은지라 안 그래도 이상하게 여긴 소령은 사마화련에게 물음을 토했다.

"저, 사마 언니, 아까부터 이상했는데 진현 오빠랑 어떤 사이세요. 그냥 보면 친남매 같은데 친남매도 아니니 꼭 연인 사이 같아요."

"풋."

하마터면 진현은 입속에 있던 청초우육사의 실 같은 쇠고기 조각을 내뱉을 뻔했다. 소령의 말이 뭐 그리 틀린 말은 아니지만 열두 살의 입에서 연인이라는 단어가 나오자 조금 당황한 진현이었다. 물론 자신은 몸만 열세 살이지 마음은 이십 대라고 여기지만.

진현뿐만 아니라 사마화련 역시 소령의 말에 난감함을 표했다. 자칫 진현의 신분을 밝혀야 할지도 모르기 때문이었다. 자신의 배경 때문에 사람들이 편견으로 바라볼까 봐 전전긍긍하는 자신의 남편이 될 진현 때문에 이곳으로 올 동안 한 번도 자신의 정체를 드러내지 않았던 사마화련이었기에 더한 걱정거리였다.

그런 진현과 사마화련을 구해준 자가 있었으니, 이름하여 조진환. 갑수루에서부터 계속해서 무슨 생각에 빠져 있던 그는 마침내 침묵에서 탈출하여 대뜸 진현에게 물었다.

"애야, 혹시 너의 집이 운남에 있지 않느냐?"

'허걱!'

마음 한편에는 뜨끔한 구석이 있었지만 포커 페이스를 유지한 진현은 일말의 흔들림도 없었다. 물론 속으로는 '이런, 들켰다! 그런데 어디서 눈치를 챘지?'라고 생각했지만 말이다. 이런 진현을 보며 슬며시 미소를 지은 조진환은 전음(傳音)을 사용하여 진현에게 다시 한 번 물었다.

"너의 이름은 진현이 아니라 단지운이지 않느냐?"

마음속으로 울려 퍼지는 그의 목소리가 마치 자신을 이곳 세계로 이끌어준 천사와 같다고 생각했다. 목소리는 아니지만. 그건 그렇고 단지운이라는 말이 나오자 진현은 더 이상 거짓말을 할 수가 없었다. 말로 대답할 수 없었기 때문에 고개를 끄덕이는 수밖에 없었다.

"그럼 그렇지. 이 녀석, 나를 모르겠느냐?"

좀 전에 자신의 이름이 조진환이라고 밝혀놓고 자신을 모르겠냐라니… 진현은 도통 조진환의 말이 이해가 되지 않았다. 하지만 곧 그의 의문은 풀렸다.

"허어… 정말 2년 전에 나를 만난 기억이 나지 않느냐? 소문이 사실이었군. 네가 주화입마에 빠졌다가 다시 일어나긴 했는데 정신이 오락가락한다더니 그 말이 진정이구나."

그제야 진현은 눈앞에 있는 겉만 사십 대인 할아버지와 예전에 견식이 있었음을 알았다. 하지만 단지운의 기억을 자의로 꺼내지 않으면 자동적으로 기억나지 않기 때문에 처음부터 기억하지 못한 건 어쩔 수 없었다. 그래서 조진환의 말대로 정신이 오락가락하기 때문에 기억하지 못했다라고 밀고 나가는 수밖에 없었다. 진현은 그의 말이 맞다는 뜻에서 고개를 다시 한 번 끄덕였다.

진현과 조진환의 행색을 보며 뭔가가 오간다라는 느낌을 받은 조씨 자매와 사마화련은 그들을 지켜보았다. 하지만 그것도 잠시, 소령으로 인해 그 잠시간의 침묵은 깨어졌다.

"오빠, 그리고 할아버지, 저희들 빼놓고 무슨 말씀하세요? 무슨 비밀 이야기라도 하시는 건가요?"

"응? 아무것도 아니다. 어서 들자꾸나."

소령의 질문에 조진환은 그냥 얼버무리며 앞에 놓인 당초이어와 청초우육사에 젓가락을 가져갔다. 소령 자매와 사마화련은 그의 반응에 이상함을 느꼈으나 그가 아무 말을 하지 않자 어쩔 수가 없었다. 진현 역시 자신의 앞에 놓인 음식에 젓가락을 가져가기 시작했다. 그런 그의 귀에 다시 한 번 조진환의 음성이 들려왔다.

"이 식사가 끝난 후에 나와 잠시 보자꾸나."

진현은 고개를 잠시 끄덕이며 다시 식사를 마저 하였다.

"그래, 그래서 소천성탑으로 간단 말이냐? 음……."

조진환으로서도 진현의 설명을 듣고 보니 어쩔 수가 없음을 알게 되었다. 오죽했으면 단후명이 자신의 아들을 소천성탑으로 보냈을까? 사실 단후명이 아무리 성품이 너그럽다 하여도 자존심 하나만은 정말로 대단하였다. 그것은 조진환도 알고 있는 사실이다. 그런 그가 사대세가의 아가리로 그의 아들을 보낸다. 자신도 얼마나 답답했겠는가? 천하제일가의 가전무공은 천하제일이라는 현수막이 붙은 만큼 너무나도 현묘하고 어려운 가학(家學)이었다. 자연 내가공부를 빼고라도 외가공부도 그만큼 어려운 것이었다. 아직 진현이 익히기에는 어려울 만큼. 하지만 진현의 몸 상태는 삼사 년을 기다릴 만큼 여유가 있지 않았다. 자신의 또래에 비해 약해진 신체, 내공을 익힐 수 없게 만들어 버린 주화입마. 어디를 보더라도 너무한 악조건이었다.

조진환이 생각하기에도, 아니, 자신의 입장이래도 소천성탑으로 보내줄 수밖에는 없었을 것이다. 열한 개 유파 중 회(會)와 더불어 집단을 이루고 있는 곳은 맹(盟)밖에는 없었다. 각 문과 파를 합친 만큼 수만 개의 무공이 있을 것이고 진현도 아마 거기서 자신에 맞는 무공을 찾을 것이다. 비록 외공이라 할지라도.

"천하제일가의 외아들이 외공밖에는 익히지 못한다… 이게 무슨 이치인가? 운아, 너무 자책하지 말아라. 원래 무공이란 외공에서 시작한 것. 외공이면 어떠냐. 삼류무사 중에는 변변한 외공소자 익히지 못하여 무도관을 헤매며 전전긍긍하는 이도 많단다."

지금 조진환은 열나게 진현을 위로하고 있었다. 하지만 소 귀에 경 읽기라 했던가. 내공이 어떠니 외공이 어떠니. 애초에 개념조차 없었던 진현에게는 자책이나 슬픔이란 게 없었다. 이걸 모르는 조진환은 오히려 자신을 안정시키려고 담담하게 있는 진현이 더욱 불쌍해 보였다. 하지만 진현의 경우는 자신도 도움을 주지 못하는 일이니 너무도 안타까운 일이었다. 하나 마침 머리 속에 떠오르는 것이 있었다.

"얘야, 소천성탑에 가기엔 아직 시간이 이르지 않느냐?"

"예, 춘월(春月)이나 되어야 입탑이 가능하기 때문에 아직 두 달 정도 시간이 있습니다."

"그럼 여기서 보름 정도 머물다 가거라."

"예? 무슨 연유로……."

진현은 뜬금없이 여기서 보름이나 머물다 가라는 조진환의 말에 반문을 토했다.

"내 너에게 가르쳐 줄 것이 있단다."

"그게 무슨 말씀이신지……."

"그냥 내일부터 나를 따라오면 알게 될 일. 그건 그렇고 화련이와는 무슨 관계이더냐?"

"예… 그것이……."

진현은 그 무엇보다도 이 질문이 가장 난감하고 대답하기 곤란했다. 사마화련과의 관계가 떳떳치 못한 것은 아니지만 그리 자랑할 일도 아니라 생각했다. 우선은 자신의 나이가 이십 대 후반이라고 변함없이 믿고 있었고 전생에서 익혀온 가치관에 입각하면 십대, 그것도 열다섯밖에 안 된 소녀와의 관계는 조금 껄그러운 게 사실이었기 때문이다.

"그래, 알겠다. 대충 짐작이 가는구나. 사내 녀석이 이렇게 수줍음을 타서야 무엇에 쓰겠느냐?"

"운랑, 조 노사님과 무슨 이야기를 그렇게 오래 나누셨나요?"

"응, 그것이……."

진현은 사마화련에게 조진환과 있었던 이야기를 빠짐없이 해주었다. 물론 사마화련과의 관계에 대한 내용은 빼고.

"우와, 정말 잘됐네요. 조 노사님께서 가르쳐 주신다면 금과옥조(金科玉條)와도 같은 것일 게 분명하고, 그럼 운랑이 무공을 익히는 데 무한한 도움이 될 거예요."

마치 자신의 일처럼 좋아하는 사마화련을 보고 있자니 가슴속에서 따뜻한 무언가가 올라오는 것을 느낀 진현은 살며시 사마화련을 껴안았다.

"어머, 누가 보면 어쩌려고 이래요?"

"가만히 있어봐. 조금만 이렇게 있자."

정말이지 나이도 어린것들이 하는 짓은 이십 대 같다. 물론 진현의 마음은 이십 대를 훌쩍 지났지만.

진현의 품에 안겨 달콤한 미소를 짓던 사마화련은 진현에게 볼멘소리로 말을 건넸다.

"그런데 운랑이 조 노사에게 그렇게 가르침을 받으면 나는 심심해서 무얼하죠?"

진현은 문득 사마화련의 별호가 해어화라는 것을 생각하며 입가에 웃음을 지었다. 말하는 꽃이라 불릴 만큼 재지가 뛰어나던 이 아이가 어쩌다 이렇게 투정꾸러기가 되었을꼬 하고 말이다.

진현은 아침 일찍 조진환과 더불어 취운빈관을 나가 마차를 타고 귀양을 벗어났다. 전날 조진환이 말한 것이 있는지 진현은 귀양을 벗어나는 순간에도 아무 말을 하지 않았다. 그저 조용히 조진환이 하는 대로 따를 뿐이었다.

"음, 다 왔다. 내리려무나."

진현은 마차에서 내리자 귓속을 울리는 굉음을 들을 수 있었다. 굉음을 따라 조진환과 진현은 곧 눈앞으로 거대한 폭포를 보게 되었다.

"어떠냐? 바로 황과수폭포(黃果樹瀑布)다. 속까지 개운해지는 것 같지 않느냐? 허허, 정말 상쾌하구나."

아닌 게 아니라 진현은 정말이지 폭포를 보고 있자니 속이 뻥 하고 뚫린 것 같은 느낌을 받았다. 말 그대로 유쾌, 상쾌, 통쾌였다.

"오늘부터 내가 운아에게 한 가지 수법을 가르쳐 주마."

라고 운을 뗀 조진환은 황과수폭포를 이름 짓게 만든 황과수(黃果樹)의 가지를 하나 꺾었다. 계절이 겨울이라 그런지 유명한 황과(黃果)는 열리지 않았고 폭포에서 떨어지는 물줄기의 지류처럼 흩날리는 수증기가 대지를 차갑게 만들었다. 하지만 진현은 오히려 정신을 맑게 해주는 것 같아 좋았다.

"너에게 가르쳐 줄 것은 그리 대단한 것이 아니다. 하지만 네가 어느 정도 경지에 이르렀을 때는 알게 되는 것이기도 하다. 자연히 네가 알게 될 것이지만 너에게 도움이 될 것 같아 미리 가르쳐 주는 것이니 그리 고맙게 여기지는 말아라."

그렇게 말하며 조진환은 우선 진현에게 자신을 향해 있는 힘껏 나뭇가지를 내려치라고 했다. 무공의 수준이나 자신의 힘을 생각한 진현은 아무 걱정 없이 있는 힘껏 나뭇가지로 내려쳤다.

획—

진현의 나뭇가지가 조진환의 옆구리를 향해 돌진하여 한 척(尺)쯤 남았을 때였다. 돌연 조진환의 나뭇가지가 진현의 나뭇가지의 곁에 붙더니 진현과 같은 흐름으로 이끌었다. 거기에 자신의 흐름을 조금 보태어 자신의 옆구리 한 자 옆으로 흘려 버렸다. 결국 진현은 자기 힘을 이기지 못하고 조진환의 뒤로 넘어가 버렸다.

"허허허, 일어나거라. 다치지는 않았니?"

손을 내밀어 진현을 이끌어준 조진환은 그 뒤로 몇 번을 더 반복하였다. 계속해서 넘어지던 진현의 마음속에 한 가지 생각이 들었다. 분명 조진환이 자신을 이렇게 대한 것에는 까닭이 있을 것이다라고 말이다. 그리고 자신이 계속해서 자신의 힘을 주체하지 못하고 넘어지는 것에 대해 여러 가지 생각을 할 수 있었다. 진현도 생각하는 동물인 사람인데 똑같은 방법으로야 했겠는가. 처음에는 무작정 힘껏 내려쳤지만 그 다음부터는 힘을 조절하여 내려쳤다. 하지만 그에 따라 조진환도 자신보다 꼭 세 푼은 적은 힘으로 자신의 나뭇가지를 이끄는 것을 알게 되었다. 잠시 하던 것을 멈추고 생각에 잠긴 진현을 보며 조진환은 미소 짓더니 곧 진현에게 해답을 알려주었다.

"아마 너의 작은 머리로 모든 것을 알기는 힘들 것이다. 넌 내가 너의 나뭇가지에 나의 나뭇가지를 가져다 댐으로써 너의 공격을 무위로 돌린 것이 이상하게 여겨질 것이다. 그러나 이치를 알게 되면 별것도 아니란다. 이제부터는 내가 하는 말을 잘 들어라."

진현은 지금부터 본론에 들어가는 것을 알고 고개를 끄덕이며 눈에 빛을 발했다. 아무리 이 세계에 온 지 얼마 되지는 않았지만 세가에 있을 때 세 달이라는 시간을 그냥 보낸 것이 아니기 때문에 조진환이 하는 말이 대충 이해가 되었다.

"아무리 힘이 센 사람이라도 무적이 될 수는 없단다. 예를 들어 그보다 큰 힘을 가진 사람이 나온다면 그가 무적이 될 것이 아니냐. 그렇기에 사람들은 어찌하면 자신보다도 힘이 강한 사람을 이길 수 있을까 하고 고민을 하게 되었단다. 자신보다도 힘이 센 사람을 이긴다. 어찌 보면 불가능한 것인지도 모른다. 내가의 세계도 마찬가지란다. 진정한 힘겨루기라 할 수 있는 내공의 대결로 들어가면 내공이 강한 사람이 이기게 마련이지. 하나 우리는 내공이 약한 사람이나 힘이 약한 사람이 그 대련이나 대결에서 이기는 것을 종종 볼 수가 있다. 그것은 바로 부드러움으로 강함을 제압하기 때문이다. 소나무는 태풍에 부러지지만 버드나무는 바람이 이는 대로 몸을 맡겨 휘어진다. 이 이치를 알겠니? 그래, 상대방이 강하게 나오면 그에 맞게 몸을 맡기면 되고 상대방이 약하게 나오면 그 또한 그렇게 맡기면 된단다. 이를 무학이론(武學理論)으로는 유능제강(柔能制剛)이라 하지. 너는 아마도 외가(外家)의 길을 걷게 될 것이 자명하다. 천운이 따라 내가의 길을 걸을 수 있다면 그 무엇보다도 좋겠지만 지금은 그저 희망 사항일 뿐이고 내가 가르쳐 주는 이것을 잘 이해를 한다면 앞으로 내가의 고수를 만나더라도 그리 어렵지는 않을 것이다. 그렇게 되기 위해서는 많은 노력이 필요하겠지. 그 유능제강에 이르는 방법 중 하나에 사량발천근(四倆撥千斤)이라는 말이 있다. 네 량의 힘으로 천 근을 들어 올린다는 말이지. 진짜로 어찌 네 량의 힘으로 천 근을 들어 올리겠느냐. 하지만 천 근의 힘을 이용한다면 네 량의 힘만으로도 능히 천 근을 들어 올릴 수가 있다. 즉, 남의 힘을 빌려 상대방을 친다는 거지. 아마 잘 이해가 되지 않을 것이다. 하지만 이제부터 내가 하는 대로 따라온다면 어느 정도 기초는 잡힐 것이니 걱정하지 말아라."

장시간에 걸친 조진환의 이야기였지만 진현으로서는 솔직히 알 듯 하면서도 모르는 그런 상태였다. 우선 조진환의 말대로 자신을 따라

하면 된다는 말에 그저 그런가 보다 하고 넘어갈 뿐이었다.

"너도 알겠지만 나의 무공의 원천은 이 보잘것없어 보이는 곤이란다. 무기의 크기나 힘만으로 따진다면 십팔반무기 어느 것도 이보다 중병(重兵)이 아닌 것이 없지. 하지만 난 이제까지 청룡도(靑龍刀)라든지 거검(巨劍), 그뿐 아니라 기문병기(奇門兵器)에 이르기까지 내 손에 곤이라는 이 친구가 있는 이상 한 번도 실망한 적이 없단다. 그 이유가 무엇이겠니? 바로 유능제강, 이 네 자 때문이지. 물론 너에게 곤을 가르칠 생각은 없다. 단지 너에게 이 네 자를 가르쳐 줄 생각이다."

그 뒤로 조진환은 진현이 더욱 쉽게 알 수 있도록 자세히 풀어 설명하였다. 상대방의 힘에 어떻게 맞서야 하는지, 그리고 그 힘을 어떻게 이끄는지, 그 힘에 자신의 의도를 어떻게 집어넣을 수 있는지에 대하여 요결(要訣)과 그에 맞는 자세에 대하여 반복과 숙달을 통해 가르쳐 주었다. 그에 대한 대가로 진현은 하루라도 몸에서 상처가 나지 않는 날이 없었지만…….

"그래, 바로 그것이 접(接)이다. 이제야 이해를 하겠니?"

지금 조진환은 진현에게 착(着:붙다)과 착(錯:섞이다)에 대하여 설명하고 있었다. 이미 종(踵)에 대하여 설명이 끝나고 접(接)과 합(合), 그리고 해(解)에 대하여 설명을 하였다.

"운아, 의외로 이것은 상당히 단순하다 여길 수 있단다. 상대방이 어떻게 오든 그의 힘을 쫓아서[踵] 나의 힘을 붙여서[接] 나의 작은 힘을 보태고[合] 그것을 풀어버린다[解]. 어떠냐, 쉽지?"

하긴 말로 하면 무엇인들 쉽지 않으리. 하지만 그것을 몸으로 옮기자니 그것이 어려운 게지. 뭐든지 말과 몸이 일치가 된다면 이보다 좋은 것이 어디에 있는가? 그렇게 안 되니 문제지. 속으로는 이렇게 생각하는 진현이었지만 당연히 밖으로 표현할 수가 없었다. 자신을 위해 며칠을 고생하여 가르쳐 주는 조 노사의 노력을 알기 때문이다. 자신이 정상의 몸이라면 그는 굳이 이런 일을 하지 않을 것이다. 진현의 아버지인 단후명이 알아서 가르쳤을 테니. 하지만 그렇지 않으니 단지운을 생각하는 마음에서 조금이라도 보탬이 되고자 함을 진현이 왜 모르겠는가.

진현은 약속된 것은 아니지만 처음에 말했던 보름이라는 시간이 다 되어가자 조진환이 말한 것을 대충 이해하고 몸으로 행할 수 있는 수준까지 되었다. 그것이 실전에서 어떻게 쓰일지는 미지수지만.

"이제 이것으로 내가 말한 것은 다 끝났다고 할 수 있다. 하지만 안다는 것과 행한다는 것은 천지 차이다. 그러니 항상 혼자서라도 연습을 하고 게을리 하지 말아라. 만약 네가 이것을 대성하게 된다면 이것 하나만으로도 너를 무시할 사람은 거의 없을 것이다."

보름. 숫자상으로는 15일이라는 짧으면 짧고 길다면 긴 시간에 조진환은 진현에게 많은 것을 가르쳐 주었다. 말로는 사량발천근이라는 명목 아래 그에 대한 활용법만을 가르쳐 준다고 했지만 심오한 이론상의 무리(武理)를 가르친다는 것이 어찌 말한 대로 한 가지뿐이겠는가. 그에 대한 기초적인 것부터 전반적인 것까지, 그리고 그것과 관련한 모든 것까지 가르쳐 주다 보니 진현으로서는 용량 부족이라는 메시지가 뜰 만큼 많은 것을 전수받았다 할 수 있었다.

처음에는 단순히 가르쳐 주는 것만 익힌 진현이었지만 날이 갈수록 이해가 되고 전반적인 것에 알게 되자 조진환의 이런 노력들을 알게 되었다. 한낱 인연이 있던 어린아이에게 가르쳐 주기에는 너무 많은 것을 가르쳐 준 것이다. 고맙다는 말로는 표현하지 못할 것임에 진현은 그저 묵묵히 조진환의 바람대로 대성하는 것이 그에 대한 최고의 보답이라고 생각했다.

그런 진현의 마음을 알기 때문일까? 조진환은 나이와는 상관없는 외모를 가진 얼굴에 미소를 띠며 그에게 말을 했다.

"운아, 세상에 모든 유파에는 자신들만의 비학(秘學)이 있고 그것을 남에게 알려주기 싫어한단다. 물론 나도 우리 장(莊)의 비전절예(秘傳絶藝)를 남에게 알려줄 수는 없지. 하지만 이제까지 내가 너에게 가르쳐 준 것은 무인이라면 누구나 겪었을 벽을 통과하기 위한 하나의 깨달음이란다. 너에게도 이런 벽이 올 것이고 너도 이것에 대해 많은 시간을 할애하며 고민을 할 것이다. 그렇다. 난 조금 빨리 너에게 이것을 가르쳐 준 것뿐이지 우리 장의 비전절예를 가르친 적은 없다. 그러니 부담 갖지 말아라. 알겠니?"

하지만 진현은 나중에 알게 될 것이다. 그가 가르쳐 준 부분에는 그의 말과는 반대로 그의 최후 심득과도 같은 요결과 구결이 있었음을… 아직 자신이 이해를 못하고 내가의 이해가 없기 때문에 알 수 없는 것뿐이라는 것을…….

이렇게 진현과 삼보장(三寶莊)과의 인연은 맺어갔다.

"이제 보름이라는 시간이 지나갔네요. 정말이지 시간이 너무 느린 것 같아요."

이봐, 아가씨. 당신은 관광이다 뭐다 해서 노느라고 그랬겠지만 난 아니라구. 날짜 가는 줄도 모르고 고생하고 있었는데 뭐라고? 이런……. 이제까지 진현의 속마음이었다.

"여기서 한 달 정도면 장사에 도착할 거고 거기서 보름 정도 머무르면 아마도 입탑하기에 시간이 거의 맞을 거예요."

진현은 다시 한 번 마차를 탄다는 생각에 머리가 지끈거렸다. 누가 들으면 배부른 소리다 할지도 모른다. 그러나 그건 짧은 거리를 이동할 때 쓰이는 말이고 두 달이라는 시간 동안이나 마차를 탄다면 속이 울렁거리고 엉덩이가 계속되는 탄력에 물러 터질지도 모른다. 편한 버스나 지하철 등 안정감이 높은 교통수단을 이용했던 진현에게는 마차라는 것은 처음에는 호기심이라든지 신기함이 있었는지 몰라도 지금은 고역이라고밖에는 설명할 길이 없었다.

"련 누이, 우리 마차 말고 다른 것을 이용하면 안 될까? 마차는 너무 익숙하지 않아서 말이야."

"마차 말고 다른 것이라면 원강(沅江)을 이용하여 동정호(洞庭湖)까지 가는 선박을 이용하는 방법도 있고, 그것도 아님 말을 타고 가는 방법도 있는데… 어떤 걸로 하시겠어요?"

"음……."

배 아니면 말이라… 진현으로서는 고민이 되었다. 죽어도 마차는 못 타겠으니 다른 것으로 바꾸긴 바꾸어야 하는데 말을 타는 것은 마차보다 더하면 더했지 못하지는 않고, 그렇다고 배를 타자니 속이 울렁거리는 것은 마찬가지일 것이고… 그래도 익숙하지 못한 말보다는 배를 이용하는 것이 낫다고 생각했다.

동정호를 이루게 하는 많은 지류의 강들이 있다. 그것들을 크게 본다면 두 개의 강으로 나눌 수 있다. 원강과 상강(湘江)이 바로 그것이다. 하지만 이 두 개의 강은 동정호로 흘러 들어간다는 점에서는 비슷할지 몰라도 실상은 전혀 다르다고 할 수 있다. 상강은 광서성(廣西省)

에 위치한 흥안현(興安縣)에 그 진원지를 두고 있으며 남녕(南寧), 유주(柳州), 계림(桂林)을 통해 들어오는 남만의 신기한 풍물들을 중원으로 유입하고 있다. 하지만 원강은 상강과 강의 크기에서부터 비교가 된다. 장강의 지류만큼이나 큰 이 강은 운남과 호남을 이어주는 교량 같은 역할을 하는 귀주에서 시작되는 만큼 운남과 귀주의 각지에서 올라오는 물품과 행인들의 젖줄기나 마찬가지이다.

그래서일까? 진현과 사마화련이 타고 있는 이 배 안에도 배 크기에 비해 엄청난 사람들이 타고 있었다. 각자 한 보따리씩 둘러멘 행인들과 상인들은 삼삼오오 모여서 저희들끼리 무슨 할 말이 많은지 여자들처럼 수다를 떨기에 바빴다.

"그래도 배를 타니 마차보다는 낫군. 그리고 정말이지 강 위로 불어오는 바람이 너무나 시원하네."

"시원하다니요? 춥지 않아요? 이 원강의 바람이 세고 추운 건 세상 사람들이 다 아는 것이라고요."

자신의 흐트러진 머리를 매만지며 사마화련이 말했다.

"하지만 난 이 바람이 너무도 청량하게만 느껴지는걸. 그리고 강 주위에 있는 이 절경들이 너무도 멋있어."

진현의 말대로 강 주위는 절애로 이루어져 있었다. 꼭 산 중앙을 도끼로 파낸 곳에서 강이 흐르는 것 같은 느낌이었다.

지리적으로 원강은 남령산맥(南嶺山脈)의 끄트머리에 위치한다. 하지만 남령산맥의 줄기를 가로로 관통하고 있어서 강의 삼 분의 이가 절벽으로 둘러싸여 있었다. 그래서인지 깎아지르는 듯한 절벽 사이를 굽어 흐르는 원강의 풍경은 그야말로 일절(一絶)을 이루기에 부족함이 없었다. 하지만 절벽 사이로 흐르는 강물은 때때로 급류를 만들어내기 때문에 선체에 많은 흔들림을 주었다. 자연히 뱃멀미를 하는 사람들이 많아지고 그중에 한 사람인 진현도 뱃멀미와 함께 어지러움을 느껴 선실 밖으로 나온 것이다.

"련 누이, 추우면 선실로 들어가. 이렇게 있다가 감기라도 들면 어쩌려고 그래."

따뜻한 진현의 목소리에 감동한 사마화련은 감동 모드로 전환해 그의 어깨에 머리를 기대었다. 그런데 여기서 그들을 방해하는 자가 있었으니, 정말로 하늘은 이들의 연애질을 싫어하는 것일까?

"이야, 그림 좋구만. 그런데 아직 머리에 피도 안 마른 것들이네."

"그러게 말이야. 오호, 여자는 이쁜데? 가지고 놀기 딱이야."

어느 시대를 가도 이런 놈들은 꼭 있는 모양이다. 정말 정이 안 가는 놈들. 남자 둘로 이루어진 이 그룹은 나는 파락호라고 이마에 써 붙이고 다니는 것 같은 더러운 인상 하며 그에 걸맞은 말투까지 양아치가 되기 위한 요인을 두루 갖춘 놈들이었다.

"뭐라고요?"

빽 하고 소리를 지르는 사마화련은 진현이 뭐라고 할 틈도 없이 일어나서 그 둘을 노려보았다.

"호오~ 야, 성깔있네. 원래 여자는 어느 정도 앙탈이 있어야 맛이 있지. 흐흐흐."

"당신들은 누구십니까? 누구신데 저희들에게 시비를 거는 거죠?"

사마화련 때문에 제대로 나서지 못한 진현이 어느새 자리에서 일어나 그들을 오연히 쳐다보며 말을 하고 있었다.

"꼴에 남자라고 나서기는… 애야, 그러다가 다친다. 너는 엄마 젖이나 더 먹고 오고 저 여자 아이는 내가 잠시 데리고 놀다가 보내주마.

흐흐흐.”

파락호 특유의 음흉한 웃음을 지으며 사마화련을 쳐다보던 파락호 1(워낙에 잠시 출연하는 엑스트라라 이름을 정하지 않았습니다. 양해를…)은 진현에게 정중한(?) 요구를 하며 물러서기를 간절하게 바랐다.

'부디 저희들 손에 피 묻히는 일이 생기지 않기를……'

이렇게 기도를 하던 파락호 2는 곱게 보내줄 때 구석으로 알아서 처박혀라라는 투로 다시 한 번 진현에게 말했다.

“애야, 좋은 말로 할 때 가는 것이 너의 신상에 좋을 것이다. 원래 남자는 나서야 할 때와 나서지 않을 때를 잘 구분하라고 했다, 웅? 자, 저쪽으로 가서 구석에 머리 박고 있거라. 알았지? 아이구, 착하지. 자자, 빨리 가거라.”

어린아이 달래는 듯한 목소리로 말하는 그들을 보며 진현은 어이없음을 느끼는 동시에 속에서 무언가가 끓어올라 오는 것을 느꼈다. 이런 사람들에게는 말이 필요 없다는 것을 안 진현은 곧바로 그들에게 달려갔다.

그걸 본 사마화련은 자신이 나서면 이 파락호들은 일초지적(一招之適)도 되지 않음을 알기에 진현을 만류할까라고 생각을 했지만 조 노사와의 보름 동안의 수련의 성과가 어떠한지 궁금하기도 했던 터라 그저 지켜만 보고 있었다. 만약 진현이 밀린다고 생각되면 그때 자신이 나서도 늦지 않다라고 생각한 이유였다.

한편 파락호 1, 2는 어이가 없었다. 보아하니 열다섯도 안 되어 보이는 꼬마가 자신들에게 덤비자 이거 맞서서 때려야 하나 말아야 하나 고민이 되었다.

진현은 파락호 1, 2와 일 장 거리를 떼우고 대치 상태에 들어갔다.

자신있게 달려든 것까지는 좋았는데 그 다음이 문제였다. 자신이 알고 있는 공격법은 없었기 때문이다. 조 노사에게 배운 것은 무리와 남의 공격에 맞서 대응하는 대처 방법이었기 때문이다. 원본 단지운의 기억 속에 있는 초식들은 작은 나이임에도 불구하고 많았지만 한 번도 그것을 연습한 적은 없었다. 오로지 기초만 다지려고 이제까지 시간을 보냈기 때문에 공격 초식이란 그의 머리 속에는 없는 것이나 마찬가지여서 난감하기 이를 데 없었다.

"어이, 꼬마야. 왜 그래? 이제 와서 겁이 나느냐? 그러게 아까 뭐라고 그랬어, 나설 때 안 나설 때를 가리라고 그랬지?"

"이보게, 저 녀석이 겁을 먹었나 본데 그냥 몇 대 밟아주고 보내자구. 저 어린 소저가 우리를 애타게 기다리고 있지 않은가?"

파락호 1은 파락호 2가 하는 소리를 들으며 입가에 음흉한 웃음을 짓곤 진현에게 다가왔다. 진현은 그가 자신을 향해 다가오자 일순 온몸에 긴장감이 돌았다. 그러던 찰나에 파락호 1은 진현의 배를 발로 차버렸다.

"윽!"

짧은 신음과 함께 배의 한쪽 구석으로 날아간 진현은 아픈 배를 문지르며 다시 일어났다. 사마화련은 일순간에 파락호 1이 진현의 배를 차버리자 당장에 뛰쳐나가 박살 내려 했으나 진현이 자신에게 눈치를 주며 일어나자 움직이려던 몸을 진정시키며 주먹을 쥐었다.

"흐흐흐, 별것도 아닌 것이. 야, 이 녀석아. 그러게 아까 꺼지라고 할 때 꺼졌으면 그런 고통도 없을 게 아니냐?"

하며 파락호 1은 다시 진현에게 다가오며 다리를 뻗어 진현을 차려했다. 하지만 한 번 실수는 병가지상사라 했던가. 오히려 한 번 걸어채이고 나자 긴장되던 가슴이 진정이 되는 것을 느낀 진현은 파락호 1의 다리가 자신의 배를 향해 다시 한 번 오자 몸을 옆으로 비틀면서 손을 뻗었다.

'그의 다리를 향해[蹴] 나의 손을 붙여[接] 거기다 나의 힘을 조금 더 하여[合] 와해시킨다[解].'

쿵!

파락호 1은 진현의 옆을 살짝 지나 넘어지면서 아무리 생각해도 어이가 없음을 느꼈다. 분명 자신은 진현의 배를 차기 위해 다리를 뻗었는데 어느새 자신의 의도와는 상관없이 옆으로 새어버리더니 자신을 지금 이 꼴로 만들었던 것이다.

"이런 경우가……."

파락호 2는 파락호 1이 넘어지자 한 번도 이런 일이 없는 사실을 상기하고는 무언가 이상하다고 여겼다. 그래서 이번에는 자신이 나서기로 마음을 먹었다. 바로 진현에게 간 그는 주먹을 진현의 면전으로 뻗었다. 파락호 2는 비록 무림인에게는 상대도 되지 않지만 주먹 세계에서 잔뼈가 굵은 자신의 주먹이 자신을 배신하지 않으리라 믿어 의심치 않았다.

진현은 다시 한 번 마음을 진정시키며 그의 주먹의 행로(行路)를 지켜보았다. 그리고는 그의 팔을 자신의 의지와 조금의 힘을 실은 손으로 마치 쓰다듬듯이 보듬어주었다. 그리고 결과는 예상한 대로 단 일 합에 파락호 2는 파락호 1과 같은 신세가 되었다.

파락호 2는 정말이지 화가 머리끝까지 솟아올랐다. 아무리 자신들이 평소 타 구역 놈들과 정식으로 붙을 때처럼 하지 않았다 하더라도 이런 머리에 피도 안 마른 녀석에게 당할 줄은 꿈에도 생각지 못했기 때문이다.

"우우우~"

다 함께 분노의 울부짖음을 흘리며 파락호 1, 2는 함께 진현에게 달려들었다. 그들의 머리에는 이제는 인정사정이란 없다라는 생각이 가득했기에 주먹 하나 발차기 하나에 온 힘을 쏟았다. 뭐, 처음부터 봐줄 생각은 없었겠지만.

진현은 갑자기 2대 1의 형국이 되자 일순 당황했다. 아무리 진현이 무학의 대종사 격인 조 노사에게 가르침을 받았다 하더라도 그 시일이 너무도 짧았고 그 배움 역시 그의 수준으로는 따라가기 힘든, 많은 시일과 노력을 필요로 하는 것이었기 때문이다. 그리고 무엇보다도 그가 아무리 무가의 자식이라 하나 몸만 그럴 뿐이지 다른 모든 것은 21세기에 살고 있던 진현이었기에 당황하지 않을 수 없었다.

파락호 1과 파락호 2는 함께 싸우는 패싸움에 익숙할 대로 익숙한 몸이라 금세 진현의 손발이 흐트러졌다. 파락호 1의 주먹을 흘리기 위해 손을 뻗으면 파락호의 발차기가 그의 옆구리를 노리고 파락호 2의 발차기를 막으려 하면 산전수전, 공중전까지 다 겪은 파락호 2의 속임수였는지 어느새 발을 접고는 팔을 뻗어 진현의 얼굴을 쳤다. 한번 구멍이 뚫리자 금세 그 구멍은 커졌다. 금세 얼굴과 몸이 엉망이 되어버린 진현은 갑판을 침대 삼아 누워버렸다.

처음에는 파락호 1, 2를 혼내주는 진현이 너무도 자랑스러웠고 뿌듯한 감정을 느낀 사마화련이었지만 진현이 갑판에 뻗어버리자 눈이 뒤집어졌다. 사마화련은 아무 말도 필요없다는 듯이 바로 파락호 1, 2에게 다가가서는 진현이 당한 대로 똑같이 만들어주었다. 그제야 자신들이 잘못 건드렸다라고 생각한 파락호 1, 2는 후회가 되기 시작했다. 뒷골목 인생의 불문율과도 같은 '무림인은 건드리지 마라, 너만 죽는다' 라는 말이 머리 속으로 떠올랐다. 그러나 눈이 뒤집힌 사마화련 앞에서 이제 와서 후회를 해봤자 소용이 없었다. 손이 발이 되도록 비는 그들에게 무자비한 밟음을 선사한 사마화련은 아무리 해도 속이 안 풀린다는 듯 밟고 또 밟았다. 일 다경(一茶頃)이 지나고 사마화련의 눈앞에는 형체를 알 수 없는 얼굴을 지닌 괴인 두 명이 뻗어 있었다.

그들을 잠시 동안 노려본 사마화련은 진현에게 다가갔다. 눈에 얼룩이 가고 옷이 잔뜩 더러워졌어도 어느새 정신을 차린 진현은 사마화련이 손속을 나누는 동안 지켜만 보고 있었다. 그러면서 자신이 얻어터진 이유를 생각해 보았다.

그러나 생각해 보나마나였다. 결론은 한 가지. 경험과 수련의 정도였다. 아직 그의 화후는 조금만 무림의 초식을 알고 있는 사람과 겨루기에는 부족함이 많았다.

조금 전에 그가 이들을 이길 수 있었던 것은 그들이 진현이 어린아이라 봐준 면도 있고 아무리 뒷골목 세계에서 잔뼈가 굵다고 하나 진현이 무학(武學)의 상리(上理)를 적용한 덕분이기도 했다. 하지만 그들이 마구잡이식으로 나오자 진현은 그새 몸과 마음이 따로 놀았고 결과는 조금 전처럼 되어버렸다. 아직도 진현의 길은 멀고도 먼 모양이었다.

주위의 구경꾼들을 뒤로한 채 진현과 사마화련은 선실로 들어갔다. 웅성웅성대던 사람들도 조금씩 어둠이 찾아오자 자신들의 선실로 들어가며 조금 전의 싸움을 한순간의 여흥으로 생각하며 잊어버렸다.

제4장

탑으로 가는 길

탑으로 가는 길

"다음부터는 그렇게 무턱대고 나서지 말아요. 알겠죠?"

사마화련이 근심 어린 눈동자로 바라보며 말하자 진현은 생각할수록 마음이 착잡해졌다.

그런 그의 모습에 사마화련은 그에게 한 가지 방법을 일러주었다.

"운랑, 대련이든 싸움이든 무인이 평정심(平靜心)을 잃으면 지게 돼요. 항상 고요한 물과 같은 심정으로 적을 대해야 하죠. 그런 상태일 때만이 자신의 능력을 십분 발휘할 수 있어요. 조금 전에도 운랑이 충분히 이길 수 있는 상황인데도 불구하고 그들이 한꺼번에 덤비자 평정심을 잃고 말았죠. 그래서 진 거예요. 꼭 명경지수(明鏡止水)란 말을 머리 속에 새겨요. 그리고 노력해요. 어떤 충격에도 흔들림없는 마음을 가질 수 있도록. 그러면 다시는 누구에게도 쉽게 지지 않을 거예요."

진현은 사마화련이 알려준 명경지수란 말을 머리 속으로 되새겼다.

하지만 무언가 막연하다는 느낌이 들었다.

명경지수라… 고요한 물과 같고 맑은 거울 같은 마음의 경지. 어떠한 흔들림에도 굴하지 않는 정력(定力)과 평정심을 가지게 되는 것.

하지만 어디 그런 경지가 쉬운 일인가? 하루 이틀의 수련 가지고는 모자란다. 오랜 시간 동안의 수양과 성찰을 통해 얻어질 수 있는 경지인 것이다. 이제 갓 무(武)에 입문한 진현에게는 하늘의 별 따기나 마찬가지인 셈이다.

사마화련은 자신만의 세계에 빠져 버린 진현을 가만히 지켜보았다. 그녀는 유구한 세월과 역사를 자랑하는 문파와 가문일수록 그들만의 고유한 심결(心訣)을 두어 평정심과 함께 흔들리지 않는 정력을 도모할 수 있는 길을 열어두고 있음을 알고 있었다. 진현의 본가인 천하제일가에도 당연히 그 심결이 있을 것이다. 하지만 심결이 왜 필요한지, 왜 익혀야 하는지를 모른다면 있으나마나한 일이었다.

그가 필요성을 절감하고 절실히 원하게 될 때에야 알려줄 수 있었다. 그러기 위해 아무 말 없이 지켜만 보고 있는 중이었다. 진현의 또 한 번의 성장을 위해서…….

상강(湘江) 연안의 경치 좋고 기후가 온난한 장사(長沙)는 악양(岳陽)과 더불어 호남(湖南)을 이끌어온 천 년의 고도(古都)였다. 게다가 위로는 동정호(洞庭湖)가, 아래로는 형산(衡山)이 있어 많은 관광객을 끌어들이는 도시였다. 때문에 악양 못지 않게 많은 객점이 자리했다.

춘계를 맞이하자 장사성 안의 객점들은 호황을 누릴 차비를 시작했다. 2년마다 한 번씩 있는 입탑(入塔)의 행사에 수많은 무림인과 관광객이 모일 것이고, 그럴 때마다 객점은 항상 문전성시였던 것이다.

입탑 행사의 반짝 호황을 누리는 많은 객점 중 한곳인 호남제일루(湖南第一樓)의 이층에서 식사를 하던 두 남녀의 귀에 금음(琴音)이 들려온 것도 이때였다.

따리링… 따리리링.

아름다운 선율과 함께 이층 계단을 통해 두 명의 노소(老少)가 등장했다. 어린 소녀의 품에는 작은 금(琴)이 있었는데 걸으면서 금을 연주하는 실력이 보통이 아니었다.

그들은 주루 중앙에 있는 탁자에 자리를 잡고 앉았다. 빠르게 점소이가 다가가는데 이미 알고 있던 사이인지 초로(初老) 노인의 몇 마디에 곧 자기 자리로 돌아갔다. 그동안에도 소녀의 금은 쉬지 않고 연주되어졌다. 그러다가 서서히 금음이 작아지더니 곧 멈춰 버렸다.

"호오, 소진(小珍)아, 왜 금을 멈췄느냐?"

자상한 어조로 손녀로 보이는 소진이란 소녀에게 묻는 노야(老爺)의 목소리는 그리 크지는 않았지만 이층의 모든 사람이 들을 수 있었다.

"노야, 한 가지 궁금한 것이 있어서 그래요."

"궁금한 것이라… 그래, 우리 소진이를 궁금하게 만든 것이 무엇이냐?"

소진은 주위를 둘러보고는 노인에게 말했다.

"이번 입탑식(入塔式) 말이에요, 예년의 행사와는 다르다고 들었는데 그것이 무언지 모르겠어요. 저번에 노야께서 하신 말씀을 듣긴 들었지만 생각이 나지 않아요. 다시 한 번만 말씀해 주시겠어요?"

모르겠다고 말하고는 있지만 소녀의 표정은 전혀 그렇지 않았다.

"그렇게 하마. 중원에는 수많은 문파들이 있지만 작금의 열한 개 문파를 따라갈 문파는 없다고 봐도 무방하단다. 그 열한 개의 문파는 일가(一家), 일맹(一盟), 일회(一會), 일부(一府), 일방(一幇), 그리고 이장 (二莊), 사파(四派)로 이루어져 있지. 이 중에서 일맹인 호천사정맹(護 天四鼎盟)과 일회인 천마사천회(天魔邪天會)는 그 세력 범위에 있어서 는 가장 크다고 할 수 있지. 서로를 견제하기 위해 만들어진 조직이니 만큼 그럴 수밖에 없었단다."

노인은 거기서 잠시 숨을 돌린 뒤 말했다.

"이 둘이 만들어진 배경이 재미있단다. 오래전부터 전설로만 내려오 던 칠대무서(七大武書)라는 것이 있는데 처음에는 명문대파의 실존하 는 절대무공(絶代武功)이었지. 하지만 세월이 흐르자 심오한 내용 때문 인지 맥이 끊겨 버리는 사태까지 벌어지고 급기야는 실전(失傳)되는 것 까지 생겨나고 말았지."

"그럼 남아 있는 건 뭐가 있나요?"

"호천사정맹 맹주(盟主)의 무공이자 무당의 비전절학인 태극(太極) 과 열한 개 문파 중 하나인 일방인 개방(丐幇)의 천장(天掌)만이 그 맥 을 이어오고 있지. 일가인 천하제일가의 신검(神劍)과 사파의 하나인 소림(少林)의 역근경은 너무 심오한 나머지 익힐 수 없는 실정이라 무 용지물이 되고 있으며 오행(五行), 칠성(七星), 묵도(墨刀)는 이미 실전 되어 버린 현실이 되고 말았단다. 아이고, 말을 계속했더니 목이 타는 구나."

아픈 듯 목 주위를 매만지는 노인을 보며 어느새 노인과 소녀의 대 화에 빠져 버린 주루 안의 사람들이 서둘러 점소이를 불렀다.

"이보시오, 노인장. 내가 술 한잔 살 터이니 이야기나 마저 하시구 려."

"어험, 험, 그럼 계속하겠소."

이런 경험이 많은지 별로 쑥스러워하지 않으며 술 한 잔으로 목을 축인 노인은 하던 이야기를 계속 이어 나갔다.

"그래, 어디까지 이야기했더라… 옳거니, 칠대무서 얘기를 하다 말 았구나. 칠대무서의 현황은 아까 말한 대로다. 하지만 무림이란 어제 다르고 오늘 다른 법. 어찌 칠대무서만한 무공이 없겠느냐. 신검을 빼고도 일양지(一陽指) 하나로 천하제일가에 오른 단씨세가(段氏世家)와 이장 중 하나인 삼보장(三寶莊)의 곤(棍)이 그러하단다. 그리고 그에 못지 않게 가전무공을 집대성한 사대세가(四大世家) 또한 일맥(一脈)을 이루고 있지. 소림과 무당(武當)을 포함한 사파(四派)는 말할 것도 없단다."

"사파(邪派) 쪽은요?"

"양이 있으면 음이 있듯 정파가 발전하면 사파 또한 발전하는 것이 당연지사. 그들도 정파에 대적하기 위해 네 개의 신공을 내세우게 되니 이것이 바로 사마통합사대신공(邪魔通合四大神功)이란다. 정파에는 칠대무서라는 신공이 있긴 하지만 보유하기만 할 뿐 유명무실한 반면 사마의 무리들은 사파의 신공을 익히고 있었지. 거기서 다시 정파 쪽이 대응을 시작하는데, 사마와 대적하기 어렵다는 것을 깨달은 속가사대세가(俗家四大世家)가 힘을 모아 하나로 뭉친 것이지. 그들은 정파를 이루고 있는 네 개의 기둥, 즉 사대세가가 모였다 하여 호천사정맹(護天四鼎盟)이라 명하였어. 여기서 속가사대세가라 함은 신공을 이루고 난 뒤 세가의 힘이 하나의 대문파보다 강력해진 남궁(南宮), 사마(司馬), 모용(慕蓉), 단목(端木)의 사대세가란다. 이렇게 되고 보니 사파는 또 다급해졌지. 하나의 힘으로도 천하를 호령할 네 집단이 모이니 사파(邪派)로서는 걱정되지 않을 수가 없었지. 그리하여 사파인들 또한 하나로 규합해 만든 것이 천마사천회(天魔邪天會)란다. 명칭에 천(天)이 두 개나 들어가다니… 하지만 그들로서도 어쩔 수 없었단다. 앞의 천마(天魔)란 천마교(天魔教)를 뜻하는 것이고 뒤의 사천(邪天)은 현 맹주로 있는 사천광마(邪天狂魔) 사도운(司徒雲)의 밥줄이라 할 수 있는 사천 사도세가(邪天 司徒世家)를 말하기 때문이었지. 자존심이 강한 그들로서는 어쩔 수 없는 작명이었단다."

긴 이야기 끝에 노인은 다시 숨을 돌렸다.

"이러한 탄생 배경을 가지고 있는 두 집단은 초기의 걱정과는 달리 20년 전의 그 일을 제외하고는 이제까지 별 탈 없이 지내고 있었지. 하지만 언제 다시 도발이 시작될지 모르기에 후기육성(後起育成)에 박차를 가해야만 했단다. 그렇게 해서 생겨난 것이 바로 호천사정맹의 후신(後身)이자 정도의 마지막 보루인 소천성탑(小天成塔)이란다. 지금에 이르러서는 속가사대세가뿐만 아니라 사파(四派)에서도 인정하고 후원하고 있기 때문에 그 힘이란 실로 엄청난 것이 되었지. 이제 잘 알겠니?"

길고 길었던 말을 마친 노인은 이번에는 진짜로 목이 탄 듯 술잔을 기울였다.

"그런데 노야, 제가 알고 싶은 건 왜 이번 입탑식이 예년과는 다르게 소란스런 것인가예요."

"음, 그건 말이지, 이번 입탑을 하는 아이들에게는 칠대무서 중 하나인 오행(五行)의 목(木)과 토(土)를 익힐 수 있는 자격이 주어지게 되기 때문이란다."

"오행이라면 조금 전에 말씀하신 대로 실전이 되었다고 했잖아요."

"그렇지. 백오십 년 전 묵도(墨刀)와 함께 실전이 되었었지. 그런데 이번에 맹에서 어떤 경로로 구했는지는 모르지만 구해서 그렇게 소문이 났다고 들었단다."

노인은 이제 할 이야기가 끝났는지 갑작스레 호들갑을 떨었다.

"아이구, 얘야. 이렇게 떠들다가 시간 가는 줄 모르고 있었구나. 어서 집으로 가야겠다. 자, 이만큼 내가 했으면 이젠 너의 차례지?"

"예, 노야."

대답한 소진은 다시 금을 타기 시작하면서 대화를 듣고 있던 사람들에게로 걸어가 팔에 걸고 있는 바구니를 내밀었다. 그러자 기다렸다는 듯이 사람들은 동전을 한두 개씩 던져 주었다. 간혹 소녀가 귀여워 머리를 쓰다듬는 사람도 있었다.

그러던 소진은 아직 어린 티가 나는 소년과 소녀 앞으로 다가왔다.

"진현도 이 소저에게 은자를 주어요."

"알았어, 련 누이."

이들은 진현과 사마화련이었다. 원강(沅江)에서부터 계속해서 강을 따라 배를 타고 동정호(洞庭湖)에 도착한 그들은 다시 상강(湘江)을 역류해 장사(長沙)까지 온 터였다.

"이야기 잘 들었습니다, 소저."

포권을 하며 익살스러운 표정으로 진현이 말을 걸자 소진 역시 미소를 지으며 응대했다.

"고마워요, 오빠."

진현과 사마화련이 마지막이었는지 소진(小珍)이 노인의 곁으로 다가가자 이내 둘은 계단을 통해 사라졌다.

진현은 그들이 사라지는 것을 지켜보고 있다가 조금 전 노소 간의 대화 중에서 내용을 알 수 없었던 부분을 사마화련에게 물어보았다.

"련 누이, 아까 대화 중에서 말이야, 오행이라는 것을 익힐 수 있는 자격이 주어진다고 했는데 오행이 뭘 말하는 거지?"

진현의 물음에 사마화련은 아까의 노인처럼 술은 아니지만 차로 입을 축인 뒤 대답했다.

"오행이란 말이죠, 정확히 말해서 오행결(五行訣)을 말하는 거예요. 화(火), 수(水), 목(木), 금(金), 토(土)로 이루어진 오행결 말이죠. 각기 특성마다 파천(破天)의 무공이 있다고 전해지고 있죠. 마지막으로 나타났던 것이 백오십 년 전 신수현녀(神水玄女)의 무공인 한령빙음공(寒靈氷陰功)이에요. 그녀는 수의 기운밖에 익히지 못했음에도 불구하고 검황(劍皇), 도제(刀帝)와 더불어 천하삼대고수(天下三大高手)의 반열에 올랐죠. 그런 무공과 별반 차이가 없는 목과 토의 무공을 익힐 수 있다는 것은 더 말할 나위 없는 좋은 기회인 거죠. 그래서 이번의 입탑식에는 예년보다 많은 사람들이 모여들고 있는 실정이에요."

"하지만 나하고는 상관없는 이야기인걸……."

사마화련은 진현의 말에 가슴이 저려오는 걸 느꼈다.

"그래도 실망하지 말아요. 운랑에게는 가문의 신검(神劍)이 있잖아요. 지금은 비록 주화입마를 입으셔서 맥(脈)이 굳어버렸지만 만약 천우신조(天佑神助)로 그 맥을 풀어버릴 수만 있다면 누구보다 좋은 조건에서 무공을 익힐 수 있어요."

비록 말로는 위로하고 있지만 그 가능성이 너무 희박하다는 것을 사마화련은 잘 알고 있었다. 태어날 때는 뚫려 있지만 자라면서 서서히 막혀 버리는 임독양맥(任督兩脈)도 뚫는 것이 너무 힘들어 무림인 중에서도 그것을 실현시킨 사람이 손에 꼽을 정도였다. 그런데 막혀 버린 기경팔맥(奇經八脈)을 뚫는다니… 이건 희박한 정도가 아니라 아예 불가능하다 할 만한 일이었다.

사실 진현도 칠대무서(七大武書) 상의 신공(神功)을 익히고 싶은 마음이 있었다. 하지만 단지 그 신공을 익히면 어디까지 강해질 수 있을까 하는 호기심일 뿐 그것을 꼭 익히고픈 욕망이나 욕심은 없었다. 진현 자신의 몸이 어떤 상태라는 것을 잘 알고 있었고 이 세계에서 삶의 기회를 다시 한 번 얻은 몸임을 알기에 더 이상의 욕심을 부리지 않은 것이다. 그저 지금의 현실에 안분지족(安分知足)할 뿐이었다.

"자네, 그 소문 들었나?"

"무슨 소문 말인가?"

왕충(王衝)은 자신과 같은 탑의 경비 무사인 마량(馬梁)에게 물었지만 모르는지 반문이 돌아왔다.

"이번 입탑식에 모인 인원 중에는 오룡삼봉(五龍三鳳)도 들어 있었다고 하더군."

"아니, 정말인가? 칠대무서의 유혹이 정말 크긴 큰 모양이군. 그 자존심 센 오룡삼봉이 이곳에 오고 말이야."

왕충은 마량이 하는 말에 전적으로 동감했다. 호천사정맹의 원조라 할 수 있는 속가사대세가와 사파의 후기지수 중에서 영수 격인 그들은 오만함과 자존심이 하늘 높은 줄 몰랐다. 그런 그들이 입탑하여 수련을 한다고 하니 이것 하나만으로도 칠대무서의 유혹이 얼마나 큰지 알 수 있었다.

"그럼, 그들 중에서 이 년 후에 있을 창룡쟁투지회(蒼龍爭鬪之會)의 우승자가 나오겠군 그래. 정말 볼 만하겠는걸."

"그건 장담 못할 일이네. 내가 듣기로는 혈성(血星)의 차기 혈성까지

왔다고 하더구먼."

"정말인가? 오, 그렇다면 정말 예측하기 힘들겠구먼. 천하의 인재들이 모두 모여 각축을 벌인다. 이거 정말 큰 구경거리가 아닐 수 없네그려."

왕충은 정말로 이 년 후가 기대되었다. 정확히는 이 년 후에 있을 창룡쟁투지회가 말이다.

"그건 그렇고 이번에 현공탑(玄功塔)에는 얼마나 들어왔나?"

왕충은 마량의 물음에 이제까지 놀라던 가슴이 착 가라앉는 것을 느꼈다.

"그게… 말이네… 어째 갈수록 줄어드는 것인지 모르겠네."

"그런가? 하긴 나 같아도 현공탑에는 들어가지 않겠네. 기껏 잘되어 봐야 외가고수(外家高手)이고 그것도 안 되면 우리 같은 경비 무사나 되는데 누가 하고 싶겠나? 그냥 사파나 아니면 다른 문파의 속가제자가 되는 것이 낫지."

"그건 그러네. 외가고수로 이름을 날려도 내가고수의 중수(重手) 한 방이면 말짱 도루묵이 되어버리니……."

"그래도 매 입탑 때마다 찾아오는 사람들이 있으니 다행이야."

"그러게 말이네."

〈현공탑(玄功塔)〉

편액에 쓰인 글과는 다르게 건물의 모양새는 탑 모양이 아니었다. 오히려 '합숙소 같은 분위기의 가로로 넓은 건물이다' 라는 것이 정확할 것이다. 큰 키의 나무들에 둘러싸여 한적한 느낌이 드는 곳에 자리

잡은 현공탑은 소천성탑과는 거리가 조금 떨어져 있었다.

그래서일까? 조용한 가운데 울려 퍼지는 이 음성이 귀에서 큰 종이 치는 것 같은 느낌이 드는 것은.

"아주 반갑다. 그리고 잘 와주었다. 나는 이 현공탑의 탑주(塔主)이 자, 너희들의 무교두(武教頭)가 될 북궁진성(北宮眞星)이다. 그럼 몇 가지 소개를 하고 너희들이 생활할 곳을 지정해 주겠다."

구 척(九尺)은 되어 보이는 키에 그에 걸맞는 근육으로 뭉쳐진 덩치하며 웬만한 흉신악살은 울고 갈 정도의 외모를 가진 사십 대의 사내였다. 가슴에 현(玄) 자를 새긴 회의무복(灰衣武服)을 입은 그의 모습에서는 강맹한 기도가 넘쳐흐르고 있었다.

"너희도 잘 알겠지만 이곳 소천성탑은 장차 정도무림을 이끌어 나갈 인재들을 육성하는 교육 기관이라 할 수 있다. 여기서는 너희들의 미래를 보장하지 않는다. 그저 너희들이 자파에서 무공을 익힐 수 있는 기본을 만들어줄 뿐이다. 그래서 이렇게 어린 나이의 너희들이 이곳에 올 수 있었던 것이고. 너희들이 이곳에서의 이 년을 뼈를 깎는 노력으로 보낸다면 우리의 바람대로 작은 하늘이 되어 있을 것이다. 그리고 자파에서 진짜 큰 하늘이 될 수 있겠지. 하지만 나태한 생각으로 시간만 보낸다면 그저 삼류무사가 될 싹수가 노란 애송이가 될 뿐이다. 너희들 뒤에 지고 있는 배경 따위는 버려라. 너희들의 나이, 나보다 많은 놈은 없을 것이니 그것 또한 버려라. 너희들이 만약 그런 것을 따진다면 아마 구담전(九潭殿)에 있는 아해들이 더욱 나을 것이다."

마치 군대 입소식 때 훈련소장이 갓 징병된 남자들을 모아놓고 연설하는 것처럼 이런 연설에 익숙할 대로 익숙한 북궁진성은 책 읽는 것처럼 쉬지 않고 말을 이어 나갔다.

매번 그랬던 것처럼 '이번에는 제대로 된 녀석들이 들어와야 하는데' 라는 기대감 반, '이번에도 역시 그저 그런 녀석들이군' 하는 무심함 반의 심정으로 말하는 북궁진성은 자신의 눈앞에 모여 있는 어린 티가 물씬 풍겨나는 소년들을 강렬한 눈빛으로 쳐다보았다. 모두들 자신의 눈빛과 마주 치면 어깨를 움츠리며 시선을 피하는 것이 '이번에도 글렀구나' 하는 생각이 들었다.

그런데 자신의 눈빛과도 당당히 마주치는 아이들이 있었다. 어린 나이에도 불구하고 선천적인 면이 있는지 거대한 몸을 가진 아이가 첫 번째였고 곱상한 외모에 능글맞은 시선으로 자신을 쳐다보는 아이가 두 번째였다. 그리고 입술을 굳게 다물고 자신과 같은 강렬한 눈빛으로 되려 자신을 제압하려 드는 아이가 마지막이었다.

'음… 그래도 올해는 세 명은 제대로 된 놈들이구먼.'

그렇게 생각하며 연설의 종반부로 치닫고 있을 때 북궁진성의 눈에 이채가 어렸다. 평범한 외모에 보통 체격, 아니, 오히려 외공을 연마하는 곳에서 심하게 고생할 것같이 생긴 아이였다. 그 아이는 처음에는 자신의 눈빛에 여타 다른 아이들처럼 어깨를 움츠렸다. 하지만 곧 아무렇지도 않다는 듯이 자신의 눈과 마주치며 자신의 말을 귀담아듣는 것이었다.

'호오, 마지막은 이 녀석이군.'

"자, 그럼 너희들이 생활할 숙소를 일러줄 터이니 호명하는 녀석은 앞으로 나와라."

북궁진성은 모인 인원들의 이름과 기타 사항들이 적힌 명부를 들고 천천히 한 사람씩 호명을 시작했다. 하나의 이름이 불려질 때마다 한 명의 소년이 앞으로 나왔고 북궁진성은 그 소년에게 기거할 방의 호수를 가르쳐 주었다. 이십여 명이 불렸을까……

"언무청(彦武淸)."

북궁진성은 이번에 자신이 호명한 아이가 자신이 눈여겨봐 두었던 아이들 중 첫 번째 아이임을 거대한 몸짓으로 주위의 아이들을 밀치며 나오는 광경을 보고 알았다.

나이:열네 살.

출신:하북언가(河北彦家) 출신.

특이 사항:권(拳)에 탁월한 재능을 가짐. 원래 구담전(九潭殿)에 가야 할 아이이나 현공탑을 선택.

'음, 하북언가 출신이라… 구담전이 아니라 이곳을 선택했다? 이상하군.'

문서에 적힌 언무청의 기타 사항을 보며 북궁진성은 마음속으로 중얼거렸다. 그러나 이내 그 마음을 지워 버리고 다른 아이를 호명했다.

"모용자인(慕蓉子仁)."

이번에도 역시 자신이 눈여겨보았던 녀석 중 두 번째 아이로 느끼한 미소를 지으며 어슬렁어슬렁 걸어나오고 있었다.

나이:열세 살.

출신:속가사대세가(俗家四大世家) 중 모용세가(慕蓉世家)의 차남.

특이 사항:무공보다는 문(文)에 밝아 할 수 없이 현공탑으로 보내짐.

요주의 인물.

'아, 소문의 그 녀석이로군. 골치깨나 아프겠는걸.'

북궁진성은 강호에 떠도는 모용자인에 대한 소문을 생각하니 갑자기 머리에 두통이 이는 것을 느꼈다.

"남궁유(南宮柔)."

'아까 나를 잡아먹을 듯이 쳐다본 놈이군. 뭐야, 이 녀석. 남궁 가주(南宮家主)의 삼대독자잖아. 외아들이라 기대가 큰 놈일 텐데 이런 곳에 왜 온 거지?'

북궁진성은 남궁유의 기타 사항이 적힌 문서를 보며 알 수 없다는 표정을 지었다.

나이 : 열네 살.

출신 : 속가사대세가 중 남궁세가의 외아들.

특이 사항 : 남궁세가의 반대에도 불구하고 현공탑을 선택. 이유는 알 수 없음.

성격이 매우 냉정하고 차가움.

"진현(眞賢)."

'음, 이 녀석이 마지막 그놈이었군.'

조금은 심약한 듯 보였지만 끝까지 자신을 눈을 바라보던 아이임을 상기하였다.

나이 : 열세 살.

출신 : 운남(雲南) 운무관(雲武館).

특이 사항 : 몸이 아주 허약함.

전신의 맥이 굳어 있어 내공을 익히지 못함.

'내공을 익히지 못한다……. 이 녀석, 아주 불쌍한 놈이로구면. 쯧 쯧. 그래, 한번 열심히 해보아라.'

북궁진성은 이 진현이라는 아이에게 동정의 눈길을 보냈다. 무인의 생명이라고 할 수 있는 내공을 익히지 못한다니… 아무리 외공을 전문적으로 익힌 외가고수라 할지라도 어느 정도의 내공은 가지고 있는 터인데… 진현이라는 아이는 그런 희망까지 없는 것이다.

그 뒤로 십여 명이 더 호명이 되고 난 뒤에야 모두 끝이 났다.

"자, 모두 조용히 하고 내 말을 잘 들어라. 지금 너희들이 가지고 온 짐을 들고 각자 불러준 방으로 들어간다. 2인 1실이라 그리 불편은 없을 것이다. 그리고 수업은 내일부터 시작할 예정이니 오늘은 여독을 풀도록 한다. 그리고 마지막으로 경고차 한마디 하겠다. 이곳 생활을 하면서 동기와 싸움을 하거나 다투는 아이들은 그 자리에서 즉결 심판이 있을 것이다. 그렇게 알고 생활하기 바란다. 그럼, 해산."

진무관(眞武館)이라 쓰여진 합숙소 앞에서 진현은 자신이 기거할 방의 호수를 찾고 있었다.

'진무(眞武) 1-22호라… 아, 여기 있군.'

진현은 자신이 찾던 방을 찾아내고는 거기로 걸어갔다. 맨 끝 방이라 그런지 정문에서 많이 떨어져 있었다.

진현이 가벼운 흥분을 안고 천천히 걷고 있을 때 옆으로 다가오는 한 아이가 있었다. 아주 귀엽고 잘생긴 외모의 아이였는데 한 가지 흠이 있다면 냉막한 기운이 흘러나온다는 점이었다.

'저 아이는 남궁유잖아?'

그런데 남궁유가 방을 계속 지나치면서 아직도 자신의 곁에서 걸어가는 걸 보면서 혹시나 했다.

아, 옛말에 혹시나가 역시나라 하였던가. 진무 1-22호라는 방의 호수 앞에서 동시에 서버린 두 아이는 서로의 얼굴을 잠시 쳐다보았다. 그것도 잠시 진현이 문을 열고 들어가자 남궁유도 뒤따랐다.

네 평 남짓한 공간에는 나무로 된 침대가 두 개, 중앙에는 탁자와 의자 두 개가 있었다. 무척 황량한 느낌을 주는 방이었다.

진현과 남궁유는 잠시 방 안을 훑어보다가 알아서 침대를 골라 짐을 내려놓았다.

"반가워. 나는 진현이라고 해. 남궁유라고 했지? 앞으로 잘 지내보자."

진현이 먼저 인사를 청했다. 그런데 시간이 지나도 남궁유는 묵묵히 자신의 할 일만 할 뿐 거들떠보지도 않아 진현을 무안하게 했다.

'이런, 나를 거부하다니⋯ 하지만 나도 오기가 있지.'

진현은 물러나지 않고 기다렸다. 일 다경이 지났을까⋯ 자신의 짐을 다 정리한 남궁유는 아직도 자신의 눈앞에 서 있는 진현을 보고는 눈에 이채를 발했다.

"내 이름은 남궁유. 서로의 영역만 침범하지 않는다면 얼굴 붉힐 일은 없을 것이다."

외모에서 풍기는 냉막한 기운만큼이나 목소리에도 차가운 냉기가 흘렀다. 하나 아직 나이가 어려서 그런지, 변성기가 지나지 않아서 그런지 듣기 좋은 미성(美聲)이었다.

'그래, 내가 이겼다. 역시 난 해내고야 말았어!'

쓸데없는 것에 승부를 걸고 기뻐하는 진현은 전생에서 사회 생활을 할 때 남궁유 같은 사람을 심심찮게 보았기 때문에 그의 성격에 큰 부담은 없었다. 그저 '그런가 보네' 하고 편히 여길 뿐이었다.

벌써 짐 정리를 끝낸 남궁유와 달리 아직까지 정리를 다 하지 못한 진현은 서둘러 짐을 풀어 정리하기 시작했다.

이제 반 정도 정리했을까… 어디서 종소리가 두 번 울렸다.

땡~ 땡~

"이게 무슨 소리지?"

"자, 이제부터 이 종소리가 울리면 식사 시간인 줄 알아라! 오늘은 처음이니 이렇게 친절하게 가르쳐 준다! 하지만 다음부터 이 종소리를 듣고도 오지 않는다면 밥은 없다! 그럼 식사 집합 오 초 전!"

진무관을 울리는 북궁진성의 커다란 목소리가 진현과 남궁유의 귀를 때렸다.

"으윽, 짐 정리를 아직 다 못했는데… 이런……."

군대에는 고문관이란 것이 있다. 쉽게 풀이하자면 꼴통이란 뜻인데 남들 할 때 뭐 하는지 유독 그놈만 남아 질질 끌다 단체로 기합받게 하고 남들 다 잘하는 것 혼자만 못해서 남까지 물 먹이는 놈을 지칭하는 말이다.

남궁유가 식사하러 방을 나서며 한심스런 눈으로 쳐다보는 것을 보면서 문득 그 단어가 떠올랐다.

"허허… 내가 고문관이 되다니… 내가……."

방 안에는 진현의 허탈한 웃음만이 맴돌았다.

급하게 짐 정리와 식사를 마친 진현은 방으로 돌아와 침대에 누웠다. 옆의 남궁유는 자는지 일말의 기척도 없었다. 그런 환경이 진현으로 하여금 한 사람을 생각나게 했다.

"운랑, 내가 없더라도 밥 잘 챙겨 먹어야 해요, 알았죠? 저는 자꾸만 걱정이 돼요. 그 힘든 수련을 어떻게 견딜지… 운랑, 부디 몸조심해야 해요. 하루에 제 생각 열 번은 꼭 하시구요. 흐잉, 운랑 보고 싶으면 어떻게 하죠? 아, 운랑하고 같이 있고 싶어요."

군대 가는 애인을 마지막으로 배웅하는 여인네인가…….
진현은 마지막으로 사마화련과 있었던 때를 회상했다.
'아, 련 누이가 보고 싶군. 떨어진 지 하루밖에 되지 않았는데 벌써 보고 싶다니… 큭, 나도 별수없군. 진현아… 진현아… 너의 여동생보다 나이가 적은 화련이가 그렇게 좋더냐?'
진현은 속으로 자신에게 물어보았지만 대답은 간단히 '응' 이었다.
진현과 사마화련은 형산(衡山)까지는 같이 동행하였다. 하지만 사마화련과 같이 입탑하면 자신의 출신을 의심받을까 봐 형산 입구부터는 따로 걸었다. 그리고 소천성탑의 정문에 있는 방명록(芳名錄)에다가는 자신의 이름과 미리 준비해 둔 말들을 옮겨 적었다. 그 뒤 진현은 현공탑으로, 사마화련은 구담전을 향해 발길을 옮겨야 했다.
사마화련은 자신의 재능과 무공 실력도 최상위급에 속할 뿐더러 비록 20년 전의 그 일로 인해 가문이 몰락했다고는 해도 어디까지나 호천사정맹의 네 기둥 중 하나인 사마세가(司馬世家)의 여식이었다. 그러니 말을 하지 않아도 자연스럽게 구담전으로 갈 수밖에 없었다.
만약 사마화련이 고집을 부렸다면 현공탑을 선택할 수도 있었지만 진현이 생각하는 계획들이 망쳐질 것을 우려하여 포기했던 것이다. 진현이야 자신이 원하든 원치 않든 현공탑으로 가야 했지만.

진현은 사마화련에 대한 생각을 하느라 시간 가는 줄도 모르고 있었다. 그러다 번뜩 깨어나 밖을 보니 밤이었다.

'이제 자야겠다. 련 누이, 련 누이도 잘 자.'

사마화련을 향해 마음속으로 인사를 한 진현은 자신과 같이 동거하는 남궁유에게도 인사를 하였다.

"이봐, 유(柔), 잘 자. 좋은 꿈 꿔."

진현은 씹힐 줄 알면서도 왜 말을 거는지 모르겠다.

"이 녀석들아, 그것밖에 못하냐! 아침에 밥도 안 먹었냐? 그러고도 집에 가면 아들입네 하고 유세를 떨지."

여전히 산속을 울리는 쩌렁쩌렁한 북궁진성의 목소리가 들렸다.

"아직 이각(二刻)밖에 안 흘렀어! 야야, 자세 잡아! 어라, 똑바로 못하지? 한번 구르고 시작할까?"

"아닙니다!"

구른다는 소리에 북궁진성 앞에서 마보(馬步) 자세를 취하고 있던 아이들은 북궁진성 못지 않은 큰 소리로 대답했다.

마보 자세.

무림인이라면 기초 중에 기초인 이 자세는 무가의 자제라면 어렸을 때부터 익히기 때문에 그나마 쉽게 할 수 있는 수련 자세였다. 허리를 곧게 편 상태에서 양발을 어깨 넓이만큼 벌리고 다리를 직각으로 굽힌 다음 팔을 평행하게 앞으로 쭉 펴면 되는 것이다.

말은 쉽다. 그러나 실제로 하면 그 고통이 어떤지 반 각(7분)이면 알게 된다.

하지만 북궁진성 앞에 있는 아이들 정도라면 반 각은 기본도 못 될 뿐더러 반 시진(한 시간) 정도는 버틸 수 있는 체력을 가진 아이들이었다. 어릴 때부터 무가의 자식이라 하여 조기 단련을 받은 면도 있고 갖은 보약과 영약을 섭취당하는 과잉 보호를 받은 아이들이었다. 그런데 그런 아이들이 이각(二刻:30분)을 버티지 못하다니…….

사실 알고 보면 아이들이 허약한 때문만은 아니었다. 아이들의 전방을 향해 쭉 뻗어 있는 팔 끝에는 무언가가 달려 있었다. 실이었다.

그렇다고 실 때문만은 아니었다. 실 끝에는 30근은 되어 보이는 둥근 추(錘)가 달려 있었고 그 밑에는 계란이 각각 두 개씩 놓여 있었다. 계란과 추의 거리는 세 치가량으로 조금만 내려가도 계란이 박살날 것 같이 위태로워 보였다.

"밑에 있는 그 계란 두 개가 오늘 너희들의 점심이다. 살을 뺀다든지 오늘 먹은 욕이 너무 많아 배부른 놈들은 그것을 깨도 좋다. 그리고 또 한 가지 말해 주지. 그런 놈들은 남들 점심 먹을 때 할 일이 없을 것이니 막간을 이용하여 나하고 노는 것이다. 재! 미! 있! 게! 말이지. 큭 큭큭."

어떻게 계란 두 개로 식사 대용을 할 수 있을까 싶겠지만 여기서 말하는 계란은 보통 계란이 아니다. 소천성탑에서만 볼 수 있는 전매특허(專賣特許) 왕보란(王寶卵)이다. 정확히는 알 수 없지만 소천성탑의 식당에서 갖은 영약과 보약을 끓이고 남은 물에 삶은 계란이라고 전해진다.

그래서일까? 하나만 먹어도 힘이 나고 두 개를 먹으면 천하장사가 된다. 효과 지속 시간이 한 시진 반(3시간) 정도라는 것이 흠이라면 흠이지만.

하지만 이것 역시 소천성탑의 무교두들의 피땀 흘린 경험 속에서 나온 작품들이다. 자고로 배부르고 등 따시면 잠이 온다고 했던가. 실컷 배부르게 처먹여 놨더니 병든 병아리마냥 꾸벅꾸벅 졸기 일쑤이고 땅바닥에 누워서 연마하는 곤지룡(坤地龍) 강의 시간에는 아예 땅바닥을 침대 삼아 꿈나라로 직행하는 아이들까지 발생하곤 했다.

그래서 생각한 것이 배부른 것을 없애 버리자는 것으로 식사량을 줄이는 방법을 택했다. 이런 배경을 뒤로하고 태어난 것이 바로 아이들 눈앞에 원수처럼 보이는 왕보란이었다.

진현은 정말로 견디기 힘들었다. 팔에 달려 있는 무거운 추가 왕보란을 향해 돌진하는 것을 초인적인 힘으로 저지시킨 것이 몇 번인지 몰랐다.

남보다 배는 약한 체력으로 이제까지 버틴 것도 순전히 그의 근성 때문이었다.

전생에서도 그는 약한 체력과 동생을 책임져야 한다는 책임감으로 인해 악조건 속에서 공부를 해야만 했다. 진현은 남들보다 머리가 뛰어난 것도 아니었지만 나라에서 부담해 주는 중학교, 고등학교에서 6년 내내 전교 수위를 다투는 성적을 보였다. 이런 악바리 같은 근성을 가진 진현이었건만 옆에서 하나둘씩 푹푹 계란 터지는 소리가 나자 그도 더 이상 견디기 어려웠다.

'아, 나의 한계가 여기까지인가? 그동안 내가 했던 것은 어린아이의 장난이었구나.'

진현은 자신에게 실망하지 않을 수가 없었다. 그래도 이 세계에 와서 단련이라는 명목 아래 조금씩 체력을 키웠는데 여기에 와보니 그건

새 발의 피도 되지 않음을 알게 되었다.

'아, 힘이 빠진다. 이제 끝인가!'

퍽~

진현은 마침내 깨고 말았다. 소천성탑의 식당에서 근무하고 계실 식당 아주머니의 피와 땀, 무엇보다도 중요한 정성이 녹아 있을 일용할 양식인 그 이름도 찬란한 왕보란을 말이다.

실에 매달려 위태로워 보였던 추가 왕보란인지 개보란인지 하는 계란을 깨버릴 때 차마 볼 수가 없었던 진현은 눈을 감았다. 그리고는 고개를 하늘로 들어 자신의 의지와는 상관없이 나오려는 눈물 한줄기를 감춰야 했다. 그것이 그가 할 수 있는 최선이었다.

"야! 삽질하냐! 깼으면 밖으로 나갈 것이지 하늘은 왜 봐?"

진현은 북궁진성의 말을 좇아 먼저 왕보란을 깨버린 아이들 틈으로 들어갔다.

지옥 같던 시간이 흐르고 흘러 어느덧 점심 시간이 되었다. 끝까지 남아 있던 아이들은 녹초가 된 몸으로 자리에 주저앉았다. 물론 그 악마 같은 추가 계란을 무지막지하게 눌러 버리지 않도록 조심하면서 말이다.

"아, 이 계란 때문에 우리가 그 개 같은 고생을 했다니!"

처절하게 울부짖으며 마파람에 게눈 감추듯 먹어치우는 아이들을 부러운 눈으로 쳐다보고 있는 아이들이 있었으니 바로 진현과 나머지 찌꺼기들이었다. 그들은 곧 북궁진성에게 불려가 점심 시간 내내 굴렀다.

"야, 야, 이게 다 너희들 잘되라고 하는 거야. 너희들 때문에 밥도 못 먹는 내가 불쌍하지도 않냐?"

그런데 북궁진성의 손에 들려 있는 김으로 둘러싸인 하얀 알갱이들의 뭉텅이는 무엇인지… 혹시 주먹밥이 아닐까 조심스레 추측해 본다.

"자, 오전에 대충(?) 몸을 풀었으니 이제부터는 본격적으로 한번 해 보자. 이제부터 배울 것은 철공(鐵功)이라 부르는 것으로 강호상에 알려진 수많은 외공들을 집대성하여 만든 것이다."

오전에 대충 몸을 풀었다는 부분에서는 어이가 없었지만 철공을 설명하는 부분에서는 어디까지나 진실성이 담겨 있었다. 철공에는 철포삼(鐵布衫), 십삼태보횡련(十三太保橫練), 금종조(金種調)뿐만 아니라 나한기공(羅漢氣功), 육신갑(肉身甲), 강기일식(剛氣一式) 등 강호에 이름난 외공이 포함되지 않은 것이 없었다. 그리고 무엇보다 중요한 것은 외공의 치명적인 약점인 조문(燥門)을 없앴다는 것이다.

조문이란 외가무공을 수련하였을 때 신체는 도검이 불침할 정도로 단단해지지만 유독 한 군데만은 일반인보다도 더 약해져 가벼운 충격으로도 치명적이 되는 급소를 말한다.

그런 조문을 없앴으니 이 어찌 대단하다 하지 않을 수 있겠는가. 하지만 효과가 크고 위력이 크면 그에 따른 반대 급부도 큰 법이다. 바로 수련 중에 당사자가 느낄 고통과 아픔이다.

"이 철공의 창시자이자 외공 부분에 있어 타의 추종을 불허하며 명실공히 외공제일고수(外功第一高手)이셨던 천신갑(天身甲) 엄대웅(嚴大熊)님을 제외하고는 아직까지 대성(大成)한 인물이 없었지만 난 너희들을 믿는다, 꼭 대성을 할 것이라는 것을! 물론 너희들은 나의 이 아름답고도 숭고한 믿음을 저버리는 행동을 하지 않겠지? 그렇지? 만! 약! 너희들이 나의 이 아름답고도 숭고한 믿음을 저버리는 행동을 하였을

시에 닥쳐올 그 무언가는 책임지지 않겠다! 물론 살! 아! 서! 는! 집으로 갈 수 있을 것이다!"

진현은 말 같지도 않은 협박을 들으며 '이번에도 죽었구나' 하고 생각했다. 하지만 피한다든가 무서워하는 행동은 하지 않았다. 오히려 '까짓 거 한 번 죽지 두 번 죽나' 라는 깡다구로 맞섰다.

"자, 그럼 이제부터 시작하도록 하겠다. 눈앞에 있는 항아리가 보일 것이다. 그 속에 담긴 모래에 수도(手刀)를 백 번 찌른다. 실시!"

"실시!"

우렁찬 대답과는 다르게 아이들은 한두 번 만에 비명을 질렀다. 항아리에 담긴 진염사(辰炎沙)는 스스로 열을 발생한다는 좀처럼 보기 힘든 모래인 때문이었다.

"윽!"

"악!"

"으윽!"

"오, 좋아."

간혹 변태 같은 놈들이 있긴 있었다. 장가 간 첫날밤에 양초를 꼭 챙기는 놈처럼 말이다.

진현 역시 비명을 지르지 않을래야 않을 수 없었다. 손 안 가득히 느껴지는 뜨거움은 살갗을 벗겨 버릴 것만 같았다. 그러나 진현은 비명을 지르면서도 끝내 손을 멈추지는 않았다.

"윽, 할 수 있다. 할 수 있다, 진현."

스스로 최면을 걸며 진현은 자신을 혹독하게 채찍질했다. 그의 악바리 근성이 점심을 먹지 않은 상태에서 비약적으로 향상되었다. 원래 돈 없고 배고프면 당구를 치든 뭐를 하든 피 튀기며 싸워 이길 수 있는 정신력이 생긴다. 이른바 헝그리 정신이라 명한 이 정신은 전생에 있을 때부터 못 먹고 자란 진현에게 있어서 생활 신조나 다름없었다.

"자, 100번을 다 채웠으면 옆에 있는 항아리에 손을 담근다. 실시."

검은 물로 채워진 항아리에 손을 담그자 처음에는 따가웠지만 갈수록 시원해지고 손이 풀리는 것을 느꼈다.

이 항아리에 담긴 검은 물은 철공의 창시자인 천신갑 엄대웅이 만든 비전약수(秘傳藥水)였다. 외상(外傷)에 탁월한 효과를 가지고 있는 이 약수는 오랜 시간 동안 장기 복용하면이… 아니라 몸에 접촉케 하면 철공으로 다져진 강함을 그대로 유지하면서 외갑(外甲), 즉 살갗을 부드럽게 만드는 효과가 있다고 전해진다.

하지만 수련생 중 아직까지 그런 경지에 오른 인물은 없었다.

"이번에는 팔 전체를 담근다. 실시."

"실시!"

여전히 우렁찬 복명복창 뒤에는 지옥의 원귀(寃鬼)들이 내뿜는 신음 소리가 이어졌다.

진현은 이번에도 자신의 생활 신조인 헝그리 정신으로 버텨 나갔다. 하지만 아무리 헝그리 정신으로 온몸을 무장하였다 할지라도 매에는 장사가 없는 법이었다.

비록 맞는 매는 아니지만 온몸을 불지르는 듯한 열기와 고통에 그만 실신하고 말았다.

그래도 진현은 좀 나은 상황이라고 할 수 있었다. 10여 명의 아이들이 진현보다 먼저 무의식의 세계로 빠져들었기 때문이다.

진현 외 10명은 곧 연무장 밖으로 실려 나가 땅바닥에 눕혀졌다. 그리고 약수가 계속해서 온몸에 발라졌다.

진현이 정신을 차린 것은 악마 같은 북궁진성의 쩌렁쩌렁 울리는 목소리 때문이었다.

"자, 오늘은 이것으로 대충 끝내도록 한다! 내일은 팔뿐만 아니라 다리도 넣을 테니 그렇게 알고 맛있는 저녁 식사를 하기 바란다! 그럼 해산!"

아이들은 내일 있을 고통을 생각하니 벌써부터 온몸이 떨려왔지만 '내일 일은 내일 생각하자'라는 명언을 뇌리에 새기며 식사를 위해 진무관으로 발걸음을 옮겼다.

"어이, 잠깐. 너희들은 이제까지 쉬었으니 나머지 수업을 받아야지."

다른 아이들과 마찬가지로 식사를 하러 발걸음을 가볍게 옮기던 진현과 10여 명의 아이들을 향해 던진 북궁진성의 말이었다.

"흐흐흐, 똑바로 해, 이 녀석들아! 이번에도 너희들 때문에 나까지 저녁 식사를 하지 못하잖아. 좋다, 다짐한다. 너희들 같은 낙오자가 발생하는 불상사가 없어질 때까지 나 또한 너희들과 배고픔의 고통을 함께하겠다."

그렇게 말하며 저녁 식사 내내 아이들을 처절하게 굴리는 북궁진성의 손에는 점심때 보았던 그 주먹밥같이 생긴 이상한 물체가 쥐어져 있었다.

"흑흑… 배고파… 련 누이가 밥 꼭 챙겨 먹으라고 했는데… 흑흑… 그 말 들은 지 하루가 지났는데… 벌써부터 이러니… 흑흑……."

진현은 침대에 누워 등가죽과 상봉해 버려 떨어지지 않는 뱃가죽을 손으로 문지르며 울음을 터뜨렸다.

배고파도 슬퍼도
나는 안 울어.
참고 참고 또 참지
내가 왜 울어~
내 이름은~ 내 이름은~
내 이름은 캔디… 가 아니라 진! 현!

제5장

웬만해선 우리를 막을 수 없다

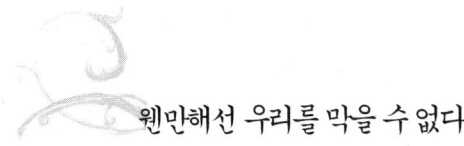

웬만해선 우리를 막을 수 없다

시간이 흐르고 흘러 형산에 있는 나무들도 어느새 빨간색의 옷을 입고 있었다. 그리고 형산에 위치한 소천성탑에서 입탑식을 가진 지도 어느새 6개월이 지났다. 그런데 날이 갈수록 형산에 기거하는 산새들이 살이 빠지는 이상한 현상이 일어났다.

그 원인은 바로 현공탑에서 수련하는 진현과 그 일당들 때문이었다. 그 이유를 지금부터 차분하게 설명하도록 하겠다.

처음 한 달간의 수련 기간 동안 진현은 정말로 배고픔의 나날을 보내야만 했었다. 매번 다른 이보다 약한 체력 덕분에 악바리 같은 헝그리 정신도 소용이 없었다. 갈수록 강도가 더해지는 훈련 과정에 헝그리 정신이고 뭐고 남아날 것이 없었기 때문이다.

처음에는 손부터 시작해서 팔다리로 이어지더니 급기야 몸통 전체를 진염사(辰炎沙)에 담가야만 했었다. 그게 어느 정도 익숙해지자 폐

활량을 기른다는 명목 아래 30근의 모래주머니를 팔과 다리에 찬 채로 하루에 오십 리(五十里:20㎞)를 속보(速步)로 달리기를 시켰다. 말이 오십 리지 이 어린아이들이 마라토너인가? 그리고 거기다 30근의 모래주머니를 달다니… 이건 해도 해도 너무한 수련이었다.

그런 말도 안 되는 수련의 강도 때문이었을까. 하나둘 스스로 원해서 아니면 어쩔 수 없이 탑을 떠나기 시작한 것이 스무 명에 이르렀다. 진현도 몇 번이고 이곳에서 벗어나고 싶었지만 계속해서 스스로에게 할 수 있다라는 최면을 걸어 남아 있었던 것에 불과했다. 이런 훈련 때문에 진현은 날이 갈수록 말라만 갔고 눈 주위가 검은 것이 마치 죽을 날을 받아놓은 환자 같았다.

날이 갈수록 더해지는 훈련의 강도와 배고픔에 진현은 이대로는 안 되겠다는 생각에 방법을 강구했다. 스스로 호구지책(糊口之策)을 마련하지 않으면 안 된다는 것을 알게 된 것이다. 그래서 스스로 먹을 것을 찾을 수밖에 없었다.

진현은 전생에서 몸이 허약하긴 했지만 대한민국 사나이라면 다 가는 군대라는 곳을 진현도 갔었다. 그런데 하늘의 시련일까? 자신의 몸을 생각해 조금이라도 편한 곳으로 갔으면 했는데 역시 안 되는 놈은 안 되는 것이었다. 전방. 최전방의 GOP에 들어가야만 했던 것이다. 그것도 수색 부대로 말이다. 다른 수색 부대는 어떤지 모르겠지만 진현이 있었던 그곳은 너무도 열악한 환경이었고 그 열악한 환경 속에서 군 생활을 보내야만 했었다.

하지만 하늘이 무너져도 솟아날 구멍은 있다고 했는가? 열악한 환경 속에서 견디다 못한 병사들이 스스로 환경에 적응해 가며 만든 것이 있으니 바로 생존 전략(生存戰略)이었다. 진현 역시 그것을 배웠다. 풀

뿌리 뜯어가며 몸에 좋다는 고참의 말에 벌레까지 씹어가며 생존 전략과 방법들을 하나씩 하나씩 몸으로 체득하였던 것이다.

그렇다. 진현은 그때 배운 생존 전략을 여기서 써먹은 것이었다. 진현 역시 자신이 그때 처절하게 배운 그것들은 여기서 쓰게 될 줄은 꿈에도 상상하지 못했다. 잠시 쉬는 시간 동안 열심히 주위를 살피며 먹을 수 있는 풀이나 벌레를 찾았다. 그리고는 주머니에 넣어 밤마다 주린 배를 움켜잡으며 하나씩 꼭꼭 씹어 먹었다.

그러기를 두 달. 남들은 다들 말라만 가는데 진현도 역시 마르긴 말랐지만 어딘가 몸에 생기가 돌았다. 진현은 더 이상 배고파하지 않았고 단백질과 다른 영양분도 섭취할 수 있었던 것이다. 대단했다, 진현의 그런 집념은……

그런데 어느 날, 그날도 역시 진현은 쉬는 시간을 이용해 먹을 것이 없나 열심히 찾아다니고 있었다. 이제 어느 정도 체력도 붙어 훈련에서 낙오자가 되는 경우는 없었지만 자신의 영양 보충을 위해 그날도 열심히 찾아다니는 것이었다.

그런데 그런 그를 며칠 전부터 유심히 관찰해 온 아이가 있었다. 바로 모용자인(慕蓉子仁). 그 역시 세가의 무공보다는 문(文)에 관심이 많아 무공을 등한시한 것이 후회가 될 만큼 이곳 생활이 힘들었다. 그런 그이기에 같이 힘들어하는 자신의 동료들에게 정이 많이 갔다. 한 명씩 탑을 떠나는 아이가 있을 때마다 마치 자신의 일인 양 슬퍼했고 동료가 아프면 자신이 아픈 것처럼 아파했다. 그런데 모용자인은 한 가지 이상한 것을 느꼈다. 바로 진현이라는 아이에 관한 것이었다. 자신과 같이 처음에는 모든 훈련에 힘들어하고 낙오자가 되는 것이 다반사였는데 요즘은 행동에 생기가 돌고 모든 훈련에 적극적인 것이었다.

그래서 며칠을 두고 그를 유심히 관찰했다.

과연 그에게는 비밀이 있었다. 쉬는 시간마다 숲 속을 뛰어다니며 돌아다니는 것이었다. 무엇을 하는지 정확히 알고 싶었던 모용자인은 그를 따라갔다가 깜짝 놀라지 않을 수 없었다. 진현은 숲 속을 뛰어다니며 곤충이나 작은 동물을 잡아 그 자리에서 죽여 자신의 주머니에 넣는 것이었다. 그리고 주위의 풀과 나무를 헤집더니 몇 가지 풀도 뜯고 나무껍질이나 잎을 뜯어 그것들 역시 자신의 주머니에 넣는 것이었다.

"과연 저것을 어떻게 할까?"

하지만 모용자인은 그것까지는 알 수 없었다. 당연했다. 진현은 그걸 밤에 몰래 먹었으니까. 결국 자신의 호기심을 이기지 못한 모용자인은 진현에게 물어보게 되었다.

이것이 진현과 모용자인의 첫 만남이었다. 아마도 그 둘은 먹는 것 때문에 다져진 자신들의 우정이 무림 역사에 길이 빛나리라곤 전혀 상상하지 못했을 것이다. 하여튼 그렇게 이어진 진현과 모용자인은 날이 갈수록 친해져 갔고, 모용자인은 진현에게 친히 생존 전술을 전수받게 되었다. 그래서 모용자인 역시 원기를 보충하고 진현과 마찬가지로 수련에 박차를 가할 수 있었다.

그런데 진현은 모용자인으로부터 아이들이 자신과 마찬가지로 먹는 것이 많이 부족하다는 것을 알게 되었다. 지금까지 자신만을 생각하고 자신만 배부르게(?) 먹은 것이 부끄러워졌다. 그래서 진현은 한 명씩 아이들에게 자신의 생존 방법을 전파해 나갔다.

그렇다. 이때부터 형산의 새들은 자신들이 먹을 먹이가 부족함을 느꼈고 살이 빠지는 현상까지 나타나게 된 것이었다. 낮의 쉬는 시간에는 숲의 여기저기서 '찾았다', 혹은 '심봤다'라는 말들이 튀어나왔고, 밤에는 각 방마다 '사각사각' 무엇인가 씹는 소리가 들려왔다.

"와, 찾았다!"

역시 오늘도 어김없이 쉬는 시간에는 숲의 여기저기서 이런 목소리가 들려왔다. 단백질에 있어서는 짱이라는 큼지막한 굼벵이를 손에 들고 소리치는 한 아이의 얼굴에는 기뻐하며 하늘에 감사드리는 진심이 엿보였다.

"에이, 왜 이렇게 안 보이지? 이제 씨가 말랐나?"

모용자인은 근래에 들어 아이들에게 괜히 가르쳐 주었다는 생각이 들었다. 진현과 둘만 알 때는 풍족한 자원(?)이었는데 스무 명 정도가 한꺼번에 하루가 멀다 하고 찾아대니 자원(?)이 고갈됨을 느꼈다. 그때였다, 그의 눈에 한 가지 먹을 수 있는 것이 들어온 것은.

"오, 이건 바로 무가 아닌가!"

산속에 웬 무? 라고 하는 사람들을 위해 한마디 한다면 산에도 무가 있을 수 있다. 야생 그대로의 무, 얼마나 매력적인가. 하여튼 모용자인이 들고 있는 무는 잎이 싱싱하고 큼지막한 무였다.

"오호, 무청이 싱싱하구만. 이거 무청이 맛있겠는걸."

모용자인은 순수하게 무의 잎을 보며 한 감탄이었다. 그런데 그의 한마디에 가슴을 쥐어짜며 아파하는 이가 있었으니…

"뭐라고? 무! 청! 이 싱싱하다고? 무! 청! 이 맛있겠다고?"

언무청(彦武淸)이었다.

그는 언제나 자신의 이름에 불만이 많았다.

무(武). 청(淸).

맑고 사심(邪心)이 없는 무예를 익히라는 조부의 염원이 담긴 그의 이름이었지만 언제나 그렇듯이 야채 장사가 있는 곳이나 주방 아니면 식당으로 가면 항상 어깨가 움츠러들었다.

'어이, 무청 좀 줘봐', 아님 '어이, 이 무청 맛있겠는데? 시래기 해 먹을까?'

정말이지 견딜 수가 없었다. 사실 그가 진주언가의 방계인 가문임에도 불구하고 권(拳)에 그렇게도 매달린 것은 자신을 놀리는 주변의 아이들을 혼내주기 위함이었다. 어느덧 그의 주먹에 더 이상 당할 자가 없었을 때 그에게 무청이라고 놀리는 자는 아무도 없었다. 심지어 주방이나 식당에서도.

'어이, 무의 잎 좀 줘봐' 라든지 '어이, 이 무의 잎이 맛있겠는데 시래기 해먹을까?' 로 바뀔 정도였다.

그런데 오늘 그는 금지된 언어를 듣고 만 것이다.

무! 청!

언무청은 정말이지 자신이 앞에 있음에도 불구하고 당당히 그 단어를 구사하는 모용자인의 배짱에 감탄했다. 그래서 자신을 오랜만에 감탄하게 만든 모용자인에게 선물을 주기로 마음먹었다. 바로 매라는 부모 또는 사부가 자식 혹은 제자에게 내리는 사랑의 선물을⋯ 비록 동기지간이지만⋯⋯.

"이봐, 왜 그래? 무청이 뭐 어땠는데?"

모용자인은 이번에도 그저 순수한 마음으로 묻는 것이었지만 불난 집에 기름을 통째로 부어버리는 효과를 발휘했다.

"쿠워어~"

언무청의 곰이 울부짖는 듯한 괴성에 주위의 아이들이 모두 그쪽을 쳐다보았다.

"뭐여, 이 소리는?"
"이거 북궁 탑주의 목소리 아냐?"
"아닌 것 같은데… 아무튼 저쪽으로 가보자."
아이들은 들려오는 괴성의 근원지로 향해 달려갔다. 그리고 그들은 무수히 많은 발에 밟아 터진 오징어 같은 만신창이가 되어버린 한 아이와 그의 옆에서 아직까지 밟고 있는 한 마리의 성난 곰을 발견할 수 있었다.

"야! 말려!"
잠시 동안 멍해 있다가 진현이 아이들을 향해 소리쳤다. 저 오징어 같이 흐느적거리는 아이가 모용자인 것을 알게 되었기 때문이다.

"이미 늦었어. 저 자식 눈을 봐, 눈이 확 돌아갔어."
그 말은 사실이었다. 이미 이성을 잃어버린 언무청의 눈은 흰자위밖에 보이지 않았다.

"그래도 사람은 살리고 봐야지. 그리고 북궁 탑주가 오면 우리 모두 죽음이야."
북궁 탑주란 말에 아이들은 정신이 번쩍 들더니 믿어지지 않는 괴력을 발휘하여 언무청을 뜯어말렸다. 그러자 언무청은 자신을 방해한 아이들을 향해 화살을 돌렸다.

"너희들도 다 똑같은 놈이야!"
갑자기 자신들을 향해 이렇게 소리치며 달려드는 언무청을 보며 모두들 황당한 표정을 지었다.

"뭐가?"

어이없어하는 사이 아이들 중 태반은 쓰러졌다. 이제 마지막으로 진현과 남궁유만 남았다. 언무청은 둘 중 누굴 먼저 조져 버릴까 하고 고민하다 고개를 진현 쪽으로 휙 돌렸다.

"왜 또 나야?"

진현은 말은 이렇게 했지만 자신까지 이미 땅을 침대 삼아 누워버린 아이들의 행렬에 동참할 수 없다고 여겼기에 만만의 준비를 했다.

'이렇게 힘이 나보다 센 놈에겐 유능제강(柔能制剛)이란 말이 제격이지.'

진현은 조진환이 가르쳐 준 구결을 떠올리며 자세를 잡았다.

드디어 저 곰 같은 언무청이 덤벼들었다. 거대한 손바닥이 진현의 얼굴을 향해 뻗는데 진현은 그 손이 오기도 전에 이미 언무청의 손에서 이는 바람으로 인해 눈을 뜨기 힘든 지경이었다.

'정말 더럽게 힘은 세군. 하지만 니가 힘이 센 만큼 도리어 당한다는 것을 알아야 해.'

진현은 몇 달 전에 선상(船上)에서 파락호 1, 2를 상대하던 진현이 아니었다. 이제는 성인 남자보다도 훨씬 힘이 강해졌고 조 노사가 가르쳐 준 구결과 무학상리(武學常理)를 거의 자신의 것으로 만든 상태였다.

진현은 언무청의 팔의 뒤쪽 팔꿈치 부분에 손을 얹으며 가볍게 자신 쪽으로 끌어당겼다. 그리고 세 푼의 힘을 보태 살짝 자신의 얼굴 옆으로 비켜가게 만들었다.

쿵!

어디 거목(巨木)이 쓰러지는 소리 같은 소리를 내며 언무청은 진현의 옆으로 쓰러졌다.

"어이구! 덩치가 커서 그런지 쓰러지는 것도 우렁차구만. 허허허."

이제까지 수련한 결과가 헛되지 않음을 느끼고 스스로를 대견스러워하는 진현을 보며 옆에 서 있던 남궁유는 이채를 띠고 바라보았다. 하지만 그것도 잠시 곧 무심한 눈매로 돌아가 버렸고 이내 자신이 있던 곳으로 발걸음을 돌렸다. 참고로 남궁유는 아직까지 진현의 생존 방법을 전수받지 못했다. 아니, 받지 않았다.

남궁유는 그럴 필요가 없었기 때문이다. 모든 훈련에서 언제나 수위(首位)를 차지했고 자신에게 조금 부족한 듯한 식사량에 대해서도 별로 불만이 없었기 때문이다.

조금 후.

서서히 아이들은 정신을 차리기 시작했고 곧 이어 모용자인과 언무청도 깨어났다. 언무청이야 아무리 자신의 강맹한 힘에 그대로 당한 것같이 되어버렸으나 남들보다 뛰어난 선천적인 힘과 몸 때문에 정신을 차릴 수 있었지만 이런 언무청에게 그렇게나 개처럼 밟힌 모용자인이 얼마 되지도 않는 시간에 체력을 회복하고 깨어난다는 것은 정녕 불가사의한 회복 능력이 아닐 수 없었다.

"어, 내가 왜 여기 누워 있지?"

아직도 정신이 몽롱한 모용자인의 한마디였다.

그러나 곧 자신이 왜 이렇게 되었는지 깨닫고는 옆에 있는 언무청을 향해 걸어갔다.

언무청은 조금 전의 상황을 돌이키고는 옆에 있는 아이들과 무엇보다도 자신에게 개처럼 밟힌 모용자인에게 미안해했다. 아무 사심 없이 말한 것에 불과한데 자신이 너무 민감하게 받아들인 것 같아 지금부터 자신에게 쏟아질 욕의 질타를 묵묵히 받아들이기로 했다.

"언! 무! 청! 너 아까 왜 그랬는지 나에게 천! 천! 히! 알아듣기 쉽게
설! 명! 해! 주! 겠! 니?"

이빨을 뿌드득 갈며 말하면서 여기에 모인 아이들의 심정을 그대로
담아 표출하는 모용자인을 보며 언무청은 자신이 왜 폭주했는지 설명
할 수밖에 없었다.

"뭐? 푸하하하!"

"큭… 크… 큭……"

"풋… 어… 미안."

아이들은 언무청의 설명을 듣고 이제야 아~ 하는 심정으로 이해를
할 수 있었지만 터져 나오는 웃음을 참지 못했다.

이럴 줄 알았다는 심정을 그대로 얼굴에 담은 언무청의 눈은 서서히
검은 눈동자는 사라지려 하고 있었다.

그런 그에게 마지막 결정타가 날아왔다.

"무청… 시래기 만드는 무청… 푸하하하하!"

결국 언무청의 눈에서 검은 눈동자는 찾을래야 찾을 수가 없었다.

"쿠워어……!"

"야! 저 자식, 또 눈 돌아갔어!"

"야, 피해!"

언무청에게 마지막 결정타를 날린 모용자인은 하루에 두 번씩 개처
럼 밟히는, 자신의 인생 중에서 진기록을 세우며 정신을 잃어갔고 모두
들 합심해서 언무청의 정신이 돌아오기를 빌었다.

그렇게 진현, 모용자인, 언무청은 만났고, 먼 훗날 강호 최대 문제
삼인방이라는 괴물들이 탄생하게 되었다.

"준비됐어?"

"응."

진현은 모용자인의 확신에 찬 대답을 들으며 나무에 불을 붙였다.

타닥. 타닥.

나무들은 비명을 질러대며 곧 자신을 제물 삼아 뜨거운 열기를 내뿜었다. 그리고 그 뜨거운 화기와 열은 바로 위에 놓여진 돌을 태우기 시작했다. 한참을 지나자 그 돌은 서서히 벌겋게 달아오르기 시작했다.

"지금이야."

"알았어."

모용자인은 아침에 나온 돈육(豚肉)에서 비계 부분만 잘라 숨겨둔 것을 꺼내고 곧 돌 위에 문지르기 시작했다. 그러자 비계의 기름기들이 돌에 숨어 있는 열에 녹아 돌 위로 흘러 돌을 번들거리게 만들었다.

"오~"

정말 훌륭한 구이 판이 되었다.

"정말 대단한데 그런데 어떻게 이런 걸 알고 있어?"

자신에게 묻는 모용자인을 보며 진현은 옛날을 회상하듯 눈을 감으며 대답을 해주었다.

"응, 이건 맥반석돈육전용구이기구(麥飯石豚肉專用九異器具)라고 부르는 것이지. 암, 해석하자면 맥반석으로 만든 아홉 가지의 다른 맛을 내는 돼지고기 전용 연장 도구라는 뜻이지. 예전 동방에서 오신 손님 덕분에 알게 된 것이야."

"오~!"

모용자인은 진심으로 감탄했다. 하지만 감탄만 하고 있을 시간이 없었다. 달구어진 돌 위에 고기를 얹어야 하기 때문이다.

치이익.

모용자인은 요즘 겨울이 다가오는 계절이라 갈수록 숲에는 자원이 고갈되었고 하루에 두세 개를 찾는 것도 힘들었다. 그런데 그때 멀리서 토끼 한 마리가 보이는 것이 아닌가. 냉큼 잡아다 목을 땄지만 막상 먹으려 하니 문제가 많았다. 그래서 이런 문제에는 박식하다고 소문이 자자한 진현에게 자문을 구했다. 솔직히 그때만 하더라도 그 토끼가 이렇게 맛깔스러운 음식이 될 줄은 전혀 상상하지 못했던 것이 사실이었다.

그런데 어디를 가나 초를 치는 놈이 꼭 한 명씩 있으니, 바로 덩칫값도 못하는 소심한 성격을 가진 언무청이었다.

"그런데 이래도 되는 거야? 야밤에 잠 안 자고 이러는 줄 알면 가만두지 않을 텐데."

언무청은 북궁 탑주에게 걸렸을 경우를 생각하니 몸이 자동적으로 떨려왔다. 그런 그를 보며 모용자인이 한마디 던져 줬다.

"아, 이 자식 꼭 초를 친다니까. 그러게 가서 무청이나 다듬지 여기는 왜 왔어?"

언제나 언무청의 검은 눈동자를 없애는 말들을 잘 알고 있는 모용자인이었다.

"쿠워어!"

언무청은 밀려오는 노기에 괴성을 지르려 했으나 입을 막아오는 진현의 손 때문에 목적을 이룰 수 없었다.

"조용히 해. 아니면 정말로 북궁 탑주에게 걸려. 그리고 청이의 말도 틀린 것이 아니야. 낙장불입(落張不入)이라는 말도 있잖아."

진현은 언무청을 청이라 불렀다. 무청이라고 부르면 어떻게 될지 충분히 알기 때문이다.

"낙장불입?"

언무청과 모용자인은 처음 들어보는 고사성어에 반문을 하였다.

"몰라? 아… 모르겠구나."

"무슨 뜻인데?"

진현은 눈을 초롱초롱 빛내며 물어오는 모용자인을 보며 어떻게 설명해야 할지 난감해했다.

"응… 그게 말이지… 아! 아까 동방에서 오신 손님 이야기를 했었지?"

"응."

"그분 이야기로 동방의 나라에는 고수도(高修道)라는 아주 심도 높은 철학이 있대. 거기서 나오는 격언 같은 말이야."

"그러니? 그런데 처음 들어보는 사상이야."

"동방예의지국의 사상(思想)이라면 매우 유명한 것이겠다. 설명 좀 해줘."

진현은 머리를 짚으며 자신이 왜 이 이야기를 꺼냈는지 후회를 했다. 하지만 이미 뱉은 말은 주워담을 수 없는 법.

"그럼 간단하게 소개만 해줄게. 고수도란 높고 높은 경지까지 수양을 한다는 도라는 뜻이지. 하는 방법은 아주 고풍스러운 산수화와 인물화가 그려진 패(牌)를 맞추며 길흉화복(吉凶禍福)의 점(占)을 치기도 하고 서로의 우의를 다지기도 하는 거야. 여기서 말하는 패라는 것이 없으니 이 고수도의 유명한 격언 몇 가지를 소개해 줄게."

진현은 자신이 알고 있는 고스톱의 십계명을 설명해 주기로 하였다.

첫 번째, 조금 전에 말한 낙장불입(落張不入).

한번 떨어진 패는 돌이킬 수 없다는 뜻이지. 인생에서 한 번의 실수가 얼마나 크나큰 결과를 초래하는지 인과응보에 대해 깨우치게 해주는 교훈이야.

두 번째, 비풍초동팔삼(悲風草銅八三).

살면서 무엇인가를 포기해야 할 때 우선순위를 가르침으로써 위기 상황을 극복해 나갈 수 있도록 깨우쳐 주는 교훈이지.

세 번째, 쌍피(雙披).

자네들, 혹시 피부가 몇 겹이야? 두 겹인 사람 있어? 그래, 있을 수도 있겠지. 하지만 극히 소수일 거야. 희귀한 만큼 그 가치가 돋보이게 마련이지. 쌍피란 그것을 말하는 것이야.

네 번째, 광박(光博).

빛[光]의 넓음. 빛이 얼마나 넓게 퍼지는 줄 잘 알고 있지? 그래, 결국 인생은 힘있는 놈이 이긴다는 무서운 사실을 상기시켜 주는 말이야. 그리고 다른 뜻도 내포하고 있는데 빛같이 힘있는 사람이라는 패를 하나라도 가지고 있어야 인생에서 무시당하지 않고 실패하지 않는다는 인생의 묘미를 느끼게 해주는 격언이지.

다섯 번째, 피박(皮博).

광박이 힘있는 자를 대표했다면 피박은 힘없는 자들을 위해 태어난 격언이라고 할 수 있지.

피박, 즉 껍데기의 힘.

아무리 사소한 껍데기라도 없으면 못 먹고(돼지 껍데기), 무시해서 낭패를 보는 경우가 종종 있지. 사소한 것에 결코 소홀히 보지 않도록 해야 함을 깨닫게 해주는 말이야.

여섯 번째, 소당(笤當).

받고 대적하다라는 뜻을 가지고 있는 이 말은 인생에서 큰 기로에 서야만 했을 때 양자택일을 함에 있어서 현명한 판단력을 가져야 한다는 말이지.

일곱 번째, 독박(獨縛).

자신 혼자만 묶이는 상상을 해봐. 얼마나 억울하겠어? 여기서 주는 교훈은 무모한 모험이 실패했을 때 속이 뒤집히는 과정을 미리 체험케 함으로써 무모한 짓을 삼가게 하는 데 있지.

여덟 번째, 고(高).

높은 경지라는 말인데, 쉽게 풀이하자면 자신의 능력이 부족하더라도 높은 이상향을 가짐으로써 도전 정신과 배짱을 기르라는 말이야.

아홉 번째, 수도(搜道).

즉, 때를 고르는 안목이란 뜻이지. 모든 일에 임함에 있어 안정된 투자 정신과 신중한 판단력을 증진시키며 미래의 위험을 내다볼 수 있는 예측력을 가르치는 말이야.

마지막, 나가리(拿家里).

집 또는 자신이 살고 있는 마을로 가면서 손을 흔들며 떠나보내야만 하는, 자신의 친우(親友)들에게 인사차 '나 가리' 하며 하는 말이지. 아무리 정이 들어도 헤어짐이 있다는 인생의 허무를 깨닫게 해주는 말로써 그 어렵다는 '노장사상'을 단번에 이해하게 만들어주는 격언이야.

"우와! 정말 대단한 철학이 내포되어 있구나."

"그러게 말이야."

"어? 고기 탄다. 어서 뒤집어."

자신의 말빨에 감탄하는 모용자인과 언무청을 간신히 화제를 다른 곳으로 돌리며 속으로 한 가지를 다짐했다.

'이제부터 정말로 말을 조심해야겠어.'

"아, 이제 거의 다 익었을 거야."

진현과 모용자인, 그리고 언무청이 젓가락을 들어 한창 고기를 집어 먹을 때였다.

"야, 맛있냐?"

갑자기 자신들을 덮치는 거대한 그림자와 함께 들려오는 목소리가 있었다. 고기를 먹느라 정신이 없던 이 세 명의 문제아들은 고개도 돌리지 않고 대꾸했다.

"누구야? 너도 먹고 싶냐? 그럼 빨리 와서 한번 먹어봐. 셋이 먹다 둘이 죽어도 모를 맛이야."

"오호, 그러냐. 그럼 셋이 다 죽으면 어떻게 되는데?"

"그게 무슨 소리… 꾸엑!"

모용자인은 헛소리를 하는 쪽을 향해 고개를 돌리다가 그대로 얼어

버렸다.

진현과 언무청도 모용자인의 비명을 듣고 고개를 돌리고는 역시 그 자리에서 얼어버렸다.

"북… 북궁… 탑… 주님……."

그렇다. 북궁진성이었다.

어디 이런 일이 한두 번 있었겠는가? 수많은 신입생을 받고 수많은 수료생을 보내면서 그는 자연히 천리안이 되었고 개도 따라가지 못할 후각을 가졌으며 무슨 신공을 연마했는지 수십 장 밖에서 떨어지는 낙엽 소리에도 잠을 자지 못하는 경지에 이르렀다.

"각오는 되어 있겠지?"

"꾸에엑!"

진현과 모용자인, 언무청은 자신들이 먹은 토끼가 천국행 마차를 타기를… 극락왕생(極樂往生)하기를 빌었다. 그래서 자신들의 죄가 사하여 지기를 간절히 원했다.

개같이 구르면서…….

"진현, 너는 이번 원단에 뭐 할 거야?"

"나? 뭐, 그냥……."

"그럼 이번에도 역시 이곳에 남을 거야?"

모용자인은 참으로 이 녀석만큼 독한 녀석도 없다는 생각이 들었다. 이 지옥 같은 곳을 빠져나갈 수 있는 두 번의 기회 중 저번 중양절(重陽節)에도 여기서 지냈던 경력이 있는 진현이기 때문이었다. 그런데 이번에도 역시 이곳에서 남는다고…….

하지만 진현의 입장에서 보면 어쩔 수 없는 선택이었다. 어찌 진현이라고 나가고 싶지 않겠는가? 그러나 사 일이라는 시간에 집으로 가는 것은 아예 불가능하고 그렇다고 밖에서 지내자니 세상 물정을 몰라 어쩔 수 없는 것이었다. 이 탑으로 오는 길에는 사마화련이 있어 편했지만 지금의 자신이 밖에 나간다면 7살 꼬마보다도 멍청할 것을 잘 아는 진현이기에 그러했다.

"정말 독한 놈이구만."

모용자인은 이런 진현이 이해가 되지 않았지만 자기가 싫다는데 어쩔 수 있는가.

원단(元旦).

"벌써 새해가 밝았구나."

진현은 신나게 외출 준비를 하는 아이들을 보며 가볍게 한숨을 쉬었다.

그러던 진현은 문득 자신의 동거남인 남궁유도 가지 않는다는 생각이 미쳤다.

"어라? 저 녀석은 왜 가지 않지? 혹시 나 같은 녀석이 또 있나? 그럴 리가 없지."

진현은 가볍게 중얼거리며 옆에서 무슨 생각을 하는지 명상에 잠겨 있는 남궁유를 향해 다가갔다.

"어이, 유(柔), 뭐 하고 있어?"

"생각."

이제 대답은 한다. 많은 발전이다. 이 정도까지 오기 위해서 진현이 씹혔던 과거를 생각하면 눈물이 나올 정도였다.

"너는 안 가? 남궁세가라면 여기서 가깝잖아."

진현은 남궁세가가 여기서 이틀 정도의 거리인 남창(南昌)에 있지만 남궁유의 실력이면 하루 반이면 간다는 것을 알고 가볍게 말했다. 하지만 차가운 눈빛을 보내는 남궁유를 보고는 입을 다물었다.

'이 녀석, 무슨 사정이 있는가 보구나.'

"우리 산책이나 하지 않을래?"

어색한 분위기를 바꾸기 위해 말하는 진현의 말에 남궁유는 거절하려고 했으나 자신도 조금 전의 떠오르는 생각으로 인해 머리가 복잡해짐을 알고 승낙했다.

"그래."

당연히 씹을 줄 알고 말한 진현은 예상외의 대답이 나오자 당황하였으나 곧 정신을 차리고 남궁유와 함께 방을 나섰다.

진현과 남궁유가 지금 서 있는 곳은 현공탑(玄功塔)이 있는 천주봉(天柱峰)과는 조금 거리가 떨어진 마경대(磨鏡臺)였다. 중원의 남악(南岳)이라고 불리는 만큼 정말로 경관이 수려하고 특히 멀리 보이는 남악칠십이봉(南岳七十二峰) 중 가장 높다는 축융봉(祝融峰)은 정말로 절경이었다.

'저곳에 련 누이가 기거하는 구담전이 있겠지… 아, 보고 싶다.'

진현은 남궁유와 함께 걷다 어느새 이곳까지 왔다가 축융봉을 보자 사마화련에 대한 그리움이 밀려오는 것을 느꼈다.

그러기도 잠시 이내 사마화련에 대한 생각을 지우고 남궁유를 향해 말을 걸었다.

"유, 넌 어떤 슬픔을 가지고 있어? 다 알고 있어, 너에게 커다란 아픔이 있다는 것을."

평소에 가지고 있는 생각을 말로 표현한 진현은 남궁유가 자신의 말에 몸을 경직하자 자신의 생각이 옳다는 것을 확인할 수 있었다.

"시끄러. 내가 말했을 텐데, 서로에게 간섭하지 말자구."

"흐흐… 그래? 서로에게 간섭하지 않으면 안 되지. 그럼 이건 어떨까? 그냥 내가 하는 이야기를 듣는 거야. 난 그저 말할 뿐이고 너는 그저 들려오는 소리를 듣는 것뿐이야."

"……"

"예전에 한 아이가 있었어. 아버지는 그 아이가 눈을 뜨기도 전에 돌아가셨지. 그래서 식구라고는 어머니와 그 아이 단둘뿐이었어. 그런데 그 아이가 다섯 살 때쯤인가? 아마 그럴 거야. 아침에 눈을 뜬 그 아이는 집 앞에서 한 아기를 보게 되었어. 그 사실을 어머니에게 말해 주었지. 그러자 그 어머니는 아기를 안고 집 안으로 들어가셨어. 아마도 네가 혼자인 것이 불쌍해서 하느님이 너의 동생을 만들어주셨나 보구나라고 말하시면서 말이야. 그렇게 그 아기는 아이의 동생이 되었지. 아이는 동생을 친동생처럼 아끼고 사랑했으며 자신의 모두를 주어도 아깝지 않다고 여겼어. 그런데 여기서 문제가 발생해 버렸지. 혼자의 몸으로 둘을 키우느라 고생을 하시던 아이의 어머니가 끝내는 하늘로 가시고 만 거야. 아이는 슬픔도 느낄 여유가 없었어. 자신의 곁에서 울고 있는 동생을 보았기 때문이지. 그 아이는 이제 자신의 어머니가 하셨던 역할을 자신이 해야 한다는 것을 알게 되었어. 많은 고생을 했지. 원래 몸이 약했던 그는 갖은 병치레 속에서도 악착같이 버텼어. 그러면서도 자신의 동생 앞에서는 항상 웃었지. 마치 아무렇지도 않은 듯 말이야. 그렇게 세월은 지나갔고 아이의 동생은 어느새 아름다운 숙녀가 되어 있었어. 자신이 해야 하는 일도 가진 멋진 여자로 말이야.

아이는 이 현실이 정말로 행복했었어. 그런데 하늘이 시기를 한 걸까? 이상하게도 계속해서 아파오는 가슴을 붙잡고 아이는 의원에게 갔어. 그리고 들었지, 불치병이라는 청천벽력과도 같은 말을. 그때부터 아이는 죽어라 일을 했어. 마지막으로 동생에게 줄 수 있는 선물을 만들기 위해… 결국 아이는 선물을 줄 수 있었지. 그리고 동생을 떠나갔어. 마치 그의 어머니가 아이를 떠나간 것처럼 말이야. 지루하지? 난 알아, 세상 사람 누구든 가슴에 한 가지씩은 아픔을 지고 산다는 것을. 그리고 또 하나 더 알지. 진짜 강한 사람은 그 슬픔과 아픔마저 자신의 것으로 만들어 버려. 피하거나 지우려 하지 않아."

그 말을 끝으로 진현과 남궁유는 아무 말 없이 계속 서 있었다.

일 다경이 지났을까.

영원히 열리지 않을 것 같은 남궁유의 입이 열렸다.

"우리 술이나 한잔할까?"

형산은 남악이라 불리는 만큼 관광객이 많았다. 그래서 그 관광객들을 위해 산봉우리마다 중턱에 조그마한 객점이 하나씩 있었다. 진현과 남궁유는 그 객점에서 죽엽청(竹葉靑)을 두 병 산 뒤 다시 마경대로 올랐다.

"크윽… 정말 독하군. 이렇게 독할 줄은 몰랐는데."

진현은 죽엽청을 한 모금 마신 뒤에 목에서 타오르는 듯한 느낌을 받으며 술에 대한 자만심을 버려야만 했다. 그래도 자신은 전생에서 술깨나 한다고 자신했는데 이걸 마시니 영 아니올시다였다. 하긴 이 세계에 와서 처음 먹는 술이고 술에 익숙하지 못한 어린아이의 몸이니 당연히 그럴 수밖에. 그런데 그런 그와는 달리 남궁유는 경험이 몇 번 있는 듯 아무 거리낌 없이 잘 먹었다.

그렇게 한 모금씩 몇 번을 마신 그들은 조금씩 취기가 오르는 것을 느꼈다. 특히 진현은 벌써부터 혀가 꼬이기 시작했고 눈이 풀려 있었다.

"너, 벌써 취한 거냐?"

"아니야~앙. 딸국. 이 정도로 난 취하지 않아. 힉."

딸꾹질을 하면서도 취하지 않았다고 우기는 진현을 보며 남궁유는 입가에 미소를 지었다. 그러자 주변이 환해진 듯 밝아 보였다. 아마도 진현이 제정신으로 그 미소를 보았다면 몇 번이고 부탁을 하였을 것이다.

"윽… 잠 온다… 잠… 이… 와……."

끝내는 뒤로 벌러덩 넘어가며 잠을 자버리는 진현을 남궁유는 계속해서 미소로 바라만 보았다. 그리고 제정신이 아니어서 어떤 말도 귀에 들어오지 않는 진현을 향해 말을 걸었다.

"그래, 아까 너의 그 이야기가 너의 이야기가 아닌 것 알고 있어. 만약 사실이라면 넌 지금 내 앞에 없을 테니까. 하지만 이렇게 슬픈 느낌은 뭘까? 이상하지… 그래, 나도 너의 말처럼 커다란 아픔이 내 가슴에 자리 잡고 있어. 하지만 아직은 아니야. 내가 너의 말처럼 이 아픔을 내 것으로 만들 때 그때는 제일 먼저 너에게 이야기할게. 그때는 꼭 들어줘."

마치 대화를 하는 듯이 진현을 향해 독백을 하는 남궁유의 모습에서 예전의 차가움은 사라진 듯했다.

진현은 머리가 아파오는 것을 느끼면서 잠에서 깨어났다.

"아이고, 머리야. 내가 왜 이렇게 술이 약해진 거지."

진현은 자리에서 일어나 자기와 같이 술을 마신 남궁유를 찾았으나 보이지 않았다.

"먼저 갔나? 그건 그렇고 벌써 밤이네."

진현은 혹시나 싶어 이각 정도 기다렸으나 남궁유가 오지 않았기에 먼저 간 것으로 생각하고 자신도 진무관이 있는 천주봉으로 발걸음을 옮겼다.

"아이구, 깜깜해서 그런지 잘 안 보이네."

우거진 나뭇가지들 때문에 달빛이 가려 낮에는 잘 보이던 길이 잘 보이지 않았다.

그래도 무공이라는 것을 익힌 덕분인지 밤눈이 밝아진 진현은 천천히 걸어나갔다.

어두운 밤이라 그런지 바람에 나뭇가지 흔들리는 소리, 이름 모를 새의 울음소리가 매우 을씨년스러웠다.

"아쒸, 꼭 뭐라도 나올 것 같은데……."

무서운 것은 아니지만 찜찜한 구석이 있음을 느낀 진현은 걸음을 빨리했다.

그런데 진현은 자꾸만 뒤통수를 간질이는 이상한 느낌이 들어 뒤를 돌아보았다.

그러나 아무것도 없었다.

하지만 그 느낌은 계속 걸어나가는 동안 계속되었다.

"아쒸, 도대체 뭐야?"

진현은 주위에 있는 큼지막한 돌을 주워 들었다. 그리고 그 느낌이 이는 방향을 향해 집어 던졌다.

"이거나 받아랏!"

뭔지는 모르지만 귀신이면 놀라 저 멀리 다른 곳으로 날아갔을 것이고 짐승이라면 그 역시 놀라 다른 곳으로 갔을 것이라 진현은 생각하며 이젠 됐겠지 하는 심정으로 다시 앞으로 걸어나갔다.

하지만 진현이 보지 못한 것이 있으니… 그것은 시퍼런 안광(眼光)을 뿜으며 서서히 다가오는 거대한 그림자였다.

남궁유는 죽엽청 한 병에 곯아떨어져 뻗어버린 진현을 옆에 두고 눈앞에 있는 축융봉을 바라보았다.

"흐흐흐… 허상만 쫓는 자들… 너희들이 진실을 알게 되면 어떻게 될까."

의미심장한 말을 한 남궁유는 날이 어두워지기 시작하는 것을 느꼈다.

"벌써 밤이 되려는가."

이미 진현과 남궁유는 철공을 연마함으로써 추위와 더위를 타지 않는 단계에 들어섰지만 겨울의 날씨에 거기다 밤이라면 좋을 것은 없다고 남궁유는 판단했다.

"이 녀석, 이렇게 자면 몸에 좋을 것이 없는데… 그렇다고 업고 갈수고 없고. 불이라도 피워야겠군."

남궁유는 그렇게 생각하고는 주위의 나무를 끌어 모았다. 그런데 산중이라 그런지 나무에 습기가 많이 차서 불이 잘 붙지 않았다. 겉으로 보기에는 마른 장작같이 보였으나 속에는 많은 수분을 함유하고 있었나 보다. 그래서 남궁유는 마른 장작을 구하기 위해 멀리 있는 곳까지 구하러 다녔다. 이제 서서히 잠에서 깨어나려고 하는 진현을 뒤에다 두고.

"반 시진이면 오겠지."

남궁유는 그렇게 중얼거리며 앞으로 나아갔다.

예상과는 달리 반 시진이 넘어서야 어느 정도 마른나무들을 찾은 남궁유는 다시 진현이 있는 곳으로 발걸음을 돌렸다.

하지만 그가 볼 수 있었던 것은 아무것도 없는 빈자리였다.

"먼저 갔군."

진현과 똑같은 말을 입에 담은 남궁유는 진현과 마찬가지로 진무관으로 향했다.

중원의 남부 지방이라 그런지 동장군이 기성을 부리는 날씨라도 눈이 쌓이지 않았다. 하지만 고지대인만큼 쌓이지는 않아도 마르지도 않았다. 땅에 조금은 습기가 있어 밟으면 선명하게 발자국이 남는 이 길에는 먼저 간 진현의 것으로 추측되는 발자국이 찍혀 있었다.

남궁유도 그 발자국이 가는 방향을 향해 자신의 발자국을 만들어 나갔다.

그런데 남궁유는 한 가지 특이한 것을 볼 수 있었다.

진현의 발자국으로 보이는 것이 한동안은 거의 규칙적인 보폭으로 찍혀 있다가 어느 순간부터 이리저리 불규칙적으로 찍혀 있는 것이었다. 발자국의 앞부분이 깊이 들어간 것으로 보아 분명 급히 뛰어다녔던 것이 분명했다.

"무슨 일이라도 있었던 것일까?"

남궁유는 진현의 발자국이 찍혀 있는 방향으로 뛰어갔다. 하지만 남궁유가 간과한 것이 있으니 진현의 발자국에서 이 장여 정도 떨어진 곳에 깊숙이 찍혀 있는 짐승의 발자국이었다. 엄청나게 큼지막한 발자국이라 조금 떨어져 있어도 남궁유라면 발견할 수 있었을 것이나 급한 나머지 자세하게 살펴볼 시간이 없었던 것이다.

일각 정도 뛰어갔을까.

마경대에서 이어진 발자국은 현공탑이 있는 천주봉으로 이어지지 않고 금란봉(金蘭峰)의 남천문(南天門)으로 이어가고 있었다. 그리고 그 발자국은 황제암(黃帝岩)으로 둘러싸인 한수담(寒水潭)에서 마지막 자취를 남기고 끝을 맺었다.

평소의 단련으로 인해 험한 산길을 달렸음에도 불구하고 남궁유는 숨 하나 흐트러지지 않았다.

"음… 어디로 갔을까?"

아무리 살펴보아도 남궁유는 발자국이 이어진 곳을 찾지 못했다. 결론은 하나, 담으로 들어갔다는 말인데 그럴 수 없다는 것을 잘 알고 있는 남궁유는 실소를 흘리며 다른 곳을 찾으러 발을 부지런히 놀렸다.

한수담이 어떤 곳인가.

정말 한때는 너무나도 유명한 곳이었다. 이곳에 있는 소천성탑보다도…….

200년 전 무림인의 명성만큼이나 낚시로도 유명했던 은망조옹(隱網釣翁)이 이곳에서 족히 일 장은 되어 보이는 화리(火鯉)를 보았다고 해서 유명해진 곳이다.

화리, 즉 잉어가 아무리 오래 산다고 하지만 그 크기가 일 장이 넘어간다는 것은 이미 영물(靈物)이 되었다는 것을 의미하기 때문이다. 자신의 내공을 높일 수 있는 화리의 내단(內丹)을 구하려는 꿈을 가진 무림인들로 넓이가 오 장도 되지 않는 이곳에 발 디딜 틈이 없었다. 하지만 거짓말 안 하기로 소문난 은망조옹의 말과는 달리 그 화리는 아름다운 자태를 한 번도 보여주지 않았고, 중인들은 급기야 물속으로 들어가 찾아보려 하였다. 하지만 들어갔던 사람들은 일각도 되지 않아 다시 물 밖으로 나와야만 했다. 한수담의 차가움이 그 이름보다 더했으면 더했지 결코 못하지 않았기 때문이다. 한서불침(寒暑不侵)의 경지에 이른 고수들도 뼛속까지 아려오는 한기를 일각 이상 버티기에는 힘이 든다는 것을 안 이후로 사람들은 은망조옹의 말을 헛소리라 치부하고는 발을 돌려 버렸다.

그런 한기를 지니고 있는 한수담에 진현이 빠졌다는 것을 상상도 하기 싫은 남궁유는 계속해서 주변을 살펴보았다. 하지만 세 시진이 흐르고 어느새 인시(寅時) 초가 되어도 남궁유는 진현의 발자국을 찾을 수가 없었다. 더 이상 찾을 수 없자 이 발자국이 진현의 것이 아니라고 애써 생각하며 혹시나 모를 진무관으로 재빨리 달려갔다.

그러나 남궁유를 맞이하는 것은 원단이라 나가고 없는 아이들의 텅 빈 방과 그와 별다르지 않는 자신과 진현의 방이었다.

원단이라 사 일이나 쉬는 바람에 북궁진성도 없어서 누구에게 말하지도 못한 남궁유는 소천성탑으로 이 사실을 알리러 가려고 했다. 하지만 곧 자신의 발걸음을 멈추어야만 했다. 한낱 현공탑의 외공(外功) 수련생의 실종으로 수색대를 보낼 일도 없거니와 그곳으로 가면 자신의 아픈 기억을 만든 장본인이 있을 것이기 때문이었다.

"그래, 믿자… 진현은 곧 올 것이다. 아무 탈 없이……."

평소 진현은 그의 생존 전략으로 그보다도 체력이 좋았던 아이들도 떠나야 했던 이곳의 훈련을 자신만큼이나 잘 따라했던 것을 상기한 남궁유는 진현을 믿고 묵묵히 기다리기로 했다.

곧 날이 밝고 해가 중천에 떴으나 진현은 오지 않았다. 이틀이 가고 삼 일째 되는 날 하나둘씩 복귀하는 아이들 틈에 진현도 있을 거라 생각했지만 진현은 보이지 않았다. 너무도 걱정이 되어 아이들에게 자초

지종을 말한 남궁유는 모용자인과 언무청을 선두로 해서 아이들과 천주봉, 금란봉 일대를 이 잡듯이 뒤졌으나 진현은 끝내 보이지 않았다.

원단의 황금 같은 휴가의 마지막 날인 사 일째 되던 밤.

이제는 포기를 하고 북궁진성이 돌아오면 사실을 말해 도움을 받기로 마음을 먹은 아이들 곁으로 멀리서 달빛에 그림자를 길게 늘어뜨리며 비틀비틀 걸어오는 아이가 있었다.

진현이었다.

무엇에 할퀴었는지 너덜너덜한 옷을 입은 진현은 조금씩 비틀거리는 몸으로 아이들에게 다가와 특유의 웃음을 지어 보였다.

"얘들아… 안녕……."

이제까지의 걱정으로 단 하루도 잠을 제대로 자지 못했던 남궁유와 그와 별다르지 않는 모용자인과 언무청, 그리고 아이들은 그를 둘러싸며 그동안의 사정을 물으며 호들갑을 떨었다.

"얘들아… 나 피곤한데 내일 말하면 안 될까?"

하며 진현은 아이들 속에서 눈을 감고 그냥 바닥으로 쓰러졌다.

호들갑을 떠는 아이들에서 조금 떨어진 곳에서 지켜보던 남궁유는 속으로 안도의 한숨을 쉬었다.

"저 자식… 이렇게 걱정시켜 놓고 잠을 자다니. 내일부터는 많이 괴롭혀 줘야겠군."

그렇게 말하는 남궁유의 눈이 반짝이는 것은 불빛에 반사되어서일까? 아님 있을 수 없는 일이지만 혹시라도 눈물이라는 것일까?

제6장

또 하나의 가능성

또 하나의 가능성

진현은 그 일이 있은 후 벌써 한 달이라는 시간이 지났지만 아직도 그때를 생각하면 등골이 서늘해져 왔다.

"그땐 정말 죽을 뻔했지. 하마터면 고기한테 먹혀 죽었다는 불명예를 진기록 모음집에 올릴 뻔했잖아."

진현은 아직도 벌렁거리는 심장을 진정시키며 그때의 일을 회상하였다.

"이런 젠장."

진현은 갑자기 자신을 덮치는 거대한 호랑이를 보며 당황하지 않을 수 없었다. 거대한 발톱과 이빨을 주 무기로 삼아 안 오면 내가 간다는 식으로 달려들 채비를 하고 있는 호랑이 앞에서 진현은 자신이 알고 있는 무공이라든지 맞서야 하겠다는 생각은 저 멀리 소풍 가고 없었다.

아직까지 그에겐 전생에서처럼 호랑이에 대한 두려움과 무서움이 잠재의식으로 자리 잡고 있었기 때문이다.

진현은 그나마 수련으로 인해 빨라진 자신의 두 다리만 믿으며 정말 속된 말로 뭐 빠지게 달리는 수밖에는 달리 방도가 없었다.

그렇게 한 시진을 뛰었을까.

어두워서 그런지 아무리 해도 진무관은 보이지 않고 오히려 첩첩산중이었다. 그제야 자신이 방향을 잘못 잡은 것을 알게 되었지만 방향을 바꿀 순 없었다. 겨우 일이 장을 떨어뜨리며 오로지 앞으로만 전진하고 있는데 여기서 방향을 틀면 그대로 호랑이의 밤참이 되어버리기 때문이었다.

"어쩔 수 없다. 지구를 한 바퀴 도는 한이 있더라도 계속해서 전진이다!"

진현은 점점 힘이 빠져 가는 다리를 니가 멈추면 우리 모두 죽는다라고 협박하며 계속해서 뛰었다. 그런데 아뿔싸! 이상하게 생긴 바위들이 진현을 맞이하고 있었다. 맞이하는 것까지는 좋았다. 그런데 바위들 뒤에 못[潭]만 하나 있고 길이 보이지 않는다는 것이 문제라면 문제였다.

"윽! 여기서 나의 인생은 종지부를 찍는단 말인가."

결국 못 앞에서 멈춰 버린 진현이 이렇게 하늘을 원망하고 있을 때 이제는 여유를 부리는 듯 호랑이가 한 발짝씩 다가왔다.

"젠장… 어떻게 하지? 그래, 너한테는 안 먹힌다. 차라리 물에 빠져 뒤질란다."

진현은 서서히 자신의 머리를 치려고 들어 올리는 호랑이의 앞발을 보며 입술을 깨물고는 그대로 등 뒤의 못에 뛰어들었다.

"꽥!"

진현은 엄청나게 후회했다. 오히려 호랑이와 죽더라도 맞섰으면 이렇게 뼛속까지 얼리는 한기를 느끼지 않아도 될 텐데… 하고 말이다. 그만큼 이 한기는 고통이었다. 철공이고 나발이고 없었다. 추웠다. 아니, 추운 정도가 아니라 몸속의 세포 하나하나가 모두 어는 것 같았다.

'괜히 들어왔어. 하지만 이왕 들어왔으니 다시 나갈 수도 없고.'

그렇다. 이제는 나가봐야 호랑이에게 물에 말은 밥밖에는 되지 않는다. 진현은 눈을 뜨고 주위를 살폈다. 하지만 도무지 어떻게 해야 할지 길이 보이지 않았다. 게다가 숨도 막혀왔다.

그때 물에 가라앉은 나뭇잎 하나가 빙글빙글 돌더니 어디로 쑥하고 들어가는 것이 보였다.

'저기다!'

나뭇잎이 들어간다는 것은 물의 유동이 있다는 것이고 그곳으로 다른 통로가 있다는 것을 안 진현은 그 통로 뒤에 무엇이 있을지 몰라도 그냥 무작정 들어가기로 했다. 진현은 어차피 어떻게 하든 죽는 것은 매한가지이기 때문에 그곳에 희망을 걸어보는 수밖에 없었다.

점점 둔해지는 팔다리를 움직여 통로의 입구로 몸을 이끌어갔다. 드디어 진현은 그곳에서 두 명 정도 들어갈 만한 폭의 동혈(洞穴)을 발견할 수 있었다. 진현은 점점 가빠오는 숨 때문에 바로 그곳을 향해 들어갔다.

"윽!"

동혈 안은 계속해서 물이 유입되는 바람에 소용돌이를 치고 있었고, 그 때문에 진현은 몸을 얼리는 한기뿐만 아니라 여기저기에 부딪치는 고통까지 감수해야 했다. 그렇게 끝이 없을 것 같던 동혈 깊숙한 곳까지 흘러간 진현은 엄청나게 큰 물고기를 보면서 서서히 의식을 잃고 말았다.

얼마의 시간이 지났을까. 진현이 정신을 차린 것은 자신의 얼굴 위로 무언가가 떨어지는 느낌 때문이었다. 한쪽 눈을 뜨고 다른 쪽 눈을 마저 뜨자 흐릿하지만 앞이 보이기 시작했다. 어느 정도 시간이 지난 뒤 이제는 선명해진 진현의 눈에 들어온 것은 천장에 달려 있는 석순이었다.

"우엥… 여기가 어디야?"

진현은 깜짝 놀라 몸을 일으키려 하였으나 온몸이 비명을 지르며 쓰라려 오는 것을 느꼈다.

"젠장, 엄청 긁혔나 보군."

정말이었다. 그의 옷이 사방에 난도질당한 것처럼 너덜너덜해진 것만 보아도 알 수 있는 사실이었다. 진현은 불편한 웃옷을 벗어 던지고 온몸에 긁힌 상처를 살펴보았다. 물에 젖은 몸은 아직 딱지가 생기지 않아 피가 배어 있었다. 그러기도 잠시 진현은 몸이 움직일 만하자 자리에서 일어나 동굴을 살펴보기 시작했다.

"아, 내가 저기에서 빠져나왔구만."

진현이 보는 곳에는 물이 흐르듯이 파문이 쉬지 않고 생기고 있는 일 장 크기의 웅덩이였다. 아마도 자신이 그곳을 통해 나왔으리라 생각한 진현이었다. 그 뒤로 진현은 동굴 안을 계속해서 살펴보았다. 자신이 나가야 할 출구를 찾기 위해서.

하지만 진현은 출구를 찾지 못하고 이상한 석실 하나만 발견할 수 있었다.

"뭐야, 이건? 사람이 살던 곳이었나? 호오, 이런 곳에서도 사람이 살았었다니… 정녕 사람이란 어디에서도 적응을 하는구나."

턱을 손으로 문지르며 말하는 진현의 표정에는 자신이 그렇게 될지도 모른다는 생각이란 전혀 없었다.

진현이 보고 있는 석실은 정말 사람이 산 듯한 흔적이 여기저기 남아 있었다. 무엇보다도 한쪽 벽에 새겨진 산수화가 그것을 증명하고도 남음이었다. 그리고 중앙에는 돌 침대라고 하기엔 조금 작은 장방형의 반듯한 돌이 있었다. 그 위에서 누워 있기는 좀 뭐하니 아마도 앉는 용도로 쓰여진 것 같았다.

"으잉, 돌이 조금이지만 깎여 있잖아. 우와~ 얼마나 오래 앉아 있었으면."

정말로 돌 위를 잘 보니 사람이 앉았을 부분이 닳아 있었다. 아마 앉아보지 않았으면 알지 못할 만큼.

"우와, 정말 대단하다. 누군지 몰라도… 나도 한번 앉아 봐야지."

안 그래도 다리가 아팠던 진현은 냉큼 자리에 올라 자세를 잡았다. 그런데 영 폼이 안 나는 것이 어색했다.

"이게 아닌가? 그럼 요렇게…….."

그래도 무언가 이상했다. 결국 이리저리 자세를 바꾸고서야 마음에 드는 자세를 찾을 수 있었다. 참 별거에 목숨 거는 진현이었다.

"음… 바로 이거야. 이제야 뭔가 맞아떨어지는 것 같구만… 응?"

진현은 자신의 마음에 드는 자세를 잡고 앉아 앞을 바라보니 처음 이곳에 와서 보았던 산수화를 볼 수 있었다. 옆에서 볼 때는 몰랐는데 정면에서 가까이 보니 산수화에선 살아 있는 듯한 생동감이 흘러나왔다.

"호오, 누가 이런 작품을… 이거 떼어갈 수도 없고… 무지 아깝구만."

진현은 한동안 산수화를 감상하느라 정신이 없었다.

해와 달이 동시에 양쪽에 떠 있었고 세 개의 봉우리는 하늘 높은 줄 모르고 치솟는 듯했으며 산 밑에 흐르는 계곡의 지형은 사천(四川)의 삼협(三峽)만큼이나 험한 지세(地勢)를 드러내고 있었다. 그리고 계곡의 중심에는 우뚝 솟은 바위가 하나 있었는데 바위 위에는 노인 한 분이 앉아 도를 닦고 계신 것처럼 보였다.

"응? 바위에 뭐라고 써 있네… 남천일주(南天一柱)?"

그의 말대로 바위에는 남천일주라는 네 자가 써 있었다.

그때였다, 노인의 눈이 뜨이며 진현을 바라본 것이. 아니, 어찌 돌에 새겨져 있는 노인이 눈을 뜨겠냐만은 진현의 눈에는 분명 그렇게 보였다. 그리고 그 노인이 자리에서 일어났다. 자리에서 일어난 노인의 몸에서는 장엄한 기도가 뻗어 나왔다. 노인은 그 자리에서 팔을 높이 들어 진현을 향해 뻗었다. 그리고 자리를 박차고 진현을 향해 뛰어들었다. 그 기세에 진현은 놀라 뒤로 물러섰으나 이내 자리가 협소하여 물러설 때가 없음을 느꼈다. 그에 당황한 진현은 두 팔을 들어 몸을 가리고 눈을 감는 수밖에 없었다.

"으악!"

무언가가 몸을 관통한다는 느낌은 받았지만 아무 이상도 없다는 것을 안 진현은 서서히 눈을 떴다. 역시 아무것도 없었다.

"에이, 도대체 뭐야? 괜히 쫄았네."

가슴을 쓸어 내리며 진현은 자리에서 일어나 산수화 쪽으로 다가갔다.

"한데 아까 분명히 이 영감이 일어나서 나를 향해 달려들었는데."

다른 사람이 들으면 미친놈 소리를 하겠지만 진현은 분명 그렇게 느꼈다. 진현은 아무래도 이상해서 산수화에 손을 가져다 댔다. 비록 돌이긴 하지만 생동감이 흘러나왔다. 하지만 그것뿐 조금 전처럼 튀어나오는 그런 경우는 없었다.

"아… 이상하단 말이야… 분명… 어… 어?"

크르릉.

진현이 이상하다고 중얼거리며 자신을 향해 달려들었던 바위에 앉아 있는 노인을 손으로 무심코 만졌는데 산수화가 새겨진 부분이 옆으로 밀려나는 것이 아닌가!

"이건 또 뭐야? 에이… 모르겠다."

진현은 갈수록 태산이라고 생각하며 잠시 머뭇거리다가 산수화가 밀려난 뒤 생긴 또 다른 석실로 들어갔다.

남(南). 천(天). 일(一). 주(柱).

석실의 위에는 이 네 자가 쓰여져 있는 편액이 있었다.

"엥? 역시 누가 있었군 그래. 저기 죄송합니다. 제가 본의 아니게 실례를……."

진현은 자신의 앞쪽에 가부좌를 틀고 앉아 있는 노인을 향해 허리를 굽혀 사과를 했다. 그런데 그 노인은 아무 말이 없었다.

"저기… 화가 많이 나신 것은 압니다. 그런데 저도 피치 못할 사정이 있어 이곳에 온 것이니 용서해 주십시오."

진현은 다시 한 번 허리를 굽혀 사과했다. 하지만 또다시 노인이 자신을 씹는 것을 알았다. 그에 노인이 정말 많이 화가 났다고 생각한 진현은 아예 땅바닥에 절을 하고 말았다.

"아이고, 제가 정말로 잘못했으니 제발 용서해… 엥?"

진현은 엎드려 절을 하다 말고 땅바닥에 쓰여진 글을 보게 되었다.

나의 비보(秘寶)를 탐하지 않고 나에게 예의를 갖추는 것을 보니 너는 분명 악인은 아닌 것 같구나. 아마 네가 나의 비보를 탐해 나에게 예의를 갖추지 않았다면 목숨을 부지하기 힘들었을 것이다. 하지만 이 글을 보고 있다는 것은 그만큼 너에게 선한 마음이 있다는 것. 나의 유학(遺學)을 받아도 될 듯싶구나. 이리 오너라, 와서 나에게 구배지례(九拜之禮)를 하여라.

진현은 그제야 눈앞의 노인이 살아 있는 노인이 아니라는 것을 알게 되었다. 그것을 알게 된 진현은 고개를 들어 노인을 바라보았다.

"아니, 아까 그 노인이잖아?"

분명 자신을 향해 달려들었던 노인임을 진현은 알 수 있었다.

진현은 그 노인의 말대로 그에게 다가가 아홉 번 절을 했다. 왜 해야 하는지는 잘 모르겠지만 왠지 해야 될 것만 같았다. 그가 마지막 아홉 번째 절을 하고 일어났을 때였다.

크르릉.

그의 앞으로 커다란 석함(石函)이 나타났다.

"이건 뭐지?"

진현은 궁금해하며 석함을 열어보았다. 그 석함은 웬만한 장정들도 가볍게 이길 수 있는 진현의 힘으로도 열기 힘들었다.

"끄응, 이거 뭐야? 도대체 열라는 거야, 말라는 거야? 오냐, 그래. 누가 이기나 한번 해보자."

또 쓸데없는 것에 승부를 거는 진현이었다. 진현은 몇 번을 반복하고서야 겨우 그 석함을 열 수 있었다.

"엥? 뭐야? 단단히 잠겨 있기에 무슨 대단한 보물이라도 있는 줄 알았더니……."

석함 안에는 한 권의 책과 하나의 서찰, 그리고 두 개의 팔찌가 들어 있었다.

진현은 서찰을 꺼내 읽어보았다.

이 글을 읽고 있는 후인(後人)에게.

노부는 남천지도(南天之道)를 이끌고 있는 천선자(天仙子)라고 한다.

나는 일찍이 도가(道家)에 뜻을 두어 반평생을 도를 이루고자 노력하였다. 하지만 그것 역시 쉽지 않았다. 그 당시의 주위 환경이 나로 하여금 심마(心魔)에 빠지게 하였기 때문이다. 속세에서, 아니, 무림이라는 세계에서 천하제일이라고 광오하게 외치며 활보하던 혈천자(血天子)가 우리 남주문(南柱門)에 찾아온 것이다.

과연 천하제일이라는 명성답게 그는 우리 남천지주(南天之柱)라 일컫는 우리 문을 쑥대밭으로 만들어놓았고 결국 나로 하여금 다시 손에 피를 묻히게 만들었다. 하지만 여기서 우리가 예상치 못했던 일이 발생하고 말았다. 바로 혈천자와 노부가 서로의 힘에 감탄하게 된 것이다. 서로에게 경원의 뜻을 품고 있던 우리는 혈천자가 노부의 문에 사과를 하게 됨으로써 의기투합하게 되었고 급기야 우리 문에 대한 사죄의 뜻으로 혈천자는 우리 문에 투신을 하게 되었다.

반평생을 도에 미쳐 있다 말년에 노우(老友)를 만나니 세월 가는 줄 모르고 서로 이야기꽃을 피웠다. 그러다 자연히 나의 도에 대한 이야기가 나왔고 그와 난 서로 합심하여 도를 이룰 수 있는 방법을 강구하게 되었다. 그렇게 우리가 도라는 화두에 빠진지 40년, 드디어 우리는 하나의 선공(仙功)을 만들 수 있게 되었다. 바로 이 서찰과 함께 있을 금단태극선공(金丹太極仙功)이 바로 그것이다. 이 선공은 무림이라는 곳에서 말하는 내공과는 또 다른 차원인 자연의 기를 몸에 쌓아두는 것을 제일 목표로 한다. 이른바 선천지기라 명하는 이 대자연의 기운을 우리의 몸에 쌓아감으로써 우리 몸을 또 하나의 자연으로 만드는 것을 최후 목표로 하였다. 이 어찌 대단하지 않을 수가 있는가? 비록 그전에도 단을 만드는 선공들은 많다고 할 수 있었다. 그러나 노부는 단언할 수 있다, 이보다 더 좋은 선공은 없을 것이라는 것을. 하지만 보물을 가지고 있으면 노리는 자가 많은 법. 어느샌가 소문이 흘러 이 선공이 마치 천하제일의 내공을 익힐 수 있는 신공으로 치부되어 버려 이것을 노리는 자들로 인해 우리 문은 나를 제외하고 모두 죽게 되었다. 너무도 허탈했다. 혈천자는 금방이라도 복수를 할 듯이 뛰쳐나가려고 했지만 이 또한 하늘의 이치라면 받아들이는 것이 순리라고 생각하고 노부와 혈천자는 이곳으로 자리를 옮기고 나머지 선을 계속해서 수련했다. 그러나 혈천자는 끝내 마음을 다스리지 못하고 무림이라는 세계로 가버렸다. 그 이후로는 그의 소식을 들을 수 없었지만 노부는 계속해서 그를 기다렸다. 하지만 이 글을 적는 마지막까지 그의 소식을 알 순 없었다. 노부는 이제 이곳을 떠날 때가 다가오는 것을 알 수 있었다.

그래서 이곳 남천지주동(南天之柱洞)을 만들어 나의 유학을 남기는 바이다. 그대는 나의 유학을 얻었으니 선의 중요성을 알고 수련해 주기 바란다. 그리고 후인에게 유학과 더불어 유품을 남기고자 하니 '오화지음쌍환(午火至陰雙環)'이 바로 그것이다. 이 쌍환은 우리 남주문의 지보(至寶)이며 선공을 쌓는 데 막대한 도움을 주는 것이다. 그리고 이 쌍환에 혈천자가 자신의 비학(秘學)을 남겼다고 하나 노부는 찾지 못했다. 그대에게 인연이 있다면 그것 역시 얻을 수 있을 터. 그에 대한 걱정은 하지 않는다. 그대에게 우리 남주문을 부흥시켜 달라는 부탁은 하지 않는다. 다만 혈천자와 나의 심혈을 기울인 이 선공의 맥이 끊기는 일만은 하지 않게 해다오.

그것이 노부의 마지막 부탁이다. 그리고 한 가지 더 부탁을 한다면 혈천자의 유해를 찾아 노부의 곁으로 오게 해주면 고맙겠다. 저승에서라도 혈천자를 볼 수 있게.

그대가 지금 있는 이곳은 지극한천(至極寒泉)이 흐르고 있는 곳이다. 어떻게 이곳까지 들어온 것인지는 모르겠으나 이곳을 나가기도 어려울 것이라 생각된다. 하나 걱정하지 않아도 된다. '오화지음쌍환'의 오화(午火)는 천하에서 가장 뜨거운 불이라는 뜻으로 이름답게 지극한천을 충분히 견디게 해줄 것이다. 그리고 지극한천에는 화리가 한 마리 살고 있다. 노부는 차마 미물이라도 살아 있는 생물이라 죽이지 못하였으나 후인에게 인연이 있다면 그의 내단(內丹)을 얻을지도 모른다. 이곳에 살고 있는 화리는 보통 영물이라고 일컬어지는 만년화리(萬年火鯉)와는 달리 지극한천의 한기 속에서 양기를 쌓아감으로써 단을 만든 지극양물(至極陽物)이다. 그래서 그런지 성질 또한 사나워 다치기 십상일 것이다. 그러니 인연이 없다면 억지로 구하지 말고 피하도록 해라.

진현은 서찰을 읽으며 머리 속에 떠오르는 하나의 생각에 온몸을 떨었다.

"분명 내공이 아니라 그랬지. 그래, 내공이 아니라 했어. 그럼 나에게도 희망이 있는 것일까?"

하지만 진현이 무공에 대한 기초가 없어 착각하고 만 것이 있으니 선공을 쌓을 때도 단을 만들기 위해서는 단전이라는 것이 필요하다는 것이었다.

아무튼 나름대로의 생각으로 인해 기쁨에 절어 있는 진현은 빨리 이곳을 나가고자 하였다. 서둘러 책과 쌍환을 챙긴 진현은 천선자의 유해를 향해 다시 한 번 절을 하고 석실을 빠져나왔다.

어느새 처음 그 자리로 돌아온 진현은 서둘러 물속으로 들어가려 했으나 손에 들고 있는 책자를 보고는 멈칫했다.

"하마터면 책이 물에 젖을 뻔했잖아. 이거 어쩌지? 에라, 모르겠다. 외워 버리자."

진현은 그 속의 내용을 외우기 위해 책자를 펼쳤다.

금단태극선공(金丹太極仙功).

큰 글씨로 쓰여진 책의 앞장에서부터 진현은 계속해서 책의 내용을 읽어 나갔다. 그러나 도가의 기초 상식이 없던 터라 뜻도 모르고 그저 외울 수밖에 없었다.

대충 이틀이라는 시간이 흐른 것 같았다. 그동안 진현은 책의 내용을 모조리 외울 수 있었다. 머리가 좋지는 않아도 악바리 근성으로 남들보다 배는 노력하는 성격인 진현인지라 시간이 충분하니 금방 다 외울 수 있었다.

"이젠 됐지. 눈 감고도 외울 수 있겠다."

진현은 이제 이 책자를 어떻게 할까 고민하다 그냥 품속에 넣어버렸다. 그리고 함께 가져온 쌍환을 손목에 찼다. 그러자 오화(午火)라고 쓰여진 묵빛의 환에서 뜨거운 열기가, 지음(至陰)이라고 쓰여진 묵빛의 환에서 냉랭한 한기가 퍼져 나왔다. 그 두 가지 기운은 진현을 몸을 감싸 안듯이 골고루 퍼져 나갔고 서로를 견제하는 것처럼 보였다. 아마도 어느 한 개만 찼으면 열기, 아니면 한기로 인해 고통을 받았겠으나 두 개 다 찼기 때문에 균형을 이룰 수 있는 것 같았다. 이에 신기한 듯 쌍환을 쳐다보던 진현은 곧 물속으로 풍덩 하고 들어갔다.

여전히 물속은 차가웠지만 처음에 비하면 견딜 만하였다. 아마도 '오화지음쌍환'의 오화 덕분인 것 같았다. 진현은 오화를 찬 오른팔에서 퍼져 나오는 열기를 느끼며 두 팔과 두 다리를 움직여 자신이 들어왔던 동혈의 입구를 찾았다.

'그때 들어오자마자 기절해서 그러나? 잘 모르겠네.'

진현은 숨을 참으며 계속해서 입구를 찾았다. 하지만 생각처럼 쉽게 보이진 않았고 서서히 숨이 찬 진현은 다시 한 번 그 석실로 돌아가 숨을 돌렸다.

"후아… 이거 어디 있는지 알아야 가지."

진현은 좀 전의 물속 풍경을 떠올리며 머리 속으로 출구를 찾아보았다.

"아, 그리고 보니 그쪽인 것도 같은데."

진현은 아까 물속에서 보았던 것들 중에 한 가지 특이한 곳을 생각해 낼 수 있었다. 바로 한쪽 귀퉁이에 자리 잡고 있던 아주 미세하지만 기포가 분명 조금씩 나오던 그곳.

진현은 생각을 마치고 숨을 크게 들이킨 후 다시 한 번 물속으로 뛰어들었다.

'음, 저기군.'

다시 한 번 오화의 열기를 포근하게 느끼며 팔을 휘둘러 그쪽으로 다가갔다.

그때였다, 오직 출구로 향하겠다는 끓어오르는 집념을 불태우며 숨을 참아가는 진현에게 무언가가 다가온 것은.

진현은 알 수 없는 예감에 팔을 휘두르는 것을 멈추고 자신을 향해 다가오는 기운이 이는 쪽으로 몸을 돌렸다.

'아니… 저건 또 뭐야?'

장장 길이만 일 장이 넘었다. 아마 물고기로서 그 정도의 크기에 도전하는 것은 바다에 사는 고래밖에는 없을 것이다. 하지만 고래는 아니었다. 건방지게 입가에 수염을 두 줄기 달고 붉게 타오르는 두 눈을 희번덕거리며 다가오는 괴어(怪魚)는 잉어에 가까웠다.

'혹시 저거, 아까 말하던 그거 아냐?'

진현은 서찰에 쓰여 있던 괴어에 대한 내용을 떠올렸다.

'저게 몸에 좋다고… 하지만…….'

진현은 분명 서찰에서 인연이 있으면 괴어의 내단을 얻을 수 있다라는 글을 생각했지만 실천으로 옮기기에는 괴어의 눈이 너무 무서웠다. 그리고 크기도 좀 크나? 무려 일 장이었다. 말이 일 장이지 전생에서는 3미터가 넘는 길이였다. 그리고 길이만 기나? 몸집 또한 길이가 긴 만큼 엄청난 크기를 자랑했다. 가히 물고기 세계의 곰이라 할 수 있었다.

'젠장… 먹기 전에 내가 먼저 먹히겠네. 우와, 왜 자꾸 다가와! 설마… 나를 먹겠다는 것은 아니겠지?

진현은 거대한 지느러미를 움직여 자신에게 다가오는 괴어를 향해 애원을 하며 서둘러 출구라고 생각되는 지점으로 팔을 재빨리 놀렸다.

진현으로서는 몰랐던 부분이지만 분명 한소지양화리(寒沼至陽火鯉)라 불리는 화리의 입장에서는 이 기회를 놓칠 수 없다라는 것이 사실이었다.

어떤 경로를 통해 이 지극한천에 유입된지는 모르지만 이 화리는 몇천 년이라는 오랜 시간 동안 외로움과 싸우며 도를 닦고 있었다. 화리의 특성상 지극한천의 한기에 맞추지 못하기 때문에 화리는 자기 스스로 살 길을 강구하지 않으면 안 되었다. 한기 속에서 조금씩 자신의 몸에서 발하는 열이 빠져나가지 않게 모으고 모은 것이 이제는 하나의 내단이 되어 이 지극한천에서 자유자재로 움직이게 해주었다.

아무리 미물이라도 이런 중요성을 알기 때문이었을까? 조금이라도 열이 방출되는 곳이면 자신의 내단에 도움을 주고자 달려들었다. 그래서 비록 물고기의 신분이었지만 자신의 둥지라고도 할 수 있는 이곳에 찾아온 타 영물들의 내단도 많이 빼앗았고 이곳을 찾아오는 사람들도 많이 해쳤다. 단 한 사람, 4백 년 전에 찾아온 그 인간 같지도 않은 그 인간을 제외하고는. 그런데 오늘 그 인간에게서 흘러나왔던… 상대가 안 되는 줄 알면서도 자신으로 하여금 덤벼들게 만들었던 강력한 양기의 기운을 맛볼 수 있었다. 자신을 흥분시키는 바로 그때의 그 양강지기였다.

진현은 이 괴어가 자꾸 자신을 향해 입을 벌리며 돌진하는 것을 간신히 몸을 틀어 벗어날 수 있었다. 하지만 숨이 가빠 빨리 동혈 출구 쪽으로 가야 했다. 아니면 가빠오는 숨도 숨이려니와 이 물고기 같지 않은 괴어에게 잡아먹힐 것 같았다.

'세상에 물고기가 사람을 치다니… 이런 말세가……'

진현은 이 말 같지도 않는 현실을 부정하며 동혈의 한쪽 모서리 끝을 손으로 잡았다. 이제 들어가기만 하면 되는 것이다. 아마도 저 괴어는 자신의 덩치 때문에 그곳까지는 따라오지 못할 것 같았다. 진현은 모서리를 잡은 손에 힘을 주면서 팔을 끌어당겨 몸을 동혈의 안으로 집어넣었다.

'쿠엑! 뭐여, 니가 개새끼냐?'

급했는지 자신의 다리 한쪽을 물고 늘어지는 이 괴어를 향해 꽥 하고 소리를 지르고는 다리에 힘을 주어 털어버리려 하였다. 하지만 이 개 같은 물고기는 힘이 얼마나 센지 한번 문 다리를 놓지 않았고 오히려 자신의 방향으로 끌어당겼다.

진현은 자신의 다리를 물고 당기는 이 물고기를 바라보며 할 말을 잃어버렸다. 그리고 점점 벅차오르는 숨 때문에 정신이 혼몽해졌다.

'정신 차리자… 진현… 이렇게 말도 안 되게 죽을 수는 없다. 이제는 이판사판이다!'

진현은 도저히 괴어의 힘을 당할 수 없자 오히려 괴어를 향해 달려들었다. 그리고 도저히 참을 수 없을 것 같은 숨을 쉬기 위하여 진현은 다시 석실을 향해 팔을 빠르게 놀렸다. 그런데 웬일인지 괴어는 석실을 향해 나아가는 진현을 가만히 내버려 두었다.

아마 자신의 둥지만 벗어나지 않으면 된다는 식으로 말이다. 하지만 결코 자신이 물고 있는 진현의 다리는 놓아주지 않았다.

"이거 정녕 전생에 개였을 거야."

진현은 무거운 괴어의 무게를 버티고 간신히 석실의 웅덩이로 떠오른 다음 가쁜 숨을 내쉬며 중얼거렸다. 하지만 아직도 물 밑에서 자신의 다리를 물고는 조금씩 자신이 물고 있는 범위를 늘리고 있는 괴어를 보며 대책을 세워야만 했다. 그러나 아무리 생각해도 대책이 있는가? 당연히 없다.

"에라, 모르겠다. 그래, 이판사판이다. 너 죽고 나 죽자."

진현은 세 번째로 물속으로 뛰어들곤 각오를 불태우며 괴어를 향해 달려들었다. 그 모습에 괴어는 오냐 잘 생각했다라는 듯 입을 크게 벌리고 앞으로 다가올 포만감을 생각하며 행복에 몸을 떨었다. 아니, 그렇게 보였다.

그러나 악바리 근성으로 똘똘 뭉쳐진 진현이 쉽게 당할 리는 만무한 일. 괴어가 입을 벌리자마자 다리를 빼고는 괴어의 머리를 향해 달려들어 양쪽 아가미 부분을 손으로 잡았다. 그러자 괴어는 어이가 없는 듯 온몸을 요동 쳤다. 하지만 이미 철공을 수련하면서 악력(握力)까지 세진 진현은 끝까지 붙잡고 놓지 않았다. 그리곤 아까부터 자신을 먹이로 생각한 듯 자꾸만 희번덕거리던 붉은 눈알을 향해 몸을 틀어 발로 가격했다.

삽시간에 진현과 괴어 근처는 피로 물들었다. 괴어는 한쪽 눈의 상처가 정말로 괴로운지 저번과 비교도 할 수 없을 만큼 요동을 쳤다. 그로 인해 못 안의 물의 소용돌이가 일었고 바닥에 가라앉아 있던 많은 퇴적물들이 흩날리기 시작하여 시야를 가렸다.

진현은 이때다라고 생각하며 시야가 가려 잘 보이지 않았지만 자신이 출구라고 생각한 쪽으로 팔을 놀려 나아갔다. 그리고 겨우 그 동혈로 들어선 진현은 곧 몸 전체를 집어넣었다.

한참을 몸부림치던 괴어는 자신을 이렇게 만든 인간이 동혈 쪽으로 사라지자 서둘러 그곳으로 몸을 이끌었다. 하지만 이미 동혈로 갈 만큼 들어간 진현을 따라잡기에는 부족했다. 그에 자신의 눈과 기존의 목적 때문에라도 진현을 쫓아야 하는 괴어는 다시 돌진하여 자신의 몸이 지나가기에는 부족해 보이는 동혈을 뚫고 들어가려 하였다. 과연 칭찬할 만한 집념의 잉어였다.

하지만 되는 일이 있고 안 되는 일이 있는 법. 세상사가 다 자기 맘대로 된다면 왜 전쟁이 일어나고 싸움이 일어나며 살인이 일어나겠는가? 그건 사람뿐만 아니라 물고기의 세계에서도 마찬가지였다. 집념 하나로 자신의 몸보다 작은 동혈을 뚫으려 했지만 몸통의 반만 들어갈 뿐 동혈 안으로 들어갈 수는 없었다. 괴어는 멀리서 거의 동혈을 빠져나가는 진현을 보며 다급한 심정이 일었다. 이번에는 동혈의 입구에서 조금 떨어진 상태에서 몸에 추진력을 준 괴어는 다시 한 번 동혈을 향해 돌진했다.

쾅!

인간, 아니… 물고기의 승리였다.

과연 아무리 진인사, 아니, 진어사(盡漁事) 대천명(待天命)이라 하였지만 노력으로 안 되는 것이 없었다. 괴어는 동혈로 들어온 자신의 몸을 움직여 진현의 뒤를 따라갔다. 아니, 따라가려고 했다. 그런데 문제가 하나 생겨 버렸다. 몸이 그만 동혈에 꽉 끼어버린 것이다. 어이가 없었다. 도대체 이런 경우가 있나 하고 괴어는 생각했다. 하지만 아무리 양쪽 지느러미와 등의 지느러미를 움직여도 몸이 도통 빠져나갈 생각을 하지 않았다. 아무리 꼬리로 요동을 쳐도 소용이 없었다. 그저 꼬리에 부딪친 자리에 돌 가루만 날릴 뿐이었다. 이러지도 저러지도 못하는 상황에 빠져 버린 괴어는 당황하기 시작했고 결국 최후의 수단으로 너는 죽이고 보겠다는 듯 자신의 최후의 공격 수단이자 가장 소중한 내단을 진현에게 뱉어버렸다.

거의 자신이 들어왔던 동혈의 마지막 부분에 다다른 진현은 자신의 뒤쪽에서 다가오는 거대한 기운을 느꼈다. 뭔가가 아주 빠른 속도로 자신을 향해 다가오는 것을 느낀 진현은 뒤로 고개를 돌렸다.
"아니, 저 녀석은 지가 무슨 잠수함인 줄 아나… 어뢰를 쏘아 제끼게!"
진현이 느끼기에는 분명 어뢰 같은 느낌을 받았다. 그것도 불타는 붉은색의 어뢰.
진현은 그 어뢰 같은 작은 공을 피하기 위해 몸을 움직였으나 작은 동혈 속에서 피할 만한 공간이 없었다.
"젠장! 하는 수 없다. 이판사판이다!"
다시 한 번 진현은 각오를 불사지르며 두 팔을 들어 어뢰를 막으려 하였다.
꽝!
순간 진현은 엄청난 충격에 정신을 잃을 뻔했다. 하지만 정신을 놓지 않을 수 있었던 것은 순전히 그 어뢰 같은 작은 공이 자신의 교차된 팔에 차여진 두 팔찌에 부딪쳤기 때문이다.
진현은 어느새 자신의 한 자 정도 되는 거리에서 멈추어 있는 붉은색의 작은 공을 바라보았다. 자신의 팔찌와 부딪친 때문인지 작은 공의 표면은 조금씩 균열이 가고 있었다. 그러던 그 작은 공은 곧 균열을 막지 못하고 퍽 하는 소리와 함께 깨져 버렸다. 하지만 깨진 균열의 조각 속에는 작은 크기의 붉은 덩어리가 하나 더 있었다. 아지랑이가 피

듯 넘실대는 붉은 기운의 덩어리는 진현의 호기심을 자극하기에 충분하였다. 그에 진현은 온몸을 지배하는 호기심을 참지 못하고 그 작은 덩어리를 오른쪽 손가락으로 찔러보았다. 그런데 진현의 손가락이 그 작은 덩어리에 닿자 진현의 오른팔에 차여 있는 오화라 쓰여진 팔찌에서 강력한 양기가 진현의 팔을 타고 나오더니 그 붉은 덩어리를 흡수하기 시작했다.

"으아악!"

진현은 오른팔에서 시작한 자신을 태울 것 같은 열기가 온몸으로 질주하자 참을 수가 없어 비명을 지르고 말았다.

사실 한소지양화리(寒沼至陽火鯉)라고 불려지는 이 괴어가 쏘아 보낸 내단에는 상상도 못할 만큼의 양기가 들어 있었다. 몇천 년을 수행한 괴어의 내단인데 그 위력이 어떻겠는가. 그런 내단의 공격을 진현이 막는다는 것은 원래 어불성설(語不成說)이나 마찬가지였다. 하나 변수가 있었으니 진현이 두 팔을 교차시키며 막을 때 내단과 부딪친 쌍환(雙環)이었다. 이 화리의 내단 못지 않은 위력을 가진 이 두 쌍환의 힘은 내단의 힘을 막기에 충분하지는 못했지만 어렵게라도 막을 수는 있었다.

그렇게 부딪친 두 기운은 잠시 소강 상태를 가지고 있었는데 내단 쪽에 그만 문제가 생겨 버렸다. 너무도 강대한 힘을 가졌기에 안 그래도 포화 상태였는데 엄청난 충격이 오자 그만 깨져 버린 것이다. 그런데 여기서도 예상치 못한 일이 있었으니, 원래 자연의 기로써 만든 내단이라는 존재는 소멸될 때는 자연의 품으로 돌아가야 한다. 그런데 자신을 둘러싼 자신과는 정반대의 성질을 가지고 있는 지극한천의 한기가 너무 강력하다 보니 갈 곳을 잃은 양기는 원형을 유지하며 뭉쳐 있었던 것이다. 여기서 진현이 손가락을 갖다 댐으로써 길을 열어줬으니… 그리고 그 양기와 상당한 친화력이 있는 오화까지 팔에 차고 있으니 어떻게 되겠는가. 안 그래도 길을 찾고 있던 양기들은 친구까지 있자 그곳으로 몰려가 버리는 사태가 발생하였던 것이다.

진현은 타오르는 화기에 그만 이제까지 악착같이 버티고 있었던 정신을 놓아버리고 말았다. 그런 진현의 몸은 동혈을 빠져나와 한수담 위쪽으로 떠올랐다. 운이 좋았다라고 말할 수 있었다. 하지만 운이 좋든 좋지 않든 진현이 정신을 차려야 하는데 정신을 차리지 못하니 죽는 것은 시간문제였다.

계속해서 몸 안을 누비던 뜨거운 화기는 왼팔에 차여진 지음의 활약으로 인해 드디어 그 전성시대를 마감하게 되었다. 지음이 있음에도 불구하고 활개를 치는 화기를 눈뜨고 봐줄 일이 만무한 것이다. 어느덧 팽팽하게 맞서던 두 기운은 결국 화리의 내단까지 포함한 양기의 승리로 돌아가는 듯 보였다. 그러나 지극한천의 한기가 도움이 되었다. 계속해서 진현의 몸에 한기를 침투시키려 하던 지극한천은 지음의 도움을 받아 뜻을 이룰 수 있었던 것이다. 그렇게 지극한천의 도움까지 받은 지음의 힘과 오화의 대결은 새로운 국면을 맞이하게 되었다. 어느 쪽도 우세하지 못해 처음의 소강 상태로 돌아가게 된 이 두 힘은 결국에는 서서히 가라앉기 시작했다.

이때 만약 음양의 기를 다루는 내가고수(內家高手)였다면 크나큰 이득을 봤을지도 모른다. 하지만 진현은 정신이 나간 뒤라 어쩔 수가 없었다. 뭐, 정신이 있다 해도 운기법(運氣法)도 모를 뿐더러 맥(脈)의 혈로(穴路)가 막혀 어쩌지도 못하겠지만.

진현은 서서히 몸이 물 위로 떠오르기 시작했고 운이 따르는 것인지 몸이 뒤집히는 바람에 하늘을 정면으로 바라보는 자세를 잡을 수 있었다.

그리고 진현이 정신을 차린 것은 축시(丑時)가 다 지나가는 무렵이었다.

"휴우… 내가 살았구나. 정말 악몽 같은 한 편의 대서사시였어."

저 푸른 초원 위에 그림 같은 집을 짓고 사랑하는 우리 님과… 할 정도는 못 되었지만 이제 확연히 봄이라는 것을 느낄 수 있을 만큼 따스한 기운이 대지에서 피어올랐다. 개구리가 잠에서 깨어난다는 경칩(驚蟄)도 지나고 땅 위에는 대지의 축복이라고 할 수 있는 새싹들이 하나둘씩 수줍은 자태를 드러내고 있었다. 중원의 남부에 위치한 이곳 형산은 원래 따뜻한 기후를 가지고 있었지만 봄이 되니 형산만의 고유한 따스함을 만물에게 나누어주었다. 산의 온기를 받은 산중에 살아 있는 생물들은 겨우내 웅크리고 있었던 몸을 활짝 펴고 그동안 참고 있었던 활동을 개시하기 시작했다. 하지만 그들은 그들이 가지고 있었던 웅대한 날개를 펼치지 못했으니… 그 이유는 바로 지난해에 자신들을 괴롭히고는 가해자의 신분을 가지고 있으면서 시시각각 자신들을 해치려고 엿보고 있었던 현공탑(玄功塔)의 아이들 때문이었다. 역시 형산의 모든 생물과 현공탑의 아이들은 전생에 원수였던 것이다.

"도대체 뭐가 문제야, 시키는 대로 그대로 했는데… 이거, 순 뻥 아나?"

진현은 지난 몇 달간 고생한 것을 생각하며 아주 이가 갈리는 심정이었다. 분명 '금단태극선공(金丹太極仙功)'이라는 표지가 붙어 있던 책에서는 흔히들 말하는 내공의 형태가 아니라 선도의 꿈이라고 할 수 있는 내단의 형태로 자연의 기를 받아들일 수 있다고 하였다. 그래서 희망을 가지고 지난 몇 달간 죽어라 익혔는데 아무 성과가 없는 것이었다.

금단태극선공은 인체를 이루고 있는 삼보(三寶)를 중심으로 대자연의 선천지기를 받아들임으로써 자신을 또 하나의 우주로 만드는 것을 제일 목적으로 하고 있다. 여기서 말하는 삼보란 정(精), 기(氣), 신(神)을 일컫는다. 보통 정신력이라 말하는 신과 우리 몸의 구성원을 이루고 있는 정, 마지막으로 인체 내의 원기(元氣)나 선천의 진기(眞氣)를 말함이니 이 세 가지를 양과 음의 기운으로 하나로 묶어 태극(太極)을 이루니 이를 선을 수련하는 문에서는 금단(金丹)이라 하였다. 즉, 이 경지에 이르면 신선이 된다는 말이다. 금단이란 신선을 일컫는 말이니 이 선공을 꾸준히 수련을 한다면 꿈에도 그리던 우화등선(羽化登仙)을 할 수 있다.

그 길을 갈 수 있는 구결을 말하기에 앞서 몇 가지 짚고 넘어가며 꼭 알아야 할 것이 있으니 그것을 총 세 가지로 분류하였다.

첫 번째, 단을 이루는 방법에서 타 선공들과 차별을 두었다. 물론 호흡을 통해 자연의 기를 받아들인다는 점에서 다른 점은 없으나 입을 통한 호흡이 아닌 피부를 통한 호흡이란 점이 다른 점이라면 다른 점이다. 개구리나 할 수 있는 피부 호흡을 사람이 한다는 것에 의문을 가질 수 있으나 피부에 존재하고 있는 수많은 모공을 보면 불가능도 아니다. 이런 과정을 가지는 덕분에 이 금단태극선공은 격식을 차려 자세를 잡아야만 익힐 수 있는 타 공과는 그 괘를 달리할 수 있었다. 그리고 전신의 팔만사천 개의 세맥모공(細脈毛孔)을 통해 기를 받아들이기 때문에 받아들인 기

또한 궁이 맥과 혈을 거치지 않아도 몸 안에 쌓아 나갈 수가 있다. 이것이 흔히들 말하는 무학의 상리(常理)와는 괴리된 길을 가고 있으므로 어떤 면에서 사공이학(邪功異學)이라 말할지도 모른다. 그러나 그것은 이 선공을 잘 몰라서 하는 말. 혈천자(血天子)와 본 노도(老道)가 만든 이 선공지학(仙功之學)에는 어떠한 사심(邪心)도 없으며 비록 타 도가의 길과 다른 방법을 쓰고 있지만 그 어떠한 선도지학(仙道之學)보다 뛰어나다 단언할 수 있다.

두 번째, 금단태극선공의 단점이라고도 할 수 있다. 바로 수련 기간에 대한 성과 정도가 미비하다는 것이다. 이미 앞에서 말한 것과 같이 금단태극선공은 어쩌면 자연 그대로의 방법을 최대한 살린 것이라 할 수 있다. 마치 영물이 수천 년의 시간을 두고 자신의 원영내단(元靈內丹)을 만들어나가는 것처럼. 사정이 이러다 보니 가시화되어 시전자의 눈에 보이는 수련 성과는 아주 미비할 뿐더러 수련도 아주 더디게 진전한다. 그러나 어쩔 수 없는 것이다. 이무기가 용이 되기 위해서 만 년, 혹은 그보다 많은 세월을 보내야 하는 것처럼 금단태극선공도 그 특성이 가장 정도이며 자연의 순리를 따르는 것만큼 오랜 시간을 부여해야 한다. 하지만 그만큼 확실한 것이고 한 개의 티끌조차 없는 순수한 것이기도 하다.

마지막으로 세 번째, 금단태극선공을 익히기 위해서는 시전자의 몸에 그 어떠한 류의 내가지공(內家之功)이 있어서도 안 된다. 오직 순수한 자연의 상태인 상태에서 익혀야 하므로 이미 타 류의 길을 걷고 있는 자라면 더 이상 욕심 내지 발라고 하고 싶다.

이상으로 이 세 가지를 주지하고 금단태극선공을 수련한다면 그대에게 언젠가는 빛이 보일 것이다. 그럼 실질적으로 구결을 소개하도록 하겠다.

분명 진현이 그토록 외우고 또 외웠던 금단태극선공의 서문(序文)에서는 이렇게 밝혔다. 그래서 진현은 더 좋아하였다. 도중에 자신이 모르는 부분이 있어 현공탑에 소장된 도가의 책자를 살펴봄으로써 시일이 걸리긴 하였지만 끝내 다 해석하고 보니 자신을 위한 것이 아닌가 의심하기도 했었다. 이미 주화입마에 빠져 맥을 손상시킨 진현으로선 기존의 방식대로 맥을 통해서 익히는 방법이 아닌 금단태극선공의 방식은 환영할 만한 일이었다. 그리고 이미 타 내공을 익히면 안 된다고 하는 부분에 있어서는 쌍수를 들고 환호한 진현이었다. 비록 그 수련 정도가 미비하고 더디게 진전한다고 했지만 물론 내공과는 다른 성질의 것이긴 하지만 그리 욕심 내지 않아 넘어갈 수도 있었다. 오히려 진현에게 있어서는 이 책을 자신에게 내려준 하늘에게 감사의 기도를 할 판이었다.

그런데 그것도 어느 정도지… 그 일이 있고 지금 몇 개월이나 흘렀나. 그 많은 시간 동안 그렇게 죽어라 매달렸는데 진짜로 성과가 전무했다. 아무리 서문에서 더디게 진전하고 성과가 미비하다고 했지만 어느 정도 티는 나야 하는 것이 정상 아닌가. 그리고 진현은 영물이라고 할 수 있는 한소지양화리(寒沼至陽火鯉)라 불리는 화리의 내단까지 흡수한 상태였다. 비록 그것이 온몸으로 스며들어 진현의 몸 각지에 흩어져 버렸지만 전신의 세맥의 모공을 통하여 선천지기를 흡수하면서 자연스레 자신에게 흡수될 것이라 믿어 의심치 않았던 진현이다. 그런데 그런 진현의 생각이 어림 반 푼어치도 없는 혼자만의 착각이었던가. 그 희망마저 무너져 버렸다. 그리고 자신의 두 팔에 차여 있는 쌍환. 이것이야말로 개뼁이라고 진현은 생각했다. 물론 금단태극선공을 운용하면 이 두 개의 환으로부터 음양의 기운이 솟아 나오긴 하였다. 그러나 그뿐 그 다음은 없었다. 젠장이었다. 한마디로 빛 좋은 개살구였다.

진현은 한때 이것을 포기할까 심각하게 고민한 적도 있었다. 하지만 이런 경우의 포기란 여러 개의 방법이 있을 때 쓰이는 것이었다. 진현에게는 차선책이 없었다. 그저 이것에 매달리는 수밖에 없었다. 무엇보다 진현의 상황에 가장 맞는 것은 이것밖에는 없었다. 그리고 이것을 포기하기에는 너무 많은 시간을 할애했다. 밤에 잠도 안 자고 새벽 일찍 일어나 수련한 시간이 얼마인가. 그것이 아까워서라도 이제 와서 포기한다는 것은 진현의 평소 강조하던 자신의 신조에 부합되지 않았다. 그래서 진현은 자신의 트레이드마크인 악바리 같은 헝그리 정신으로 끈질기게 매달렸다.

그래서 진현은 오늘도 어김없이 금단태극선공을 수련한다. 한마디 중얼거리는 것을 잊지 않고.

"니가 이기나 내가 이기나 어디 한번 해보자."

제7장

인간 극장(수난 시대)

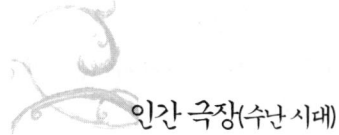

인간 극장(수난 시대)

"이거 뭐야? 벌써부터 씨가 말랐나. 이러다 올해 겨울은 어떻게 나
지?"

오늘도 어김없이 막간의 시간을 이용하여 자신의 영양 섭취에 크나
큰 공헌을 할 영양분을 찾던 모용자인은 실로 걱정되지 않을 수 없었
다. 이제 만물이 소생하고 계절의 시작이라고 할 수 있는 봄인데 벌써
부터 소문 듣고 몸을 사리는 것인지 아님 종족 유지를 위해 집안 단속
을 시키는 것인지 자신의 영양분이 될 자원(?)들을 찾기가 힘들어졌다.
그런데 그때 모용자인의 눈에 저 멀리서 줄을 지어 걸어오는 한 무리
의 아이들을 볼 수 있었다.

"아니, 저것들은 뭐여? 단체로 소풍 왔나?"

그러나 그의 그런 생각은 아이들을 통솔하며 데리고 오는 한 인물을
보고는 급히 수정할 수밖에 없었다. 산만한 덩치에 그에 못지 않은 외

모. 북궁진성이었다. 아마도 저 인간이 아이들을 저렇게 인솔하는 것을 사람들이 보면 '아, 저 사람이 통솔하여 아이들이 단체로 나들이 가는구나' 라고 생각하기보다 '야! 빨리 신고해! 아이들이 단체로 새우잡이 배에 끌려가고 있어!' 라고 말할 것이 분명하다고 모용자인은 생각했다.

"그게 아니면 도대체 뭐지?"

"자, 소개하겠다!"

북궁진성의 입에서 예의 산을 울리는 쩌렁쩌렁한 목소리가 울려 퍼졌다.

"젠장, 저 인간은 산삼을 삶아 먹었나. 어떻게 저리도 힘이 남아도는 것일까?"

날을 잡아 조사라도 해봐야겠다고 생각한 모용자인은 옆에서 자신의 의견과 다르지 않은 생각을 하고 있을 언무청에게 말했다.

"여기 있는 이 아이들은 너희들과 같이 생활할 후배들이다. 원래는 소천성탑의 규칙상 너희들이 수료를 하고 난 뒤에나 받을 신입들이었지만 이번의 창룡쟁투지회(蒼龍爭鬪之會)가 일 년 더 연기되는 바람에 안 그래도 말이 많았던 작년 입탑 때의 입탑수(入塔數)를 더 늘리기로 했다. 그리하여 이번 춘절(春節)에 새로이 입탑한 것이니 후배들을 잘 대해주길 바란다. 아참! 그리고 이 아이늘은 너희늘과 같이 외공을 배울 현공탑 소속이 아니라 구담전 소속이다. 원래는 구담전에서 기거를 해야 하나 이미 정원이 차버려 기거할 곳이 없기 때문에 자리가 많이 남는 이곳에서 생활하게 되었다. 그리 알고 생활하기 바란다. 그럼 해산!"

저 쩌렁쩌렁한 목소리를 오랜 시간 동안 듣고 있으려니 귀가 다 멍멍하다고 진현은 생각했다. 하지만 그뿐이었다. 북궁진성이 뭐라고 하던 그 내용은 귀에 들어오지 않았다. 안 그래도 요즘 겨우 금단태극선공에 뭐가 보이기 시작했기 때문에 그에 대한 생각만 하기에도 하루가 부족한 진현이었다. 그래서 요즘은 그 좋아하던(?) 영양 섭취를 위한 사냥도 하지 않았다. 언제부턴가 먹지 않아도 배고픔을 그리 느끼지 못하였기에 그럴 시간에 조금이라도 금단태극선공에 더 매달렸다. 어차피 어떤 자세로도 모공으로 자연의 선천지기를 받아들일 수 있기 때문에 그리할 수 있었다. 그런 그를 보며 모용자인과 언무청은 이상하게 생각했지만 곧 제일 강력했던 경쟁자가 제 발로 떨어져 나갔음을 알고 오히려 반기는 추세였다. 남궁유는 심심찮은 눈으로 가끔씩 쳐다보곤 했지만.

"아, 졸라 시끄러워. 저것들은 무슨 할 말이 그리 많은 걸까?"

개구리 올챙이 적 생각 못한다 하더니 요놈이 딱 그 짝이었다. 처음 왔을 때 자신은 지금 새로 온 아이들보다 더 많이 떠들다가 북궁진성에게 걸려 사랑의 손길(?)까지 받아놓고선 지금은 영감 같은 소리를 하는 모용자인을 보며 진현과 언무청은 어이가 없음을 느꼈다.

"안 되겠다. 내가 선배로서 따끔하게 한마디 해야겠어."

모용자인은 복도에서 아직도 떠들고 있을 아이들에게 선배로서 한마디 하려고 보무도 당당하게 방문을 열고 나갔다.

"쿨럭."

당당한 폼으로 개폼을 잡으며 나간 거와 달리 순식간에 다시 방으로 들어온 모용자인은 침대에 엎드려 이불을 뒤집어 싸고는 온몸을 떨며 혼자서 알 수 없는 말을 중얼거렸다.

"누… 눈… 이 마주쳤어. 안 돼… 이럴 순… 없어… 이건 꿈… 일 거야……."

모용자인은 꿈에도 떠올리기 싫은 한 아이를 생각하며 공포에 젖어 눈에 눈물을 머금고 제발 꿈이기를 하늘에 간절히 기도했다.

꽝!

갑자기 방문을 열어젖히며 들어온 여자 아이가 있었다.

"어디 있어? 오빠, 어디 있어?"

북궁진성 못지 않은 톤으로 소리를 지르는 여자 아이는 곧 침대에서 이불을 뒤집어 싸고는 엉덩이만 내밀고 있는 모용자인을 발견할 수 있었다.

"오호… 여기 있었네. 오빠, 거기서 뭐 해? 동생이 왔으면 따스한 말 한마디라고 해야지? 엉?"

처음과는 다르게 아주 차분하고도 따스함이 묻어나는 목소리로 말하는 여자 아이의 앞으로 모용자인은 자신이 낼 수 있는 최대한의 속력으로 달려가 여자 아이에게 비굴한 웃음을 날렸다.

"하… 하… 하… 그게… 말이지… 혜(慧)야, 나도… 니가 얼! 마! 나! 보고 싶었는지 아니?"

특정 부위만 강한 억양으로 말하는 모용자인의 모습에서는 비굴함과 함께 이가 갈리는 듯한 광기(狂氣)가 내포되어 있었다.

"그랬어? 난 또 오빠가 나를 피하는 줄 알았지 뭐야."

"그! 럴! 리! 가! 있겠어? 얼마나 사! 랑! 하! 는! 동생인데……."

여전히 특정 부위에 강한 억양을 실은 모용자인의 음성은 무엇 때문인지 몰라도 떨리는 음색이었다. 그런 모용자인을 한없이 자애(?)로운 눈길로 쳐다보던 모용혜(慕蓉慧)는 모용자인의 곁에서 아직까지 어안이 벙벙한 두 사람에게 시선을 돌렸다.

"오빠, 그런데 이 멍청하게 생긴 곰이랑 얼빠진 놈은 누구야?"

기선 제압이었다. 모용혜의 한마디는 앞으로의 진현과 언무청의 앞날을 예고하는 함축된 언어의 조합이라 말할 수 있었다.

"크헉……!"

"허걱……!"

진현과 언무청은 시간이 갈수록 가슴이 답답해져 오고 이상하게 모용자인의 이해가 가지 않던 행동들이 서서히 이해되기 시작했다. 한참을 그렇게 얼어붙어 있던 두 남자는 서서히 몸이 풀리는 것을 느끼자 자기소개를 하였다.

"난 언무청이라 한다. 너희 오빠와는 친구 사이지."

"난 진현. 자인과는 친구 사이야. 앞으로 잘 지내보자."

그래도 친한 친구의 동생이라 뭐라고 말은 못하곤 억지로 입가에 웃음을 띠며 말을 걸었다.

"난 모용혜, 열세 살의 아름다운 소저이시지. 그런데 왜 초면에 말을 까?"

어이가 없었다. 친구의 동생에게 말을 놓는 것은 당연한 것이 아닌가? 그리고 자신도 말을 놓으면서 남에게 이러는 것은 도대체 무슨 심보인가?

"쿨럭."

결국은 사레가 들리고 말았다. 언무청은 급히 기침을 토하고 있는 진현의 등을 두드려 주었다.

"내가 그렇게 이뻐? 초면부터 그러면 부끄럽잖아."

말처럼 얼굴에 홍조를 가득히 띠고 부끄러워하는 이 아이의 뇌를 해부하고 싶다.

그때였다.

쾅!

문을 열고 남궁유가 들어온 것은.

남궁유는 자신의 방 안에 있는 사람들 중 언무청과 모용자인이야 하루가 멀다 하고 놀러 오니 이해가 갔지만 알지도 못하는 여자 아이가 방 안에 있자 진현에게 눈을 돌렸다.

"아! 이 아이는 모용자인의……."

"안녕하세요. 저, 저는… 모용혜라고 해요. 저희 오라버니가 여기 옆에 계시는 모용자인이라는 이름을 가진 분이시죠. 만나서 반가워요."

믿을 수 없었다. 모두들 경악했다. 도대체 어떻게 저 아이가 조금 전의 그 아이라 하겠는가? 아무리 봐도 수줍은 듯 얼굴을 붉히며 조심스레 말을 여는 모용혜의 얼굴에는 가증함이 실려 있었다.

그런 모용혜를 무시하며 남궁유는 천천히 자신의 침대로 걸어갔다. 하나 여기서 물러설 모용혜가 아니라는 것을 잘 알고 있는 나머지 세 사람은 사태를 주시하고 있었다.

"저기… 오라버니, 이름이라도 가르쳐 주시겠어요?"

여전히 얼굴을 붉힌 채 가증을 떨고 있는 모용혜에게 남궁유는 모용자인의 체면을 봐서라도 알려주어야 한다는 것을 깨닫고는 예의 차가운 목소리로 말해 주었다.

"남궁유."

"허어… 아니, 이렇게 멋있을 수가… 짧은 한 단어에 모든 걸 포함시켜 버리는 듯한 저 목소리."

모용혜는 천상의 음률을 들은 것처럼 눈시울을 붉히며 남궁유의 모습에 자신의 눈을 박아버렸다.

'너, 딱 걸렸어.'

그걸 아는지 모르는지 남궁유는 묵묵히 자신의 할 일만 하고 있었고 그 모습을 언제까지나 바라볼 듯 모용혜는 자신의 자리를 지키고 있었다. 그리고 나머지 떨거지들은 구석에 모여 앞으로의 생존 전략을 하나 더 구상해야만 했다.

모용혜(慕蓉慧).

모용자인은 한 사람을 지칭하는 이 한 단어를 머리 속에 떠올리며 자신의 이를 닳아 없애기라도 하듯 뿌득뿌득 갈았다.

남들은 그럴 것이다. 저런 예쁜 동생이 있으면 아마 오빠로서의 자부심과 동생에 대한 무한한 애정을 가질 수 있을 것이라고. 그럴지도 모른다. 겉으로 보기에는 진짜 모용혜는 예쁜 정도가 아니라 아름답다라는 표현이 어울릴 아이였다. 어린 나이에도 불구하고 나올 데 나오고 들어갈 데 들어간 몸매, 몇 년 후면 아마 따라올 사람이 없을 것 같은 얼굴. 필설로는 그녀의 전부를 표현하지 못할 그런 아름다움이었다. 하나 이건 겉으로 보기에 그렇다는 것이다. 그녀의 진가를 알게 되면……

모용자인은 자신의 불가사의한 신체 회복 능력을 생각하면 아직도 가슴속 깊은 곳에서 무언가 올라올 것 같으며 거식중이 생겨 버리고 고혈압이 오는 등 이상 징후가 생기는 것 같았다.

모용자인이 이제 갓 가문의 무공을 접하며 신기해하던 어릴 적이었다.

가문의 기대에 부응하기 위해 어린 나이지만 오늘도 열심히 수련을 하는 모용자인이었다.

"오빠, 내가 오빠가 자꾸 땀을 흘려서 약 지어왔어."

자신이 수련을 하는 바람에 땀을 흘리는지 모르고 어디가 아파서 그러는지 착각한 모용혜가 귀여운 눈망울에 걱정하는 마음을 가득히 담고 쳐다보자 모용자인은 가슴이 쩡해와 얼굴 가득히 미소를 짓고 그녀의 약을 받았다.

"우리 혜아가 제일이구나, 오빠를 이렇게까지 생각하다니."

이 어린것이 지은 약이라 해봐야 얼마나 효험이 있겠는가. 하지만 동생의 정성이 담긴 것이라 생각하고 무슨 성분이 들어갔는지 물어보지도 않은 상태로 모용자인은 한입에 먹어버렸다. 검은빛이 났던 단환(丹丸)이 목구멍을 타고 넘어가자 모용자인은 갑자기 심한 복통을 느꼈다.

"으악!"

모용세가는 뒤집어졌다. 누가 감히 모용세가의 둘째 아들 모용자인을 중독시킨 것이다. 그것도 강력한 독(毒)으로. 근방의 의원이란 의원은 다 불렀지만 고칠 수가 없었다. 그러나 곧 원인을 알게 되었다. 20년 전 그 사건 때 함께 연루되어 멸문당했던 독문(毒門)의 독문성약(毒門聖藥)이라 불리던 천독단(天毒丹)을 보관하던 금합(金盒)에서 천독단이 없어진 것을 알게 되었기 때문이다. 그때부터 모용세가는 비상이었다.

천독단이 무엇인가? 독공(毒功)을 익히는 자에게는 무엇과도 바꿀 수가 없는 성약이지만 그렇지 않은 사람에게는 천하의 극독이었다. 아직까지 모용자인이 죽지 않은 것이 용했다. 하지만 모용세가가 어떤 곳인가? 호천사정맹(護天四鼎盟)의 한 기둥을 차지하는 곳이 아닌가.

모용세가는 급히 맹에 서찰을 보내 성수신의(聖手神醫)를 불렀고 성수신의의 무가지보(無價之寶)인 만해단(萬解丹)을 복용함으로써 모용자인은 짧은 생을 이어 나갈 수 있었다. 그런 모용자인은 결코 모용혜를 원망하거나 미워하지 않았다. 오히려 모용혜를 혼내려 하는 자신의 아버지에게 말씀드려 모용혜를 비호했다.

그렇게 시간이 지나고 그때의 일이 그저 추억으로 남게 되었을 때 다시 한 번 일은 벌어졌다. 이번에도 약이라 밝힌 버섯이 칠보극락균(七步極樂菌)으로 밝혀졌던 것이다. 먹고 난 뒤 일곱 발자국만 떼어도 극락으로 간다는 그 독을 모용자인은 여섯 번째 발자국째에야 겨우 멈추었고 다시 한 번 난리를 쳐야 했다.

그 뒤로도 모용자인은 세 번 더 죽음과 삶 사이를 왔다 갔다 하였다. 그 후로는 모용혜가 근처에만 와도 경기를 일으키고 도망가게 되었다. 하지만 아무리 피해 다녀도 모용자인은 중독이 되고 말았다. 그렇게 불우한 어린 시절을 보낸 모용자인은 몸속에 강력한 독물과 영약을 함께 가짐으로써 불가사의한 신체 회복 능력을 가질 수 있게 되었다.

갑자기 어린 시절을 회상했던 모용자인은 더욱더 허둥대기 시작했다. 무슨 대책이라도 세워야 했기 때문이다. 이대로 그냥 앉아서 죽자니 그의 인생이 너무도 기구했고 안타까웠다. 그때였다, 그의 머리로 한 가지 빛줄기가 스쳐 지나간 것은.

"그래! 남궁유!"

그렇다. 일견하기에도, 아니, 아무리 눈치없는 사람이 보기에도 한눈에 알 수 있을 것이다. 그 천방지축이던 모용혜가 남궁유의 앞에서는 요조숙녀가 되어버리는 장면을 본다면 말이다.

"그 아이의 오라버니로서, 아니, 같은 남자로서 정말 미안하다. 하지만 어쩔 수가 없다. 우선 나부터 살고 봐야지."

모용자인은 앞으로의 계획을 떠올리자 정말로 남궁유에게 미안해졌다. 어쩌면 그의 인생이 조져 버릴 수도 있는 것이기에 너무도 안타까운 마음이 들었다. 하지만 어쩔 수가 없다는 것을 모용자인은 잘 알고 있었다. 우선 자신부터 살고 봐야 남이 어떤지 신경이 갈 것이다. 그런데 문제가 하나 있음을 모용자인은 계획을 짜면서 알 수가 있었다. 바로 남궁유가 문제였다. 모용혜가 좋아하든 말든 아무 관심이 없고 텅 빈 공간 바라보듯 하는 남궁유의 태도는 계획에 크나큰 장애가 될 것임을 알 수 있었다.

"에잉, 하여튼 얼굴 좀 생겼다 싶은 것들은 그저 자기가 무슨 고고한 학이나 되는 줄 알고 말이야. 이거 아무래도 대책을 세워야겠는걸."

모용자인은 서둘러 남궁유의 신상과 특이 사항의 조사에 착수를 들어갔다. 물론 진현의 도움이 지대한 공헌을 하였다.

"고맙다. 흑흑… 너는 나의 생명의 은인이다, 흑흑."

모용자인의 설명을 들어 무슨 소리인지 알고 있는 진현은 그의 울음소리가 남 일 같지 않았다. 하지만 남궁유에게 미안해지는 것은 금할 길이 없었다.

모용혜는 식당에서 밥 먹다 말고 한쪽 팔을 급히 들어 손을 흔드는 모용자인을 미친놈 보듯이 바라보았다. 하지만 그 뒤에 나온 모용자인의 말을 듣고는 급히 표정을 수정했다.

"어이~ 유(柔)~ 방가~ 워."

모용혜는 급히 자신의 옷가지를 다듬었다. 그리고 천천히 고개를 들어 멀리서 식판을 들고 걸어오는 남궁유를 바라보았다. 그것을 똑똑히 지켜보고 있던 모용자인은 급히 남궁유에게 다가가 식판을 들어주며 자신이 앉아 있던 탁자로 데리고 왔다.

"유~ 앉지 그래. 자네 자리를 맡아놓고 있었지 않았겠는가. 하! 하! 하!"

모용자인은 일부러 크게 웃으며 남궁유에게 자신이 앉아 있던, 더 자세히 말하자면 모용혜의 옆 자리를 권했다.

모용혜는 정말이지 모용자인이 오늘같이 예뻐 보인 적은 없었다. 어떻게 자신의 마음을 알아서 자리를 양보해 주는 것일까 하고 스스로에게 물어봤지만 이유는 알 수 없고 남궁유가 자신의 옆 자리에 앉는다는 행복감만이 전신을 지배할 뿐이었다.

남궁유는 그다지 이 자리에 앉고 싶지는 않았지만 일 년이라는 시간을 자신과 함께 버텨온 모용자인의 애절함이 물씬 묻어 나오는 부탁에 할 수 없이 앉을 수밖에 없었다.

"자, 이거."

모용혜는 모용자인이 주는 이 난(蘭)이 무엇을 뜻하는지 몰랐다. 하지만 그 이유를 모용자인이 친절하게 설명해 주었다.

"이거 가지고 남궁유에게 가봐. 그 녀석이 난을 상당히 좋아하거든. 이거 어렵게 구한 거야."

모용자인은 자신의 생계 수단인 영양분 사냥을 나가서 절벽에 피어 있는 보기 드문 이 난초를 뿌리째 뽑아와 모용혜에게 갖다 바쳤다.

"이거 정말로 구하기 힘든 건데……."

자신의 노력을 다시 한 번 상기시키는 모용자인을 향해 아니꼽지만 모용혜는 한마디 하는 것을 잊지 않았다.

"그래, 알았어. 꼭 기억하고 있을게."

"그래, 고마워. 저기로 가봐. 좀 전에 보니까 유가 혼자 있는 것 같더라."

친절하게 자신이 가야 할 방향까지 제시해 주는 모용자인이 며칠 동안 자신에게 했던 행동과 부합시켜 보면 정말 이상하게 느껴지기는 했지만 우선 이 난초를 처리하는 것이 중요하기 때문에 잠시 그 생각을 접기로 했다.

모용혜는 자신의 사랑에 소중한 매개체가 될 난초를 가슴에 조심스럽게 안고는 남궁유가 있다는 방향으로 걸어나갔다.

모용자인은 이제 결과만 기다리면 된다고 여겼다.

진인사 대천명(盡人事 待天命)이라 하였으니 하늘의 소관에 맡길 뿐이었다.

난초를 소중히 가슴에 안고 사뿐사뿐 걸어가는 동생의 모습에 자신의 미래가 한결 밝아짐을 느꼈다.

지금 진현의 방에서는 자신과 마찬가지로 결과를 초조하게 기다리고 있는 진현과 언무청이 있을 것이라 생각했다. 모용자인은 어서 빨리 좋은 결과가 나와서 그 기쁜 소식을 자신의 처지를 이해하고 공감하는 친구들에게 알리고 싶었다. 그런데 예상보다 시간이 오래 걸리는 것 같았다.

"무슨 사랑 고백이 이렇게 오래 걸려. 하긴 여자가 해서 그런가?"

모용자인은 입술이 타는 것을 느꼈다. 식당으로 가서 차가운 냉수한 잔으로 답답해져 오는 이 가슴을 식혀 버리고 싶었지만 그사이에 모용혜가 올지도 모르기에 무작정 기다렸다.

그때였다. 저 멀리서 정문의 틈 사이로 한줄기 햇살을 등지며 자신을 향해 다가오는 한 여자가 있었다. 손에는 무엇을 들고 있는지 아주 가벼운 발걸음으로 다가오는 그 여자 아이가 모용혜인 것 같다고 생각한 모용자인은 성급하게 결과를 물어 자신의 목적을 알려주는 그런 초보적인 실수는 저지르지 않겠다고 다짐했다.

한 발짝. 한 발짝.

모용혜가 모용자인의 곁으로 다가왔다.

어느새 모용자인의 면전 앞에 선 모용혜는 모용자인을 무심히 쳐다보았다.

'아니, 이 단순하고 왕무식한 애가 왜 이리 말이 없지? 무슨 결과라도 말해야 할 터인데…….'

모용자인은 답답했다. 결과를 쥐고 있는 당사자가 입을 열지 않으니 답답하기 그지없었다. 하지만 기다렸다. 둘은 말없이 일 다경을 보냈다.

모용자인은 그 일 다경이 억겁의 시간과 같았다. 결국은 모용자인이 먼저 입을 열었다. 아무래도 참을성이 부족한 모용자인이었다.

"혜아야… 갔… 던… 일은… 어찌… 잘되어……."

"그럴 줄 알았어! 오빠는 알고 있었으면서 일부러 그랬지, 나 골탕 먹이려고! 어째 며칠 동안 이상하다 싶었어. 그래, 나 물 먹이니 좋아? 좋냐고! 그래, 좋을 거야. 남의 가슴 아프게 만드니 기분 좋아 죽겠지. 그 죽을 만큼 좋은 기분 내가 확실히 죽여주지!"

순식간이었다. 엄청난 속사포로 자신의 할 말만 끝낸 모용혜는 아까 빛에 가려 잘 보이지 않았던 손에 들고 있는 나무 막대를 들었다. 그리고 내려쳤다. 한 번이 아니었다.

퍽!

"윽! 혜아야… 이유는 알고……."

퍽!

"윽! 혜아야… 이유는 알고 하자니까……."

퍽!

"으악! 정말… 혜아야……."

퍽! 퍽! 퍽!

"으악! 내가 잘못했어……!"

퍽!

"윽! 다시는 안 그럴게."

퍽!

"그럴 줄 알았어! 오빠가 뒤에서 꾸밀 줄 알았어! 이제 사실을 실토했으니 죽어도 억울한 것은 없겠지?'

그때부터 모용혜는 손에 들고 있는 나무 막대기라는 허울을 뒤집어쓴 살인 병기에 본격적으로 힘을 주었다.

물론 모용자인은 죽지 않았다. 초인 같은 신체 회복 능력이 있었으니까. 하지만 그 능력도 빛을 보지 못할 때가 있다. 아마도 지금이 그때인 것 같다.

제8장

사랑한다면 우리처럼

사랑한다면 우리처럼

"진현, 진천무제 때 갈 거지? 이번에는 꼭 가자, 응? 저번처럼 어디
로 사라지지 말고."

모용자인은 그때 일로 아직까지 거동이 불편해 침대에 누운 몸으로
진현에게 의견을 물었다.

"진천무제? 그때 꼭 가야 하나?"

진천무제(震天武祭).

소천성탑에는 2년마다 돌아오는 커다란 축제가 있다. 1박 2일로 되
어진 이 행사는 20년 전 무림 최대 참사였던 반정지란(反正之亂)에 희
생된 수많은 넋을 기리기 위하여 만들어진 기혼제(祈魂祭)였다. 그러나
회가 거듭될수록 그 의미는 조금씩 퇴색되어 가고 소천성탑의 커다란
축제로 자리를 잡아갔다. 1박 2일에 걸쳐 1, 2부 행사로 나누어진 이

행사는 1부에는 진천무제의 원래 목적인 기혼제를 치르는 것으로 되어 있고 그 다음 시간부터는 소천성탑인들의 축제의 시간을 갖는 것으로 계획되어 있었다. 그중에서 단연 진천무제의 꽃은 바로 쌍쌍무도회(雙雙舞蹈會)였다. 아마도 소천성탑에서 수련하는 모든 아이들은 이때만을 기다리고 있을 것이다.

"그럼, 우리 혜아가 얼마나 기대하고 있는데… 흐흐흐."

음흉한 웃음을 짓는 모용자인의 얼굴 속에서 진현은 악마의 얼굴을 보았다. 그리고 모용혜의 얼굴을 머리 속으로 떠올리자 머리가 아파 오며 현기증이 났다.

"지금 생각해도 알 수 없는 일이야. 암, 그렇고말고."

모용자인은 아직까지도 자신이 맞으면서 모용혜에게 받았던 그 오해가 무엇인지 정말로 몰랐다. 너무도 억울하여 몇 번의 기회를 통해 조심스레 물어보았지만 돌아오는 것은 나무 작대기의 탈을 쓴 살인 병기와 알 수 없는 말들이었다. 끝내는 그 이유를 알지 못한 모용자인은 거동이 불편한 자신의 몸을 이끌고 모용혜의 눈을 피하며 자신의 죽을 날을 조금이라도 연장시키는 것에 바빴는데 어느 날인가부터 그의 생존을 위한 투쟁들이 쓸모없게 되어버렸다.

그 이유는 바로 모용혜의 관심이 남궁유에서 진현으로 바뀌어 버린 것이었다. 얼빵한 모습이 딱 자기가 가지고 놀기 좋다나 어떻다나. 하여튼 진현은 이런 모용혜의 뜨거운 공세를 받아들일 수 없었다. 물론 사마화련과의 일도 있지만 진현은 정상적인 삶을 살고 싶다는 간절한 소망이 있었다는 것이 실질적인 이유였다. 어찌 진현이라고 자기 좋아하는 여자를 마다하겠는가? 그것도 아름다운 여자를. 하지만 그것은 정상적인 여자와의 사랑을 얘기할 때 쓰는 말이고 모용혜와는 생각도 하기 싫은 진현이었다.

이것을 눈치 챈 모용자인의 또 한 번 생존을 위한 투쟁이 벌어졌으니… 이미 자신의 모든 것을 알고 있는 진현의 앞에서 배 째라는 식으로 모용혜의 사랑의 결합을 위해, 아니, 자신의 생존을 위해 단식 투쟁에 들어갔다. 이에 진현은 자신이 만약 거절을 한다면 다시는 모용자인의 얼굴을 보지 못할 수도 있다는 거의 확실에 가까운 가능성 때문에 차마 거절의 말을 할 수가 없었다.

진현은 한순간의 모용자인에 대한 동정으로 인해 결국은 자신의 인생에 커다란 장애물을 만나고 말았다. 모용혜라는 장애물을……

"어라? 여기 있었네. 너, 거기 갈 거지?"

누가 모용자인의 동생 아니랄까 봐 대뜸 보자마자 같은 말을 한다.

"응? 모르겠어. 그냥 여기에서 쉬는 것이……"

"헛소리하지 말고 따라와. 알았지? 앞으로 삼 일 남았으니까 준비하고 있어. 내가 데리러 갈게."

아무래도 남녀의 역할이 바뀐 것 같다라고 생각하며 자신에게 자신의 할 말만 해버리고 가는 모용혜의 뒷모습을 슬픔이 가득한 눈망울로 쳐다보고 있었다.

"내 인생이… 내 인생이… 어쩌다… 흑흑흑."

끝내는 진현은 자리에 주저앉아 울고 말았다.

"우와~ 소천성탑에 이렇게 많은 인간들이 있었다니……"

그 많은 인간들 중에서 여자만 골라 볼 수 있는 특이한 능력을 가진 모용자인이 자신의 음흉한 속셈을 드러내지 않기 위해 과장된 목소리로 말했다.

"흥! 많은 인간들이 아니라 많은 여자겠지."

"크흑……!"

역시 모용혜는 모용자인에 대해서 모르는 것이 없었다. 하긴 자신이 그토록 괴롭히는 장난감이었으니 그 정도는 장난일지도 모를 것이다.

"이제 시작하나 봐. 제단(祭壇)에 사람이 올라갔어."

비록 제단과 멀리 떨어진 곳에 있었지만 진현과 아이들이 느낄 수 있을 만큼의 기도(氣度)를 가진 노인이 진현의 말대로 제단에 서 있었다. 화의(華衣)를 입은 오 척 단구의 노인은 비록 볼품은 없었지만 중인을 압도하는 강맹한 기운으로 함부로 범접치 못하게 하였다.

"어라? 많이 본 얼굴인데… 누구더라… 누구지?"

모용자인은 노인의 얼굴이 낯이 익음을 알고 누군지 떠올리려 하였으나 쉽게 생각나지 않았다.

"오빠의 좋지도 않은 머리 가지고 굴리지 마. 그래 봐야 소음만 나니까."

다시 한 번 너에 대해서 모든 걸 알고 있으니 까불지 마라는 표정으로 자신의 오빠를 한껏 무시한 모용혜는 자신의 옆에서 조금 떨어져 있는 진현을 자신의 옆으로 당겼다.

"어쭈, 안 오지? 아직 너에 대해 모르는 부분이 많았는데 오늘 확실히 알아볼까?"

진현은 그 말에 황급히 모용혜의 옆 자리로 사사삭 다가갔다. 자신의 모든 것을 안다는 것은, 즉 모용자인과 같이 취급하겠다는 말과 같음을 너무도 잘 알기 때문이었다. 지금도 그렇게 대접받는 것은 비슷

하지만.

"아! 맞다! 이제 생각났다!"

모용자인은 이제야 노인에 대해서 생각이 난 듯 자리에서 벌떡 일어나 큰 소리를 질렀다. 그러나 곧 기혼제에 모인 모든 아이들의 눈초리를 받고 머쓱하게 자리에 앉았다.

"역시 별종이라니까. 그렇게 꼭 튀어야겠어. 나같이 아름다운 숙녀라면 몰라도 말이야."

그 오빠에 그 동생이었다.

"아니… 난 그저 저 노인에 대해 생각이 나서 말이야."

머리를 손으로 긁으며 변명을 하는 모용자인에게 안 그래도 저 노인에 대한 궁금증을 가지고 있던 주위의 아이들은 어서 빨리 말하지 않으면 죽을 수도 있다는 초롱초롱한 눈빛을 보냈다.

"헉! 말할게."

그 뒤에 오는 모용자인의 말은 정말로 놀랄 만한 것이었다.

"저 노인이 누구냐 하면 말이야, 바로 이곳 소천성탑의 탑주(塔主)이신 검군(劍君), 그리고 삼보장(三寶莊)의 살아 있는 신화 곤군(棍君), 사파인(邪派人)으로서 보기 드물게 군자라는 평을 받은 마군(魔君)과 함께 사군(四君) 중의 한 분이신 탄군(彈君) 신탄자(神彈子) 하후단(夏候單) 하후 대협(夏候大俠)이야."

"저런 거물급 인사가 왜 이런 곳에……."

진현과 아이들의 공통된 생각이었다. 아무리 소천성탑이 유명하다고 하나 진천무제가 소천성탑의 아이들의 한낱 축제로 전락해 버린 마당에 천하십오대고수(天下十五代高手) 중 한 명이 올 만한 일이 아니었다.

"그건 내가 알지. 오늘 밤에 있을 쌍쌍무도회 전 시행되는 검성지회(劍聖之會)에서 자신의 절학(絶學)을 이을 후제(後弟)를 찾으려 하기 때문이지."

갑자기 이제껏 있는 기척도 내지 않던 남궁유가 말을 하자 모용혜만 예전과는 다르게 못마땅한 표정을 지을 뿐 나머지는 다들 신기해했다.

"왜 벌써 자신의 후계자를 찾는 거지? 이 년 뒤에 있을 창룡쟁투지회(蒼龍爭鬪之會)에서 찾아도 될 터인데."

모용자인은 오랜만에 장식품으로 세인들의 머리에 각인시켜 있던 자신의 머리를 굴려 의문점을 표출하였다.

"그건 조금만 생각해도 알 수 있어. 바로 창룡쟁투지회의 우승자에게 돌아갈 신공비급(神功秘笈) 때문이지."

"아! 그렇군. 자신의 제자가 쟁투지회에 나가서 우승을 하면 자신도 그 신공을 익힐 수 있을 테니까."

모용자인은 자신의 무릎을 치며 그제야 탄군이 별로 볼 것도 없는 진천무제에 온 이유를 알게 되었다. 그런데 여기서 잠깐. 모용자인은 또 한 가지 궁금한 것이 있었다.

"그런데 이런 것을 니가 어떻게 알고 있는 거지?"

모용자인은 아무도 몰랐던 사실을 남궁유가 마치 사전에 알고 있었다는 듯이 막힘없이 말하는 것에 의문이 들었다.

"……"

남궁유는 자신의 할 말은 다 끝났다라는 듯 모용자인의 물음을 사정없이 씹어버렸다. 하지만 모용자인이 남궁유의 마음을 읽을 수 있다면 알 수 있었을 것이다.

'우리 가문에서 이미 계획했던 일이니까. 비록 신탄자(神彈子)라는 거물이 걸릴 줄은 예상하지 못했던 부분이지만.'

소천성탑은 장차 맹을 이끌 인재를 육성하기 위해 모든 아이들에게 평등하고자 하였다. 초대 탑주이자 현 탑주인 검군 천외운검(天外雲劍) 육정방(陸頂紡)의 취지가 그러했으니까. 하지만 그것이 불가능하다는 것을 알게 되었다. 사람들마다 재능이 다르고 재질이 다르듯 무공이라는 분야도 마찬가지였다. 개개인의 적성이 맞는 분야가 다 다른 것이었다. 그래서 결국 소천성탑 안에 두 개의 작은 탑을 만들었다. 바로 구담전(九潭殿)과 현공탑(玄功塔). 내가와 외가로 크게 구분 지어 아이들의 특성에 맞게 교육을 시켰다.

그러나 자식을 둔 부모의 심정이 그러하듯 자신의 아이가 환경이 좋은 곳에서 공부하기를 바라는 것은 예나 지금이나 다 똑같은 것이었다. 그래서 자신의 아이들이 좋은 환경에서 무공을 익힐 수 있도록, 다시 말하면 현공탑이 아닌 구담전에서 무공을 익힐 수 있도록 갖은 방법을 다 썼다. 여기서 문제가 발생하니, 사람이 들어갈 수 있는 수는 정해져 있는데 사람이 계속해서 모인다면 누구는 들어가고 누구는 들어가지 못할 것이다. 해서 부모의 입장에서 자신의 아이들이 후자 쪽이지 못하게 하기 위해 탑에 압력을 불어넣는 등 소위 말해서 힘있는 자들의 횡포가 시작되었다.

결국 속가사대세가(俗家四大世家)와 사파(四派)의 제자들, 그리고 각 지방의 이름난 세가의 자제들이 그 자리를 차지하게 되었다. 이렇게 들어온 아이들이니 그 콧대가 하늘 높은 줄 모르고 솟아오르는 것은 어쩌면 당연하다 할 수 있을 것이다. 그리고 현공탑의 아이들을 벌레

보듯이 보는 것도……

　당호(唐虎)는 정말로 현공탑의 아이들에게 정이 갈래야 갈 수가 없었다. 아무리 자신의 동기라 생각해 보았지만 어쩔 수가 없었다. 조금 전에도 그러했다. 그 중요한 기혼제의 시간 때 앞에서 탄군 신탄자가 격문 읽는 것을 숨죽여 듣고 있었는데 현공탑 아이들 쪽에서 어떤 미친놈이 자리에서 벌떡 일어나 소리를 지르고 있지 않았는가.

　"에잉, 저런 것들하고는 상종을 말아야 하는데……."

　정말이지 강호에 명성이 자자한 사천당가(四川唐家)의 자식인 자신이 저런 근본도 알 수 없는 아이들하고 어울린다는 것은 있을 수가 없는 일이라 생각했다. 그런데 오늘 조금 후에 있을 검성지회(劍聖之會)부터 시작해서 쌍쌍무도회까지, 그리고 이 진천무제가 끝이 나는 내일까지 저것들과 어울릴 것을 생각하니 불쾌하기 그지없다고 생각했다.

　하지만 이런 불쾌감도 그녀를 보면 씻은 듯이 날아가 버리는 것을 당호는 느꼈다. 정말이지 당호가 생각했을 때 그녀는 같은 하늘 아래 존재하는 사람이 아닌 것 같았다. 천상의 선녀가 내려오지 않았나 하고 생각할 정도였으니 말이다. 당호는 그녀를 처음 본 순간부터 평생 자신의 무공을 위해 살아왔던 인생의 목표를 수정해야만 했다. 이제부터 오직 그녀를 위해 살아야겠다고 결심했으니까. 하지만 그의 바람은 쉽지 않았다. 당호 말고도 그녀를 바라는 이들은 너무도 많았다. 무엇보다도 그녀의 곁에서 한시도 떨어지려 하지 않는 오룡(五龍)의 수좌를 차지하고 있는 금룡(金龍) 상관영(上官英)은 자신의 가문이 그저 한 지방을 대표하는 세가임에도 불구하고 너무도 뛰어난 무공을 지니고 있었다. 그걸 생각하니 또다시 기분이 불편해지는 당호였다.

"하하하."

"호호호."

어찌 보면 당연했다. 자신과는 조금밖에 떨어지지 않은 곳에서 그토록 싫어하는 현공탑의 아이들이 웃고 떠드는 것이 그의 신경을 거슬리는 것은.

"어디서 잘났다고 삼류인생들이 큰소리를 치는 건지. 어이가 없구만."

피식.

이번에는 진짜로 어이가 없었다. 솔직히 자신이 일부러 조금 큰 소리로 지른 것도 재수없는 현공탑의 아이들이 들으라고, 그래서 자신에게 달려들도록 하려고 그런 것이었건만 그들은 자신을 향해 비웃음을 날릴 뿐이었고 신경도 쓰지 않는 것을 당호는 황당한 마음으로 받아들여야만 했다. 그래, 좋다. 자신이 시비를 건 것을 십분 양보를 한다 쳐도 어디 현공탑의 삼류들이 대사천당문(四川唐門)을 이끌어 나갈 자신에게 비웃음을 지을 수 있단 말인가.

"허허허……."

당호는 어이가 없다 못해 허탈한 마음에 웃음까지 나왔다. 하지만 곧 가슴 깊숙한 곳에서 살기가 뿜어져 나옴을 느꼈다. 당호는 그런 살기를 누르기보다는 적극 지원해 주어야 한다고 결심했다. 그리고 항상 말과 행동을 같이 하라는 아버지의 말을 떠올리고는 실천으로 옮기려 하였다.

"이것들이 어디서……."

서서히 당호는 그들 곁으로 다가갔다. 그리고 그들 중에서 가장 중앙에 서 있는 한 아이에게 그의 애타는 마음을 전했다.

"야! 그래, 너! 방금 전 나의 이 초롱초롱한 두 눈으로 보아야만 했던 것이 비웃음이 맞는 거야? 혹시 난 잘못 보았나 싶어서 말이지."

"아니, 맞아."

진현은 당호가 자신을 지목하자 당연히 그렇다고 말해 주었다. 자신과 아이들은 어디서 갑자기 들려왔던 그 헛소리에 비웃음을 날려주었던 것이 분명하니까.

"호오, 그렇단 말이지. 그럼 앞으로 일어날 사! 태! 의! 심! 각! 성! 에 대해서도 잘 알겠구나."

어디선가 많이 들어본 특정 부위에 강한 억양을 실어주는 화법을 쓰는 당호를 향해 진현은 그저 무심한 얼굴로 바라보았고 나머지 아이들은 재밌다는 표정을 지었다.

"아니."

"그럼 이제부터 내가 가르쳐 주지."

당호는 계속해서 끓어오르는 자신의 살심(殺心)을 진현에게 보내며 친절하게 자신의 의지를 밝혀주었다.

"그런데 내가 왜 너에게 그런 가르침을 받아야 하지?"

진현은 당호가 자신을 지목했을 때부터 알고 싶었던 물음을 토했다. 그런 진현의 의문을 당호는 또다시 친절하게 설명해 주었다. 그래야 자신과 손을 섞었다는, 아니, 일방적으로 얻어맞더라도 덜 억울할 것이라는 혼자만의 상상을 하면서.

"그건 니가 건방지게 현공탑 출신임에도 불구하고 구담전에 속해 있는 나를 비웃었기 때문이지. 아니, 그것을 빼더라도 사천당문을 이끌어 나갈 나에게 삼류문파의 너희들이 그랬다는 것은 나로 하여금 말이지, 도저히 참을 수 없도록 만들더군."

당호는 비릿한 웃음을 지어 보이며 자신의 숭결한 자존심에 커다란 상처를 입었다는 심정을 담아 보냈다. 마치 그 상처를 너희들이 책임지라는 듯이.

"호오, 그러니까 우리 삼류문파 출신들이 너 같은 일류문파의 출신에게 건방을 떨어서 그에 대한 가르침을 주시겠다?"

"이제야 말이 통하는구만. 그렇게 말이 통하면 일이 쉽게 풀리지 암."

당호는 이제야 눈앞의 아이들이 자신의 불타는 마음을 이해한다고 생각하고는 자신의 의지를 실천으로 옮기려 하였다.

"잠깐."

"넌 또 뭐야? 이 녀석 끝나고 전부 다 가르침을 베풀 것이니 기다리고 있어. 서둘기는……."

당호는 자신이 손봐주려 하는 아이의 왼쪽 편에 있는 능글능글 맞은 녀석이 갑자기 나서서 자신의 행동을 제지하자 미간을 찌푸리며 말을 했다.

"니가 우리에게 그 훌륭하다는 가르침을 베푼다는 것이 우리가 삼류문파 출신이라 그렇다고? 그럼 우리가 만약 삼류문파가 아니라면?"

이상하게도 묘한 자신감을 내보이며 말을 하는 모용자인을 보며 당호는 그럴 일이 없겠다 생각하면서도 한순간 불안함을 느꼈다. 하지만 주위의 시선을 집중시키고 있는 이 상황에서 약한 모습을 보일 수는 없었다. 더욱이 그녀가 아까 전부터 쳐다보고 있었다.

"그럼 내가 너희들 앞에서 무릎을 꿇지. 대문파의 자손들을 몰라본 나의 어리석은 눈의 책임이니까!"

당호는 큰 소리로 외쳤다. 어서 차례로 자신들의 출신을 말해 보라는 투로 당당히 외치는 그는 이만하면 그녀에게 멋진 모습을 보였다고 생각하며 그의 앞에 한 발짝 더 나아갔다.

"호오… 무릎을 꿇으시겠다. 이거 어쩌지, 이 많은 사람들 앞에서 무릎을 꿇게 생겼으니."

당호는 아까 먼저 손봐주려 했던 비리비리한 놈보다는 눈앞의 이 능글능글한 녀석을 먼저 손봐주어야겠다고 생각했다.

"그럼 내 소개를 하지. 난 모용자인이라 하고 옆에 있는 이 여자 아이는 내 동생인 모용혜. 우리 둘 다 모용세가 출신이지."

"난 하북 언씨 세가(河北 彦氏世家)의 언무청이라고 한다. 너희 사천 당가(四川唐家)만큼이나 유서가 깊을 것이다."

"남궁유. 남궁세가(南宮世家)."

남의 일에 끼어들기 싫어하는 남궁유였지만 당호의 행동에 역겨움을 느낀 남궁유는 자신만의 특유의 화법대로 짧고 굵게 내뱉었다.

'이런……'

당호는 아무래도 오늘 개망신을 당할 것 같다고 생각했다. 그저 현 공탑 출신이라 삼류문파 출신인 줄 알았더니 전부 천하에서 가장 유명한 네 개의 가문에 속해 있었고 한 명은 자신의 가문과 비슷한 위치에 있는 언가 출신이었다.

"험… 험… 그러시오. 그런데 어찌해서 현공탑에 속하여 계신 건지, 험험."

연신 나오지도 않는 헛기침을 하며 좀 전의 말투와는 백팔십 도로 다른 저자세로 나오는 당호를 보며 아이들은 역시 비웃음을 다시 한 번 날려주었다. 하지만 당호는 그런 비웃음마저도 뭐가 그리 좋은지 비굴한 웃음을 띠며 아이들의 비위를 맞추려고 노력하였다.

"그럼 여기 계신 이분은… 어디 세가의……."

"나의 문파는 아마 알지 못할 것이오. 운남의 운무관(雲武館)이오."

"예?"

당호는 자신이 알고 있는 강호의 문파 중에서 운무관이라는 곳이 있는지 생각해 보았다. 하지만 아무리 생각해도 자신의 머리 속에 있는 검색 창에는 그런 문파는 없다는 글만 떠올랐다. 아무리 생각해 보고 검색을 해도 알 수 없을 것이다, 운무관이란 진현의 머리 속에서 나온 가공의 문파이니.

"아무리 생각해도 모를 것이오. 이름없는 문파라 알려지지 않았으니."

당호는 자신이 아무리 생각해도 알 수가 없고 당사자도 이름없는 문파라 하니 더욱더 의문이 들었다. 모용자인과 남궁유 등 속가사대세가의 자제들이 왜 현공탑에서 수련을 하는지 모르지만 이런 이름도 알려지지 않은 문파 출신의 아이와 같이 어울려 다닌다는 것 역시 아무리 생각을 하여도 알 수 없는 의문이었다. 하지만 그런 그의 의문은 다음에 떠오르는 한 가지 생각에 곧 접어야 했다.

"그래, 이름없는 문파라 이거지. 그런 니가 옆에 계신 분들을 믿고 나에게 같이 행동했다 이거냐?"

또다시 건방 모드로 돌아온 당호는 다른 아이들은 그가 그토록 따지는 출신에 밀려 어쩔 수 없지만 이 녀석만은 자신이 직접 손봐주어야 겠다고 결심하였다. 하지만 그런 그의 마음은 또다시 끼어드는 모용자인으로 인해 잠시 접어야 했다.

"이봐, 먼저 우리와 계산을 해야지."

"무슨 계산을……."

"아까 우리가 너와 같은 수준의 문파 출신이라면 우리 앞에서 무릎을 꿇겠다고 했잖아."

자신을 향해 더욱 짙은 비웃음을 날리는 모용자인을 보자 당호는 그제야 좀 전에 자신이 한 말이 생각났다. 이런 일이… 말 한마디 실수로 인해 이 많은 아이들 앞에서 개망신을 당하게 생겼다. 더욱이 그녀가 지켜보고 있는데.

"그, 그건……."

"그렇게도 일류를 따지는 문파의 자손께서 자신이 한 말에 책임을 지지 않는다면 안 되겠죠."

여전히 능글거리는 웃음을 입에 달고 자신을 향해 말하는 모용자인을 보며 당호는 어쩔 수 없다고 생각했다. 그는 서서히 자세를 낮추어 무릎을 꿇었다. 비록 속에서 천불이 나고 그녀가 지켜보고 있을 것이라 생각하니 이가 갈렸지만 어쩔 수 없었다. 이제는 이 분풀이를 저 비리하게 생긴 아이에게 푸는 수밖에 없었다.

"이… 만하면 되었소. 그럼… 나는 저 녀석과 볼일을 봐야겠소."

끝없이 타오르는 분노를 주체하지 못해 말까지 더듬는 당호의 앞으로의 계획은 또 한 번 끼어드는 모용자인으로 인해 좌절되었다.

"안 되지, 그건. 이 친구 또한 우리의 친구인데 그렇게 함부로 해서야 되겠소. 그리고 소천성탑의 규정에는 같은 동기끼리 다투면 어떻게 된다는 것쯤은 알고 있을 텐데."

"크헉!"

당호는 이 타오르는 분노를 주체하지 못하고 그만 노성을 내질렀다. 그래도 어쩔 수가 없었다. 자신의 눈앞에서 능글거리며 웃고 있는 모용자인의 말이 한 치도 틀린 것이 없기 때문이었다. 그런 이 분노를 어떻게 해야 하나 고민을 하던 그에게 한 가지 좋은 방법이 떠올랐다.

"그럼 이건 어때, 조금 후에 있을 검성지회에서 대련을 하는 것은? 정식으로 대련을 한다면 누가 뭐라 할 거야? 안 그래?"

마지막 말은 진현을 보며 말하는 당호를 보며 진정 끈질긴 집념을 가지고 있다고 생각한 모용자인은 진현을 대신해 말했다.

"흥. 어째서 진현이 너의 말에 대련을 할 거라고 생각하지? 니가 뭐 그리 대단한 인물이라고 말이야. 응? 넌 니가 마치 천하제일가의 외아들이나 되는 것처럼 말하는데 넌 그저 당문(唐門)의 자제일 뿐이야. 알겠어?"

"아니, 하겠어."

모용자인의 천하제일가라는 말에 잠시 흠칫하던 진현은 이렇게 정신까지 썩은 놈을 무서워한다는 것은 있을 수가 없는 일이라 생각하며 가슴을 펴고 앞으로 한 발짝 나아갔다.

"그래? 호오… 난 또 무서워서 꼬리를 내리는 줄 알았지 뭐야. 흐흐흐… 하지만 너의 그 용기가 필부지용(匹夫之勇)이라는 것을 깨닫게 해주지."

당호는 모용자인을 잠시 노려보다가 진현의 한마디에 특유의 비릿한 웃음을 보이며 등을 돌렸다.

그런 그를 물끄러미 쳐다보던 모용자인과 언무청은 왜 쓸데없이 그런 약속을 했냐며 진현을 나무랐다.

"그저 저런 녀석의 말에 겁먹을 필요가 없다고 생각해서."

"그럼 자신은 있는 거야?"

모용자인은 자신이 가장 우려하는 부분을 물어보았다.

"그냥… 뭐, 어떻게 되겠지."

그런 태평스런 진현의 말에 모두들 한숨을 쉬는 수밖에 없었다.

"이번 검성지회에 출전하는 아이들의 제일 목표는 해어화 사마화련이겠지?"

"두말하면 잔소리지."

웅성웅성.

가로의 길이만 십육 장이나 하는 거대한 장방형의 연무대(演武臺) 곁에 모인 아이들은 조금 후에 시작할 검성지회를 예상하면서 마음껏 떠들었다.

"자신있어?"

모용자인은 자신의 옆에 있는 진현에게 다시 한 번 물었다. 그런 모용자인에게 걱정하지 말라는 듯이 싱긋 웃어주었다. 그러자 모용자인은 오히려 자신을 안심시키는 진현을 보며 마주 웃어주었다.

"그럼 이번에 만약 당호를 이기면 누구를 선택할 거야?"

분위기를 바꿀 겸 해서 말하는 모용자인에게 모용혜가 빽 하고 쏘아붙였다.

"누구를 선택하냐니! 엉? 설마 나를 두고 다른 여자를 선택하는 건 아니겠지?"

자신의 즐거운 장난감을 빼앗길 수 없다는 듯 말하는 모용혜의 모습에 진현과 모용자인은 식은땀을 흘렀다.

"그래도 잘되면 혹시 알아? 그렇게 소문이 자자한 해어화 사마화련의 선택을 받을 수 있을지?"

"……"

장난 삼아 말하는 모용자인의 입에서 뜻밖의 단어를 듣자 진현은 몸을 굳혀야만 했다.

'여기서 련 누이의 이름을 들을 줄이야⋯ 보고 싶군.'

잠시 회상을 하며 그리움에 빠진 진현을 깨우는 이가 있었으니⋯ 그는, 아니, 그녀는 바로 남 잘되는 것을 절대 못 보는 모용혜였다.

"아무리 미래의 천하제일미녀라 해도 소용없어. 이 녀석은 내 거야!"

진정으로 말 한마디마다 싸가지가 결핍된 것을 여실히 드러내어 보이는 모용혜였다.

"그런데 사마화련의 선택을 받을 수도 있다니? 그게 무슨 말이야?"

아직까지 대화의 속내를 이해하지 못한 언무청의 한 말씀이었다.

"어? 아직 몰랐어? 하긴 너라면 모를 수도 있겠다. 어떤 여자가 너에게 승낙을 해주겠냐? 혹시 모르지, 무청이나 다듬는 주방 아줌마라면⋯⋯."

"크헉!"

괴성을 지르는 언무청을 간신히 말리고는 모용자인은 그에게 설명을 해주었다.

"검성지회란 말이지, 원래 기혼제가 끝나고 소천성탑의 모든 이들이 나와서 20년 전 반정지란 때 죽은 이들과 죽었다고 알려진 검성을 기리는 의미에서 추는 검무식(劍舞式)이었어. 그런데 말이야, 내 생각에는 검성은 죽지 않은 것 같아. 비록 사라지긴 했지만 어디에선가 살아 계실 거야. 어디까지나 내 생각이지만. 그건 그렇고 원래는 그런 뜻을 가지고 있었는데 쌍쌍무도회가 생기고 난 뒤에는 무도회 전에 짝이 없는 이들이 짝을 고르는 식전 행사가 되어버렸어. 예전에 검무를 추는 한 남자 수련생에게 한 여자가 반해 무도회에서 자신의 상대가 되어달라고 청한 것이 그만 전통으로 내려온 것이지. 그런 전통이 지금은 조금 바뀌었어. 짝이 없는 남자들이 대련을 하여 이긴 남자 수련생이 역시 짝이 없는 여자 수련생을 지목하여 자신의 상대가 되어달라고 신청을 하는 것으로. 물론 여자 쪽에서 마음에 들지 않으면 거절하면 되지만 말이야."

"호오, 그런 거였어. 그럼 나도 신청을……."

모용자인은 차마 언무청의 자신도 신청을 한다는 말에 토를 달지 못했다. 그에게는 그저 자신이 직접 겪는 것이 백 번 말하는 것보다 낫다라고 생각했기 때문이다.

'넌 아마 이곳에 있는 모두를 이겨도 안 될 거야.'

"우와~!"

갑자기 무대의 한 편에서 남자 수련생들의 환호성이 터져 나왔다. 그쪽에서 한줄기 화사한 빛이 새어 나왔기 때문이다. 아니다. 새어 나오는 느낌이 들었다. 그 느낌은 그곳에 한 명의 여자가 있었기에 느낄 수 있었다. 그녀는 여자가 아니라 천상의 선녀였다. 월하(月下)의 미인이 그러할까? 아님 역사에 살아 숨 쉬는 서시(西施)나 달기(妲妓)가 그러할까? 화용월태(花容月態)라는 수식어로도 그녀의 자태를 표현하기에는 무리가 있었다. 단아하면서도 좌중의 시선을 잡아끄는 그녀는 안타깝게도 무심한 얼굴로 서 있었다. 하지만 자세히 보면 눈동자는 주위를 돌아보며 무언가를 찾는다는 것을 알 수 있었다.

"화… 련……."

진현은 꿈에도 그리던 사마화련을 보자 격정을 주체하지 못하고 작은 목소리로 그녀의 이름을 불러보았다. 일 년 전과는 비교도 되지 못할 만큼 성숙해지고 아름다워진 그녀의 모습은 옛날의 치기 어리고 투정을 잘 부리던 모습은 찾을래야 찾을 수가 없었다.

"진현, 왜 그래? 갑자기 멍청해져서. 정신 차려. 좀 있으면 네 차례야."

자신을 향해 소리치는 모용자인의 말에 간신히 정신을 차린 진현은 앞으로의 대련을 생각하며 마음을 가다듬었다. 홍분된 상태에서의 대련이란 그 대련을 포기한다는 것과 일맥상통하기 때문이었다.

"구단전 소속 팔방비호(八方飛虎) 당호 대(對) 현공탑 소속 진현."

경기를 진행하는 사회자의 선수 소개가 있었음에도 불구하고 관중에서는 환호성은커녕 아무 소리도 들리지 않았다. 그것은 관중들이 실망을 했기 때문이다. 왜 실망했냐? 그것은 이번에 붙을 선수들에 있었다. 구담전 내에서도 알아주는 실력을 가진 팔방을 날아다니는 호랑이 당호와 별호도 없는 현공탑의 삼류수련생의 대련이라는 것이 맥을 빠지게 했기 때문이다. 보지 않아도 결과를 아는 경기에 환호성을 던져준다는 것은 밑 빠진 독에 물을 붓는 것이고 무너져 가는 사상누각(沙上樓閣)에 투자를 하는 것과 같기 때문이었다.

"흐흐흐… 이 녀석아, 후회되느냐? 원래 내가 너를 오랜 시간 동안 괴롭혀 주어야 하나 나의 하해와 같은 자비심으로 일수에 끝내주마."

진현을 향해 속삭이듯 말하는 당호는 품속에서 세 개의 동전을 꺼냈다. 손 안에서 잠시 가지고 놀던 당호는 서서히 신형을 진현을 향해 잡아갔다. 그러자 일순 장내에는 긴장감이 감돌았다.

'침착하자. 침착하자.'

비록 자신에게 외공의 정수라는 철공과 조 노사가 가르쳐 준 상승무리(上乘武理) 종(踵), 접(接), 합(合), 해(解) 이 네 가지 구결밖에는 몰랐지만 이상하게도 자신감이 있었다.

"자, 준비는 됐겠지. 그럼 간다."

당호는 공격을 하기 전에 있어 공격한다고 알려주는 친절한 사람은 자신밖에 없다고 생각했다.

당호는 자신의 손 안에서 짤랑거리던 세 개의 동전을 한 번에 진현에게 던졌다.

당가수(唐家手) 삼재종인(三才從人).
—하늘[天]이 따르고 땅[地]이 따르고, 사람[人]이 따르니 누군들 피하랴.

대련 중이라 대부분 대인 살상용(對人 殺傷用)인 당가의 수많은 암기를 못 쓰지만 이 세 개의 동전만으로도 충분히 진현을 제압할 수 있다고 생각했다. 천, 지, 인 세 방향으로 날아가는 비전(飛錢)은 각기 다른 힘과 다른 경로를 지니고 있었다. 무턱대고 막다가는 엄청난 손실을 입을 것이다. 당호는 자신의 비전이 다가옴에도 불구하고 피할 생각조차 하지 못하는 진현을 보며 더욱 확신하였다.

'싱겁군. 그래도 한 수는 있을 줄 알았더니.'

그러나 이런 당호의 생각은 무참하게 깨져 버렸다.

진현의 몸에 꽂힌 세 개의 비전이 아무래도 제자리가 아닌 듯싶었는지 사기 나쁜 방향으로 뒹겨져 나갔기 때문이다.

"한 수는 끝났는데……."

"호오, 그래. 천하의 외공이라는 철공을 익혔다는 것을 무시했구나. 그럼 이건 어떠냐?"

진현의 한마디에 당호는 실수를 쓰기로 마음을 먹었다. 비록 죽이기는 하지 않겠지만 팔다리 한 개쯤은 부러질 각오를 해야 좋을 것이라 생각했다. 당호는 자신의 손에 내기(內氣)를 가득히 모아 진현을 향해 쏘아 나갔다. 외공의 천적은 누가 뭐래도 내가중수법(內家重手法)이기 때문이었다. 하지만 아직까지는 내공에 관해선 부족했던 당호이기에 억지감이 없진 않았다. 그러나 진현쯤은 이 정도로도 이길 수 있다고 여겼다.

당가제이수(唐家第二手) 쇄중시(碎重矢).
─강맹한 화살이 모든 것을 부러뜨린다.

암기 수법을 그냥 손으로 펼친 당호의 기세는 과연 위력이 상당했다. 특히 내가의 힘이 담긴 그의 손에서는 기왓장은 얼마든지 가뿐하게 깰 수 있는 힘이 담겨져 있었다. 진현은 그런 그의 수법을 역시 차분하게 지켜보았다. 조금 전에도 자신을 향해 날아오르는 비전을 지켜본 결과 자신이 알고 있는 신법(身法)이나 보법(步法)으로는 피할 수 없다는 것을 알고 그냥 자신의 철공을 믿은 것이 성공했기 때문이다. 그 때문에 아직도 비전을 맞은 부분이 쓰라렸지만 비전을 무용지물로 만든 것에 비하면 아무것도 아니었다.

진현은 자신을 향해 다가오는 당호의 손을 차분히 지켜보다 불현듯 자신의 손을 같이 뻗었다. 유능제강(柔能制剛)의 수가 제격임을 알았기 때문이다. 그런 그의 의지가 담긴 진현의 손이 당호의 팔뚝의 안쪽으로 다가갔다.

흠칫.

당호는 자신의 손으로 뻗어오는 진현의 손을 보며 잠시 흠칫했지만 계속해서 진현의 배를 향해 나아갔다. 진현의 손은 당호의 왼쪽 완내(腕內)에 닿더니 당호의 진로를 조금이지만 틀어놓았다.

"어떻게… 무슨 사술(邪術)이냐?"

당호는 자신의 공격이 무위로 돌아가자 진현이 사술을 펼쳤다고 생각했다. 그리고 흥분된 마음으로 곧바로 다시 한 번 제이수를 날렸다.

당가제이수(唐家第二手) 쇄중시(碎重矢).

진현은 또다시 똑같은 공격이 들어오자 역시 같은 수법을 펼쳤다. 그리고 이번에는 자신의 공격의 의지까지 심어놓았다. 당호의 뻗어오는 손을 향해 나아간 진현의 손은 당호의 팔꿈치에 닿았고 또 다른 진현의 한 손은 당호의 겨드랑이 사이로 들어갔다. 그리고 자신의 두 손에 약간의 힘을 실었다.

당호는 자신의 힘과 더불어 진현의 힘까지 보태져 바닥에 엎어져 버렸다.

"크으악!"

당호는 자신의 두 번째 공격까지 무위로 돌아갈 뿐만 아니라 오히려 패대기쳐진 자신의 몸을 일으키며 괴성을 질렀다. 언무청의 주특기처럼 눈이 돌아간 그는 아직 내력이 충분치 못하여 펼치지 못하는 당가비전(唐家秘傳)을 펼치기로 마음먹었다. 평상시라면, 아니, 조금이라도 냉정하게 생각했다면 그럴 마음을 꿈에도 생각하지 못했겠지만 눈이 돌아간 이상 그에게 오직 진현을 죽여야겠다는 생각밖에는 없었다.

당가제삼수(唐家第三手) 일격휴(一擊休).

―한 번의 내지름으로 영원한 휴식을 가진다.

한 번의 내지름으로 영원한 휴식을 준다는 말답게 엄청난 내력을 필요로 하는 이 수법은 당호에게는 무리였다. 당호는 손을 뻗다가 내력이 이어지지 않는 것을 알게 되었다. 그에 당황한 당호는 어찌할 바를 몰랐다. 이제 와서 다시 내력을 거둔다는 것은 자신의 실력으로 어림도 없다고 생각했다. 너무도 허망했다. 그제야 어느 정도 정신을 차린 당호는 내가 왜 그랬을까? 라고 생각하며 손을 그대로 뻗어 나가는 수밖에는 없었다. 결과가 어찌 되든. 그래서일까? 그는 자신의 내력을 펼치다 말고 끓어오르는 분노로써 간신히 잡고 있던 정신을 놓을 수밖에 없었다. 그에 이번에는 정말로 진현을 초긴장 상태로 몰아가던 그의 공격이 멈추어 버렸다. 너무도 황당한 결과였다.

장내에서 서 있는 사람은 진현밖에 없었다. 사실 당호가 처음에 방심하지 않고, 두 번째로 분노해 흥분을 하지 않고 이성을 끝까지 지켜 무리한 공격을 하지 않았다면 여기 이 자리에 누워 있는 사람은 당호가 아니라 진현이라는 것은 십중팔구 분명했다. 아무리 고수와 삼류무사의 대결이라도 방심하는 쪽이 진다는 것은 삼척동자가 다 아는 사실이었다. 진현과 당호의 대련은 승부 간의 흥분과 방심 등 승부에 임하는 자세가 얼마나 지대한 영향을 끼치는지 알려주는 것이었다.

진현은 고개를 들어 주위를 훑어보았다. 모두들 뜻밖의 상황에 어안이 벙벙했지만 곧 환호성을 내지르며 축하해 주었다. 문제는 현공탑의 아이들만이라는 것이지만.

"괜찮으십니까?"

"괜찮습니다."

자신의 상태를 물어오는 진행자에게 진현은 가볍게 목례를 하고는 장내를 벗어나려 했다. 하지만 그것은 진행자에 의하여 제지가 되었다.

"이곳에 올라오셔서 상대방을 이긴 이상 쌍쌍무도회에서의 상대를 고르셔야 합니다."

진현은 몇 번이고 거절을 했지만 끈질기게 규정을 반복하여 설명해 주는 진행자에게 그만 져버렸다.

고개를 들어 모용혜가 자기 자신을 가리키며 뭐라고 말하는 것을 보니 진현은 그쪽으로는 고개도 돌리지 못했다.

"음……."

진현은 고개를 돌려 주위를 돌아보다가 그만 한 여인과 눈이 마주쳤다.

"련 누이."

사마화련이었다.

그녀 역시 진현과 마찬가지로 서로를 보자마자 격정에 빠졌다.

"운랑."

진현은 사마화련을 향해 자신도 모르게 다가갔다. 장 안을 지나 관중석으로 다가간 진현은 사마화련의 앞에 섰다. 가는 내내 그의 몸은 떨리고 있었다. 하지만 그의 눈은 한곳을 향해 초점을 맞추고 있었다. 오랜 시간 동안 그리워하며 애태우던 자신의 사랑이 있는 곳으로…….

"만약 짝이 없으시다면 저의 반쪽이 되어주시겠습니까?"

사마화련은 하마터면 그의 품에 뛰어들 뻔하였다. 하지만 무공을 수련할 때도 겪지 못했던 초인적인 인내심을 발휘했다.

주위의 남자 수련생뿐만 아니라 여자들도 숨을 죽이고 쳐다보았다. 그중에서 남자 수련생들은 어이없어하였다. 감히 현공탑의 수련생 따위가 자신들의 우상인 사마화련에게 말을 건 것도 모자라 자신의 반쪽이 되어달라고 하니 화조차 나지 않을 지경이었다. 하지만 사마화련이 저런 애송이에게 관심을 둘 리가 없다고 생각하며 저 녀석이 퇴짜를 맞고 나가는 순간 적절한 조치를 취하기로 마음먹었다. 하지만 또 한 번 그들의 예상을 빗나가고 말았다.

"예."

수줍은 듯이 고개를 숙이는 사마화련의 대답 소리에 남자들은 경악했다. 처음에는 잘못 들은 것이라 생각하며 자신의 귀를 의심했지만 곧 그것이 아니라는 것을 알게 되었을 때 그들은 광분했다. 그러나 그것도 잠시 그들은 자신의 사고를 정지시킬 수밖에 없었다.

바로 사마화련이 진현의 팔짱을 끼고 검성지회가 열리는 이 무대를 떠났기 때문이다.

"그동안 어떻게 지냈어? 나 보고 싶지 않았어?"

진현은 한참 진천무제가 열리고 있는, 자세히 말하자면 검성지회를 통해 자신의 짝을 찾고 있는 연무대에서 조금 멀리 떨어진 곳에서 쌍쌍무도회가 시작될 때까지 사마화련과 함께 앉아 이야기를 나누고 있었다.

"운랑이야말로 저 보고 싶지 않았어요?"

이제는 서로에 대한 그리움으로 인해 가슴을 가득히 메웠던 흥분과 격정이 어느 정도 진정되어 서로에게 농담을 하고 있는 두 사람이었다.

"얼마나 보고 싶었는데."

"저두요."

"그런데 나는 련 누이가 보고 싶어서 살이 다 빠질 지경인데 어째 련

누이는 갈수록 예뻐지는 거지?'

　말도 안 되는 소리를 하는 진현이었다. 사마화련이 물이 오를 대로 올라 아름다움의 극치를 발휘하는 것은 사실이지만 진현이 살이 빠졌다는 소리는 어불성설이었다. 요즘은 이상하게 영양분을 섭취하지 않아도 되었기에 참고 있지만 얼마 전까지만 하여도 이 근방의 사람이 먹을 수 있는 것은 씨가 마를 정도였는데 뭐시라고? 아무튼 자고로 남자는 여자 앞에서 뻥치기를 좋아하는 족속들이었다라는 것이 밝혀지는 순간이었다.

　"아참, 련 누이. 조금 전에 련 누이 옆에 서 있던 남자는 누구야? 얼른 스쳐 지나가는데 굉장한 살기를 주던걸."

　진현은 당호와의 경기가 끝나고 사마화련에게로 가서 신청을 하는 순간 자신을 향해 강렬한 살기를 내뿜던 남자를 기억하고는 사마화련에게 물어보았다.

　"아, 오룡(五龍)의 수좌인 금룡(金龍) 상관영(上官英) 말인가요?"

　"호오… 그 사람이 상관영이야? 어쩐지 더럽게 잘생겼다 싶었어."

　"그럼 뭐 해요? 난 운랑이 제일인걸요."

　진현의 마음을 붕 떠우는 발언을 하고 만 사마화련은 앞으로 일어날 사태를 짐작하지 못하고 오히려 부추기는 행동을 하고 말았다. 진현의 어깨에 머리를 기대었던 것이다.

　이에 그렇지 않아도 오랜만에 만나서 흥분을 주체하지 못했는데 어디 한번 잡숴보시와요 하고 무방비 상태로 달려드는(?) 사마화련을 가만히 놓아둘 진현이 아니었다.

　"어머!"

　진현은 사마화련을 껴안고는 자신의 입술을 가져갔다.

"음……."

사마화련은 일순간 정신이 아득해지는 것을 느끼며 자신의 본능에 충실해졌다. 진현은 사마화련의 입술에서 달콤한 꿀물이라도 나오는 듯 언제까지고 계속 그럴 것처럼 입술을 뗄 생각을 하지 않았다.

"음……."

사마화련이 답답한지 몸을 뒤척이자 그제야 진현은 아쉬운 눈길을 보내며 입술을 뗐다.

"미안해. 나도 모르게 그만……."

진현은 허락(?)도 받지 않고 자신의 본능대로 하는 바람에 사마화련에게 사과를 했다.

"아니에요. 저는 이미 운랑의 것인걸요."

아! 이 얼마나 위험한 발언인가. 이팔청춘이 다 되어가는 남녀에게 나는 당신의 것이라는 말은 불난 집에 기름을 통째로 붓는 것이라는 것을 모른단 말인가. 어허…….

아무튼 진현은 입이 귀에 걸리고, 가슴이 콩닥콩닥 뛰며, 정신이 몽롱해지는 미친놈 발광하는 직전에 있을 만한 지경에 이르렀다.

"아이, 운랑. 이럴 때 보면 정말 바보 같아요."

"응? 바보? 그래, 나 바보야. 바보의 맛을 봐라."

진현은 자신의 품에서 앙탈을 부리며 온갖 귀여움을 떠는 사마화련을 잠시도 가만두지 못했다. 그때 어디선가 이런 노래가…….

남자~는 여자~를 정말로 귀찮게 하네~

세상일이라는 것이 좋은 것이 있으면 나쁜 것이 있고 기분 좋은 놈이 있으면 나쁜 놈이 있다. 여기도 그런 놈, 아니, 남자가 있었으니…….

뿌드득 뿌드득.

엄청난 이 가는 소리를 내며 한곳을 응시하는 남자는 정말로 신이 내린 듯한 외모를 가지고 있는 소년이었다. 온몸을 부르르 떨며 주먹을 꽉 쥔 채로 그는 뭐라고 중얼거리고 있었다. 어디 한번 들어보자.

"죽… 여… 버린다. 죽여 버린다."

무슨 말을 이렇게 살벌하게 하며 벌겋게 충혈된 눈으로 노려보는 이 놈은 도대체 누구를 죽이겠다는 건지… 알 수 없는 일이었다. 아! 또다시 뭐라고 중얼거린다.

"명분이… 명분이 필요해."

이번에는 또 무슨 말인가? 왜 명분이 필요한지? 무슨 명분이 필요한지? 오직 자신만 알 수 있는 말을 하는 이 소년은 갑자기 어디론가 사라졌다.

"운랑, 이제 시간이 다 되었나 봐요. 우리도 어서 가요."

멀리서 쌍쌍무도회를 알리는 신호가 터지는 것을 본 사마화련이 아직도 자신을 품에 안고 있는 진현을 향해 속삭이듯 말했다. 그런데 말투가 무진장 아쉬워하는 말투였다.

"그래? 할 수 없지. 우리도 가야지 뭐."

병원 간 어린아이가 주사 맞기 싫어하며 지옥 같은 주사실을 향해 발걸음을 떼듯이 진현 역시 도통 움직이려 하지 않는 자신의 몸에 억지로 명령해서 움직였다.

그런데 이것들은 무도회장으로 가는 내내 뭐가 그리 즐거운지 주위의 모든 생물체를 닭살로 만드는 엄청난 만행을 저지르고 있었다.

"어? 저기 내 친구들이 있어. 련 누이, 저 친구들 만나면 알지? 우리는 오늘 처음 만난 거야."

사마화련은 진현이 왜 그러는지 알기 때문에 군소리없이 따랐다. 곧 진현과 사마화련은 모용자인과 남궁유 등이 있는 곳에 도착했다.

"어이, 그림 좋은데……."

지가 무슨 삼류파락호인지 분간이 안 서게 만드는 모용자인은 진현을 향해 진심으로 칭찬했다. 자신이 보기에도 정말 부러울 정도였다.

"아, 내가 저 자리에 있어야 되는 건데……."

생각하는 대로 말하는 언무청은 한바탕 욕을 얻어먹어야 했다. 물론 자신의 이름과 관련된 욕을.

"흥!"

고개를 쌩 하니 돌리는 모용혜의 얼굴에는 너 죽었어라는 그녀의 마음이 여실히 드러나 있었다. 그걸 본 진현은 사마화련 모르게 몸을 부르르 떨면서 식은땀을 흘려야 했던 것은 두말할 나위 없었다.

"정말 아름다우십니다."

모용자인의 이 한마디는 이곳에 모인 모두의 공통된 마음이었다. 심지어 입술을 삐죽이는 모용혜까지 인정할 정도로.

"말씀이라도 고맙습니다."

"아닙니다. 정말입니다. 그런데 이렇게 아름다우신 분이 왜 이런 못생기고 잘나지도 못한 놈을……."

순전히 너무도 궁금했던 이 한마디에 그만 모용자인은 사마화련에게 찍혀 버렸다. 아마 모용자인은 짐작하지 못하리라, 이 순간부터 늙어 죽는 날까지 구박받아야 했던 이유를.

"저는 이런 못생기고 잘나지도 못한 분에게 더 마음이 있습니다."

"아! 아버지, 저를 왜 이리도 잘나게 낳으셨나요?"

사마화련의 한마디에 침통해하는 언무청은 또다시 자신의 이름과 관련된 욕을 먹어야 했다.

"그런데 왜 너희들은 짝이 없어?"

진현은 결과야 어떻든 오기 싫었던 이곳까지 오게 했던 모용자인과 언무청, 그리고 아무 말도 하지 않았지만 자신과 마찬가지로 여기에 참가한 남궁유가 왜 짝이 없는 건지 궁금했다.

"응? 그게 말이지……."

말을 흘리며 옆에 있는 모용혜를 곁눈질하는 모용자인을 보아 하니 안 들어도 알 만하였다. 진현이 막판에 가서 삼천포로 새는 바람에 닭 쫓던 개 지붕 쳐다보는 신세가 되고 만 모용혜가 모용자인이라고 잘되 는 꼴을 보겠는가? 어림도 없는 소리다.

"그럼 청(淸)이는?"

"큭……."

"풋!"

다들 무슨 일이 있었는지 터져 나오는 웃음을 참지 못했다. 그에 언 무청은 하늘을 우러러 한 점 부끄럼 없는 마음으로 한숨으로 가득 찬 자신의 허파에 구멍을 내었다.

"휴우~ 어떻게 된 일이냐 하면……."

"풋… 푸하하하!"

간략하게 설명하자면 언무청도 진현이 말도 안 되는 성공을 하자 자 신도 희망을 가지고 나갔다고 한다. 그 역시 구담전의 수련생과 경기를 펼쳤는데 과정이야 어떻게 되었든 피투성이 영광을 등에 업고 승리를 따냈다고 하였다. 역시 관중의 수련생들은 말도 안 되는 상황이라며 떠들어댔지만 그에 상관없이 언무청은 자신이 마음에 들어하는 여인에게 다가가 진현과 똑같은 멘트로 구애를 했다. 하지만 결과는 상상했던 것처럼… 역시 현실은 무서웠고 상상은 상상으로 끝나는 사태가 벌어지고 말았다.

이에 불복한 언무청은 진행자에게 협박 어린 부탁을 하여 다시 한 번 기회를 얻게 되는 쾌거를 이루게 되었다. 용기백배한 언무청이 달려간 곳은 좀 전에 자신이 구애를 했던 여인 못지 않게 아름다운 여인이었다. 그러나 또다시 언무청은 고배를 마시게 되었고 말도 안 되는 승리에 야유를 보내던 구담전의 관중들까지 애도를 표하게 되고 마는, 아니, 물과 기름 같았던 구담전과 현공탑의 아이들이 하나로 묶여 응원을 하게끔 만드는 전무후무했던 거사의 중앙에 서게 되었다.

하지만 당신이 여자라고 생각하고 만약이지만, 정말 이런 상상을 하게 하여서 미안하지만 만약에 언무청이 당신에게 구애를 한다고 생각을 해보자. 아! 아! 만약이라고 했지 않는가? 그렇다. 생각하기조차 싫을 것이다. 나 또한 마찬가지. 우리가 이런데 실제로 당했던 여자의 입장은 어떻겠는가?

아무튼 거절을 당한 언무청은 주위가 어두워지고 오직 자신만을 향한 한줄기 빛을 받으며 혼자만의 공간에 빠져 버렸다. 그로 인해 경기 진행의 차질을 빚은 주최 측에서는 이 곰 같은 언무청을 무대 밖으로 내쫓기 위해서 엄청난 노력을 하게 되었다. 그 와중에 진짜로 있었는지는 모르지만 언무청은 자신의 이름과 관련된 욕을 하는 환청을 듣게 되고 끝내는 난동까지 부리게 되고 말았다.

"지금 니 두 눈이 그 모양이 된 이유가 그거란 말이야?"

자꾸만 언무청의 손에 가려져 세상의 빛을 보지 못하고 있는 언무청의 두 눈 주위가 검게 물들어 있었다.

이제 이야깃거리의 대상이 한 명 남았다.

"유는 구할 생각조차 안 하던걸. 오히려 유 덕분에 여자들의 경기까지 볼 수 있었어. 정말 대단했었지."

좀 전에 있었던 화려하고 치열했던 경기 한 장면 한 장면을 회상하는 모용자인의 두 눈은 어느새 몽롱해져 있었다. 결과는 뭐 남궁유가 거절을 하는 바람에 치열했던 남궁유 쟁탈전은 싱겁게 끝나고 말았지만 정말 생각할수록 감탄을 금치 못하게 만들었던 희대의 명장면이었다.

"그건 그렇고 우리도 이제 가야지? 봐, 다들 즐기기에 바빠 정신이 없잖아."

진현과 사마화련은 서둘러 자신들도 그 대열에 합류하기 위해서 갔고 그 뒤로 얼빠진 두 명의 사내와 입이 어디까지 나와 있는 한 소녀, 그리고 냉랭한 포커 페이스를 유지하고 있는 남궁유가 뒤따르고 있었다.

제9장

우리 친구 아이가

 우리 친구 아이가

"현공탑의 아이들이 그렇게 설치다니… 있을 수 없는 일이 벌어졌어."

상관영(上官英)은 진짜로 그저 지나가는 투로 말한 것이었다.

"그래, 맞아."

"어떻게 그런 삼류 같은 놈들이……."

"무엇보다도 우리 사마 소저가 그렇게 되었다는 것은 정말로 믿기 힘든 일이었어."

"맞아맞아."

어둠의 자식들인가? 상관영의 한마디에 다들 눈이 충혈된 상태로 목에 핏대를 세우며 무슨 할 말이 그리 많은지 떠들어대기 시작했다. 주위의 어둠과 조화를 이루는 그들의 모습은 마치 사이비 교의 광신도(狂信徒)들 같았다.

"죽여야 해!"

"없애야 해!"

"그런 놈들이 더 이상 설치는 것을 두고 봐선 안 되지."

"그럼, 그렇고말고. 우리 이제 더 이상 참지 말고 나서자."

말은 달랐지만 뜻은 하나로 통일된 그들은 다들 적의(敵意)로 불타오르고 있었다.

상관영은 이쯤 되면 되었다고 생각했다. 이렇게 분위기가 무르익은 상태에서 더 나아간다면 그들 자신끼리 자중지란을 펼칠 것이 분명하기에 자신이 나서야 할 때가 왔다고 생각했다.

"험, 험. 이보게들, 내 말 좀 들어보지 않겠나?"

상관영의 한마디에 좌중은 순식간에 조용해졌다. 은연중에 이곳에 모인 이들 중 우두머리로 인식하고 있는 이상 그의 말을 거부할 의사는 없다고 봐도 무방했다.

"썩 내키지는 않지만 나도 자네들의 생각과 같다고 볼 수 있네."

상관영은 그렇게 운을 떠우며 자신이 생각했던 계획을 차근차근 풀어 나갔다.

"사실 말이야 바른 말이지, 앞으로 각자의 가문과 맹을 이끌 우리들 앞에서 기껏 경비 무사나 될 그런 이들이 설친다는 것은 말도 안 되지, 암. 해서 난 여기 모인 여러분에게 한 가지 방책을 알려주려 하네."

분명 정파(正派)의 자손임에도 불구하고 사파(邪派)인처럼 어둠의 공간에서 그들은 계속해서 속닥속닥 악당 모의를 하고 있었다.

비록 속가사대세가의 자손은 아니지만 검의 가문으로 너무나도 유명한 공손세가(公孫世家)의 자제인 공손한(公孫邯)은 자신의 이름에 맞지 않게 눈알을 부라리며 한쪽을 응시하고 있었다.

"저기에 있군."

그에 공손한과 같은 구담전 소속인 사파(四派) 중 화산파(華山派) 제자 시철영(施哲營)이 응대를 했다.

"흐흐흐, 이제 계획대로 하는 일만 남았군."

"그래. 아무리 생각해도 저놈만은 용서할 수 없었어."

공손한은 정말로 자신의 눈앞에 보이는 저놈만은 용서하지 않을 것이라 다짐하고 또 다짐했다. 감히 자신의 여신을 빼앗아가다니. 기실 그에게는 현공탑의 아이들이 무엇을 하든 상관없었다. 가문의 무공인 검의 길을 찾기에도 바쁜 그였기에 여기에 온다는 것부터가 마음에 들지 않았다. 하지만 그녀가 여기 왔기 때문에 그도 온 것이었다. 그런데 그의 그녀가 떠나갔다. 그가 보는 눈앞에서. 그렇게도 무시하던 현공탑 아이의 손에… 이제 그에게 남은 것은 실망과 분노뿐이었다. 그 분노를 풀 대상이 필요했다. 그나마 다행인 것은 이런 그에게 그 길을 알려주는 친절한 친구가 있었다는 것이다.

"영(英), 정말 고맙다. 이렇게라도 하지 않으면 도저히 못 참을 것 같았다."

"우리가 아무리 이렇게 화를 낸다 하여도 현공탑 전체를 처리할 순 없어. 하지만 본보기는 필요하겠지. 우선 대상을 찾자. 난 이미 생각해 둔 아이가 있다. 그래, 너희들 심정과 같다. 우리의 여신을 빼앗아간 그 녀석. 그 녀석을 본보기로 삼아서 그들에게 경각심을 일깨워 주자. 그러나 정석대로는 안 돼. 우리가 이러는 것을 그녀가 알면 좋지 않을 거야. 하지만 방법은 있지. 우리가 못 간다면 그 녀석이 오도록 하는 거야."

공손한은 정말로 자신이 친구 하나는 기차게 두었다고 생각했다. 무공도 무공이지만 정말로 머리 하나는 비상한 녀석이었다. 그러니 단지 머리 하나만으로도 오룡의 수좌에 올랐겠지만.

"그 녀석이 오게 하려면 먼저 그의 관심을 이쪽으로 오게 만들어야 해. 거기에는 그의 주위를 건드리는 것만큼 좋은 것이 없지. 우선 그의 동료를 건드려. 아마 그들도 서서히 달아오를 거야. 절대로 그들이 먼저 도발하게 만들어야 해. 너희들이 먼저 나서 버리면 이 계획은 없던 거나 마찬가지야."

"그래, 어디 한번 해보자."

진현과 아이들은 여기에 모인 다른 아이들처럼 즐기기에 여념이 없었다.
하하. 호호.
특히 진현과 사마화련은 뭐가 그리 즐거운 게 많은지 사소한 일에도 박장대소를 했다. 허파에 바람이 들어간 이들 같았다.
"에잉."
언무청은 천상 선녀와도 같은 사마화련과 한시도 떨어지지 않는 진현이 무러워 숙을 지경이었다. 아무리 생각해도 자신이 진현보다 못한 것이 없는데 왜 이런 꼴일까 하고 생각하니 하늘이 원망스러울 뿐이었다.
'왜 여자들은 나의 진가를 몰라볼까?'
언무청은 속으로 되씹었다. 그때였다, 자신의 눈에 한 여인이 들어옴은. 비록 사마화련과 비교하기에 조금 무리가 있었지만 결코 빠지는 미모가 아니었다. 그러니 언무청이 처음부터 그녀에게 다가가 구애를 했었겠지만. 하지만 언무청에게는 그림의 떡이었다[畵中之餠]. 그녀에게 차인 이상 또다시 구애를 한다는 것은 아무리 여자가 궁한 그이지만 용납할 수 없는 것이기 때문이었다.

언무청의 이런 마음을 아는지 모르는지 문인혜(聞仁惠)는 검성지회에서 그 난리를 겪는 바람에 자신의 짝을 못 찾아 외로운 쌍쌍무도회를 보내야만 했다. 쓸쓸해 보이는 그녀의 눈에 그녀를 이 지경(?)으로 만든 언무청이 들어왔다. 무슨 바람이 불었는지, 아니면 갑자기 미치기라도 한 건지 문인혜는 언무청이 있는 방향으로 걸어갔다.

언무청은 자신을 향해 사뿐사뿐 교보를 움직이는 문인혜를 보며 설마 했다. 그런데 혹시나가 역시나가 되어버렸다. 그녀가 언무청의 거대한 몸 앞에서 보는 사람으로 하여금 가슴 떨리게 하던 교보를 멈추었다. 언무청은 믿을 수가 없었다. 문인혜가 자신에게 스스로 오다니. 무슨 이유가 있는지 모르지만 그것은 언무청이 알 바가 아니었다. 그에게 중요한 것은 문인혜가 자신에게 왔다는 것이었다.

"저… 문(聞) 소저… 어쩐 일로…….."

언무청은 몸에 맞지 않게 더듬거리며 말을 이어갔다. 이런 순수한 언무청의 마음이 문인혜의 가슴에 닿았기 때문일까? 문인혜는 미소를 지었다. 삼봉(三鳳)의 하나인 백봉(白鳳)인 문인혜가 미소 짓자 주위가 환히 밝아지는 것 같았다.

백봉(白鳳) 문인혜(聞仁惠).

시철영(施哲嶺)과 함께 화산(華山)의 제자인 그녀는 어렸을 때부터 타고난 미모로 당금 무림 후기지수 중 삼봉의 일인으로 자리매김한 여인이었다. 하지만 그녀는 어찌 보면 사마화련과 같은 경우로 더욱 유명했다. 그것은 그녀의 또 다른 별호인 문봉(文鳳)에서 잘 알 수 있다. 구음(九陰)의 선천지재(先天之材)와는 달리 오직 그녀의 힘만으로 지금의 명성을 이어 누가 뭐라 해도 삼봉의 일인임을 부인할 수 없었다.

"헤~"

언무청은 이 엄청난 미모를 자랑하고 있는 문인혜가 자신의 앞에서 미소 짓자 정신을 차릴 수가 없었다. 이에 멍청하게 보이는 언무청의 얼굴을 보는 문인혜는 겉과는 달리 짜증을 부리지 않을 수 없었다.

'왜 사형은 나에게 이런 부탁을 한 거지? 도대체 나를 뭘로 보고 이런 거야?'

언무청이 문인혜의 이런 속사정을 들을 수 없다는 것은 천만다행이었다.

"제가 언 소협(彦小俠)에게 온 것은 그대에게 책임을 묻기 위해서예요."

"책임이라뇨?"

언무청은 문인혜의 이 한마디가 이해되지 않아 반문을 하였다.

"책임을 지셔야죠. 그대 덕분에 저는 한 번밖에 없을 쌍쌍무도회를 홀로 보내게 되었는데 그럼 책임을 지지 않겠다는 말인가요?"

언무청은 문인혜의 말에 고개를 들 수가 없었다. 사실 말이야 바른 말이지, 언무청 때문에 그녀는 초반부터 기분을 잡쳐야 했고 더 나아가서는 언무청이 연무대에서 그 난리를 피우는 바람에 다음에 올 수도 있었을 기회를 놓쳐야 했다.

"그럼… 어떻게……."

"결자해지(結者解之)라 했으니, 원인을 제공한 사람이 푸는 게 마땅한 것 아닌가요?"

언무청은 자신의 귀를 의심했다. 아무리 멍청한 그일지라도 방금 전그녀가 한 말의 뜻을 잘 알고 있기에 도저히 믿을 수가 없었다.

"그럼… 소저는 저와……."

"예, 그래요."

갑자기 언무청의 주위에 꽃이 피고 나비가 날며 폭죽이 터지는 괴현상이 일어났다. 물론 다른 사람의 눈에는 보이지 않지만 언무청은 분명히 보았다고 그의 일기에 적혀 있었다.

'오오오오~! 나에게도 드디어 봄이…….'

언무청은 자신을 의아하게 쳐다보는 문인혜를 뒤로 두고 옷가짐을 조심히 하여 무릎을 꿇고는 자신의 가문이 있는 방향에 절을 하였다.

'아버지, 색싯감 데리고 가겠습니다. 조금만 기다려 주십시오. 크흑.'

곧 이어 조상의 예까지 치르고 난 언무청은 뭐가 뭔지 어리둥절해 있는 문인혜를 거대한 손으로 이끌며 보란 듯이 앞으로 나아갔다.

"문 소저, 가시지요. 흠, 흠."

'역시 사람은 사귀고 보라는 말이 헛말이 아니었구나.'

문인혜는 언무청과 짧은 시간 동안 있었지만 그의 순박한 마음씨를 엿볼 수 있는 데는 부족함이 없었다. 비록 자신이 자신의 사형 시철영의 부탁이 아니었으면 이런 일도 없었겠지만 막상 같이 지내다 보니그리 폭탄 급 인물은 아니라 여겨졌다. 만약 결혼이나 연애라는 조건

하에서는 문제가 달라지지만 오늘 하루 같이 있는 것에는 그리 불만이 없는 문인혜였다. 오히려 그의 순박하지만 재치있는 말솜씨는 그녀로 하여금 시간 가는 줄도 모르게 만들었다.

"하하하."

"호호호."

"그래서요?"

"그래서 어떻게 되었겠습니까? 그냥 먹었죠."

"어머!"

언무청은 한참 그의 현공탑 수련 시절 이야기를 해주고 있었다. 언무청과는 달리 충족한 생활을 즐기는 문인혜였기에 언무청의 이야기에 흥미가 이는 것은 당연하였다.

언무청은 시간 가는 줄 모르고 한참을 이야기하다 문득 목이 타는 것을 느꼈다. 하긴 장장 한 시진(2시간) 동안 그의 입이 쉴 틈이 없었으니 목이 마르지 않으면 그게 정상이 아닐 것이다.

"험험……."

"언 공자, 목이 타나 보군요. 그럼 우리 어디 가서 마실 것이라도 마셔요."

미련하게도 목이 탄다고 말을 못하고 계속 헛기침만 하는 언무청을 보며 내심을 짐작한 문인혜는 예의 환한 미소를 지으며 그의 갈증을 풀어주었다.

"아, 마침 저기 차(茶)가 있네요. 제가 가지고 올게요."

언무청은 쌍쌍무도회를 즐기는 수련생을 위하여 주최 측에서 마련한 차가 있는 곳으로 재빨리 다가갔다. 다른 곳에 비하여 차를 먹으러 오는 수련생들이 아무도 없었기에 금방 집을 수 있었다. 언무청은 많은 찻잔 중에서 유독 자신의 마음을 끄는 찻잔 두 개를 집어 들었다. 그리고 차 두 잔을 가지고 다시 문인혜가 있는 곳으로 돌아왔다.

"여기 있어요. 문 소저도 드세요."

"아, 고마워요. 차 향기가 참 좋네요."

문인혜는 차의 향을 맡으며 한 모금씩 마셨다. 그 모습을 보는 언무청은 차를 마시는 모습도 아름답구나라고 생각하며 정말로 문인혜가 자신의 여자가 되었으면 좋겠다는 생각을 하였다.

차를 다 마신 언무청과 문인혜는 음주가무(飮酒歌舞)는 아니지만 가무(歌舞)를 즐기는 수련생들 틈으로 들어갔다.

"아! 다리가 아프군요."

문인혜는 무공을 익힌 사람답지 않게 이상하게도 온몸에 맥이 풀리는 것을 느끼며 언무청을 향해 말했다.

"그런가요. 그러고 보니 저도… 그럼 어디로 가서 쉬는 것은 어떨까요?"

그 말에 문인혜와 언무청은 곧 가무가 한창인 곳을 빠져나와 조금 떨어진 한적한 곳에 자리를 잡고 앉았다.

"언 공자는 참 재밌는 분이세요."

이곳에 와서도 끊임없이 자기를 재밌게 해주는 언무청을 향해 문인혜는 자신의 솔직한 마음을 털어놓았다. 이에 입이 귀까지 찢어진 언무청은 더욱 신이 나서 그녀를 즐겁게 해주기에 바빠졌다.

"그런데 자꾸 힘이 빠지는 것 같아요. 이상하네? 왜 이러지?"

"그렇게 말씀하시니 저도 그런 것 같습니다."

언무청도 자꾸만 힘이 빠진다는 문인혜의 말에 자신도 이상하게 맥을 못 추는 것 같았다.

"아! 안 되겠어요. 돌아가야겠어요. 도저히 몸이 피곤해서……."

말을 하며 몸을 일으키는 문인혜를 언무청은 부축하였다. 그러자 그녀의 체향이 솟아와 그의 가슴을 흥분시켰다. 얼굴이 발갛게 상기된 언무청은 문인혜를 부축하고 있던 손을 놔버렸다.

"어머, 왜 그러세요. 어디 아픈가요?"

자신을 부축하다 갑자기 손을 놓는 그를 보며 어디 아픈지 걱정된 문인혜는 물어보았다. 그리고 붉게 상기된 언무청의 얼굴을 보게 된 문인혜는 정말로 언무청이 아픈가 하며 그의 얼굴을 쳐다보았다.

갑자기 얼굴을 들이대는 문인혜의 자태에 언무청은 가슴속에서 기이한 것이 샘솟아 자신의 흥분된 상태를 고조시키는 것을 알게 되었다. 이에 계속해서 마음을 진정시키며 흥분된 자신의 가슴을 달래려 하였지만 도리어 그 흥분은 커져만 갔다.

"아악!"

문인혜는 계속해서 가쁜 숨을 몰아쉬고 있던 언무청이 자신의 손을 거칠게 잡자 신음을 토했다. 이상한 마음에 손을 뿌리치려 하였다. 그런데 웬걸? 언무청이 아무리 덩치가 크고 외공을 익혔다고 하지만 내가고수인 그녀의 힘으로도 벗어날 수가 없었다. 도리어 맥이 빠져 있던 자신의 몸에서 기이한 기운이 생기는 걸 느끼는 문인혜였다.

언무청은 자신이 왜 불경하게도 문인혜의 손을 잡았는지 이해하지 못했으며 손을 놓아야 한다는 이성과 달리 본능이 놓으려 하지 않는다는 걸 알게 되었다. 이런 사정은 문인혜 쪽도 마찬가지였다. 처음에는 그에게서 손을 빼려 했지만 기이한 기운이 자신을 감싸자 이제는 그가 불현듯 치민 자신의 갈증을 해소해 주었으면 좋겠다는 생각이 들었다.

계속 자신을 흥분시키는 기운에 정신이 없던 문인혜는 언무청이 남은 팔까지 거칠게 잡자 그 아픔으로 간신히 정신을 차릴 수 있었다.

'이상해. 이럴 수가 없어. 왜 나의 내공이 끌어올려지지 않는 거지? 아! 이건……'

백봉과 더불어 문봉이라는 별호답게 그녀는 전후사정을 파악할 수 있었다. 그렇다. 미혼약(迷魂藥)이었던 것이다. 그것이 아니라면 자신을 이토록 맥을 못 추게 만들 수가 없다고 생각한 문인혜는 소리를 질렀다.

"감히… 니가… 나에게 이런 하독(下毒)을……!"

언무청은 본능과는 달리 멀쩡한 자신의 이성으로 그녀가 하는 말을 똑똑히 들을 수가 있었다. 그런데 하독이라니… 무슨 독이란 말인가. 이해를 하지 못한 그는 그녀를 계속해서 쳐다보는 수밖에 없었다.

"그래도 너를 착하다 보았는데… 이런 하수를 쓰다니… 정말로 파렴치한이구나."

그때였다.

"무슨 일이에요!"

갑자기 나타난 공손한과 시철영은 무슨 일이냐는 듯이 문인혜를 향해 물었다.

"글쎄, 이… 자가… 이자가… 나에게 하독을……"

갈수록 힘이 빠져서인지 말도 제대로 잇지 못하는 그녀를 보며 공손한과 시철영은 속으로 쾌재를 불렀다.

'역시 계획은 적중했군. 이제 남은 것은 그 녀석만 오면 되겠구나.'

이런 속마음은 철저히 숨긴 채 공손한과 시철영은 언무청을 향해 소리쳤다.

"니가 정녕 감히 나의 사매에게 하독을 했다는 말이냐! 말을 해보거라!"

화가 단단히 난 듯 결코 그냥 넘어가지 않겠다는 의지를 확연히 보여주는 시철영에게 언무청은 아무 말도 할 수 없었다. 자신도 모르는 일이라는 것은 둘째 치고 몸에 힘이 빠져 대답할 기운도 없었다.

"대답을 하지 않는 것을 보니 정말이구나. 감히 니가 분수도 모르고 나의 사매에게……."

시철영은 손에 자신의 내공을 모아 언무청을 내려쳤다.

"으윽……."

가슴을 강타당한 언무청은 깨지는 듯한 통증을 느끼며 나가떨어졌다.

언무청이 그렇게도 부러워했던 진현은 지금 혼자서 쌍쌍무도회를 보내야만 했다. 원래부터 쌍쌍무도회에 관심이 없었던 남궁유는 먼저 숙소로 간 지 오래되었고 모용자인과 모용혜는 무슨 일이 있는지 급히 어디론가 사라졌다. 그리고 마지막까지 남아 있던 사마화련 역시 갑자기 찾아온 한 소녀에게 이끌려 어디론가 떠나보내야 했던 터였다.

"련 누이만큼이나 아름다운 외모를 가진 소녀가 있다니… 역시 세상은 넓구나."

진현은 사마화련을 데리고 간 소녀의 얼굴을 떠올리며 중얼거렸다.

"단목수수(端木秀秀)라… 그러고 보니 그녀는 단목가(端木家)의 사람이잖아. 그러면 나하고는 외사촌이네. 쯧쯧, 한심하다, 진현아. 하긴 알아도 아는 체는 못하지만……."

단목수수(端木秀秀).

속가사대세가의 금지옥엽(金枝玉葉)으로 그 미모가 하늘에 달했다는 평을 받고 있는 실정이다. 백봉(白鳳), 적봉(赤鳳)과 더불어 삼봉(三鳳)의 한자리를 차지하고 있는 그녀는 화봉(花鳳)이라는 별호를 가지고 있다. 얼마나 대단한 미모를 가지고 있는지 알려주는 예였다.

그렇게 자신을 책망하는 듯한 생각에 빠져 있는 그에게 별 반갑지 않은 소리가 들려왔다.

웅성웅성.

"왜 이리 시끄럽지?"

진현은 아이들이 모여 웅성대고 있는 곳을 바라보았다. 하지만 아이들에 의하여 둘러싸인 그곳의 사정을 알기에는 무리가 있었다.

"심심한데 저곳이나 구경해야겠다."

조금 시간이 걸릴 것 같다는 사마화련의 말을 떠올리며 진현은 아이들이 모인 곳으로 향해 갔다. 어느새 도착한 진현은 아이들 사이를 비집고 들어가 그 안의 사정을 보려 했다.

"아니!"

아이들에 의해 둘러싸인 공간에는 자신이 잘 알고 있는 아이, 아니, 곰 한 마리가 쓰러져 있었다. 그 앞에는 두 명의 남자가 검을 빼어 들고 서 있었고 옆에 서 있는 나무에 손을 짚고 버티고 있는 여자가 있었다.

"청(淸)!"

진현은 피를 흘리며 쓰러져 있는 언무청을 향해 달려갔다. 정신을 잃었는지 축 늘어져 있는 언무청은 진현의 부르짖음에 대답할 수가 없었다.

"청, 이게 무슨 일이야? 영?! 정신이 있으면 말을 해봐. 어서!"

언무청이 정신을 잃었다는 것을 망각한 채 계속해서 언무청에게 말을 하고 있는 진현을 향해 공손한이 내심 쾌재를 부르며 소릴 질렀다.

"네놈은 누구냐?"

"나는 여기 있는 언무청의 친구다. 청이 무슨 잘못을 했기에 이 지경으로 만들어놓았지?"

진현도 이름만 공손한 공손한의 말투처럼 반말로 일관했다.

"흐흐, 그렇게도 알고 싶으냐? 이놈은 감히 나의 사매를 욕보이려 한 놈이다!"

청천벽력(靑天霹靂).

가히 마른하늘에 날벼락과도 같은 이 말에 진현은 정신을 차릴 수가 없었다. 욕보이려 했다니… 진현은 욕보인다는 말의 뜻을 사전적 의미까지 정확히 알고 있기 때문에 도저히 믿을 수가 없었다.

"거… 짓말! 내 친구 청이가 그런 일을 할 리 없어!"

떨리는 말로 진현은 강하게 부정했다. 그뿐만 아니라 언무청을 알고 있는 사람이라면 아마도 진현과 같은 반응을 보일 것이다.

"내가 거짓말을 하고 있다는 말이냐? 그럼 저기 있는 나의 사매에게도 그런 말을 해보시지."

진현이 눈을 돌리니 굉장한 미모의 소녀가 나무에 기대어서 있는 것을 볼 수 있었다. 한 가지 흠이라면 몸에 힘이 없는 듯 피곤한 기색을 표하고 있다는 것이었다. 진현은 믿기 힘들지만 사실임을 알 수 있었다. 하지만 진현은 분명 이 일에는 무언가 알지 못하는 것이 있다고 생각했다. 그렇지 않고서야 조금 우악스럽기는 하지만 어떤 누구보다 순박한 언무청이 그런 일을 저지를 리 없기 때문이었다.

"이제는 딴말을 못하겠지. 비켜라! 너와는 상관없는 일이니 너에게 책임을 묻지는 않겠다. 하지만 저놈만은 오늘 몸 성히 갈 수 없음을 알아야 한다."

말은 그렇게 했지만 여기서 진현이 물러나면 절대로 안 된다고 생각했다. 그런 시철영의 간절한 바람대로 진현은 방관자처럼 행동하지 않았다.

"죄송합니다. 비록 경과를 몰라 어떤 사정이 있었는지 모르지만 저 소저 분께서 그리되셨다는 것에는 할 말이 없었습니다. 하지만 아마 여기에는 오해가 있는 듯합니다. 그러니 제발 전후사정을 알고 난 뒤에 하심이 어떻겠습니까?"

진현이 방금 전과는 정반대의 태도를 보이며 머리를 숙이고 사과했다. 이 모습에 시철영과 공손한은 쾌재를 부르며 짐짓 더욱 성난 모습을 보였다.

"흥, 오해? 미혼약까지 사용하였는데 그게 오해란 말이냐?"

"미… 혼… 약?"

진현은 정신이 아득했다. 이제는 빼도 박도 못하는 실정이었다. 미혼약이라니… 파락호 혹은 무뢰한들이나 쓰는 미혼약이라니… 그래도 물러설 수 없었다. 그 이유는 언무청이 그에게 있어 이 세계에 와서 처음으로 사귄 친구들 중 하나이기 때문이다.

"그렇다. 우리 사매의 무공이 무서우니 미혼약밖에는 방법이 없었겠지. 이제 알았으면 꺼져라!"

시철영과 공손한은 다시 한 번 자세를 잡아갔다. 마치 언무청을 죽여야만 속이 풀릴 듯 수중에 검을 들고 있는 폼이 예사롭지 않았다.

"헉… 이봐요, 설마 죽일 참이오?"

진현은 그들의 모습에 당황하지 않을 수 없었다. 비록 내가(內家)의 길을 모른다고 하지만 그들의 검에서 뿜어져 나오는 기운은 가히 범상치 않았기 때문이었다.

"그렇다면?"

"아니 됩니다. 설사 청이 그런 일을 했다손 치더라도 살인이라뇨. 그리고 이곳은 소천성탑. 이곳에서 살인을 하면 어떻게 되는지 잘 알고 계시지 않습니까?"

진현은 소천성탑의 규율까지 들먹여 가며 한사코 말리려 하였다. 하지만 그들의 기세는 멈출 기미가 보이지 않았다.

"흐흐흐… 말은 잘하는구나. 그러면 너희 여동생이 그런 일을 당하고도 이렇게 나올까? 그리고 소천성탑의 규율. 너는 한 가지만 알고 다른 것은 모르는구나. 분명 소천성탑의 규율에는 강호의 도의에 어긋난 일을 할 때에는 즉결 심판이 가능하다 나와 있다."

시철영은 자신의 검을 머리 위로 올리며 진현의 말에 응대를 하였다. 그의 말에 진현은 잘못하면 언무청이 이곳에서 뼈를 묻을 수도 있다는 생각까지 하였다.

"잠… 깐……"

그때였다, 이제까지 정신을 잃고 있었던 언무청이 깨어난 것은. 거대한 몸을 간신히 일으켜 세우며 언무청은 시철영을 향해 말했다.

"이보시오… 분명… 여기에는 우리가… 알지 못하는 음모가 있…소. 그녀뿐만… 아니라… 나도 미혼약에… 중독된 것 같소."

언무청은 이제까지 자신의 힘이 빠져 있는 것이 미혼약 때문이라는 것을 알고 그에게 간절히 말했다. 자칫하면 자신은 물론이고 진현까지

화를 당한다는 것을 알기 때문이었다.

"음모? 음모란 말이지? 하하하··· 니까짓 게 무언데 너에게 음모를 씌운다 말이냐? 그리고 뭐? 너도 중독이 되었다? 이게 어디서 하찮은 술수를 쓰는 게냐? 이것이 자신의 잘못을 반성하기는커녕 터진 입이라고 잘도 지껄이고 있구나."

공손한은 마지막 말을 하며 자신의 검을 앞으로 내찔렀다.

"으악!"

언무청의 가슴에서 한줄기 혈선(血線)이 비치더니 곧 새빨간 피가 솟아 나왔다. 피가 솟구치며 쩌억 벌어지는 것을 보아하니 가벼운 상처가 아니었다.

"아니……."

진현은 말릴 틈도 없이 검을 쓰는 공손한을 보자 노화가 치밀었다. 그런 그의 마음은 언무청의 피를 보자 흥분으로 바뀌었다.

"네놈이··· 감히··· 청이를······."

진현은 공손한을 향해 달려들었다. 생각이고 뭐고 없었다. 그저 자신의 친구 몸에서 피를 보게 한 저 녀석을 때려눕혀야 한다는 생각밖에 없었다.

'옳지. 잘한다. 그래, 어서 오너라.'

공손한과 시철영은 서로 눈빛을 주고받았다. 그러더니 시철영이 한 발짝 나섰다.

"네놈도 죽고 싶은 모양이구나. 그래, 너도 죽여주마."

시철영은 진현을 향해 가볍게 검을 내리그었다. 하지만 겉보기만 가벼워 보일 뿐 실상은 그렇지 않았다. 자신의 참고 있던 증오를 담았기에 그의 위력은 짐작하기 어려웠다.

화산검공 매화십이검(華山劍功 梅花十二劍).

매설봉하(梅雪逢夏).

―매화의 눈꽃이 여름까지 가는구나.

　진현은 가볍게 보이는 일검(一劍)에 강맹한 기가 내포되어 있다는 것을 알고는 감히 자신의 흥분대로 몸을 움직이지 않았다. 사실 지난날 선상에서 만난 파락호 1, 2와의 대전(對戰) 때 사마화련이 일러준 명경지수(明鏡止水)라는 말을 듣고부터 그 경지에 이를 수련에 아주 많은 시간을 할애해 왔기에 가능한 일이었다. 그렇지 않다면 자신의 친구가 피를 뿌리고 쓰러졌는데 흥분을 참을 수가 있었겠는가.

　진현은 시철영의 검에 감히 맨손으로 맞설 수 없음을 잘 알기에 주위의 나뭇가지라도 주워 들었다. 그리고 그의 검신(劍身)을 향해 나뭇가지를 뻗었다. 검날이 아닌 검신에 부딪친 진현의 나뭇가지는 잘라지지 않고 오히려 그의 검을 감싸 안았다. 둥글게 원을 그리듯 감싸는 진현의 나뭇가지는 살짝 그의 검을 비켜나게 했다.

　"윽!"

　이 비명의 주인은 진현이었다. 아무리 조진환의 무리(武理)가 상승무학이다 하나 내공이 없는 진현이 내공이 가득 실린, 그것도 비록 화산의 비전절예(秘傳絶藝)는 아니지만 상승의 검공(劍功)인 매화십이검(梅花十二劍)을 맞서기에는 무리가 있었다. 그의 검로(劍路)를 틀어 간신히 빗나가게 하긴 했지만 그의 날카로운 검날을 피하기엔 시철영의 화후가 너무 깊었고 검법이 너무 오묘했다.

　"제길……!"

"과연 한 수가 있구나. 그러니 덤벼들었던 것이겠지. 하지만 이것까지 막을 수 있는지 보자."

좀 전의 간단해 보이던 일검과는 달리 이번에는 여러 개의 문양을 그리며 시철영의 검이 나아갔다.

화산검공 매화십이검(華山劍功 梅花十二劍).

매화점점(梅花點點).

─매화의 꽃송이가 점점이 뿌려지니 그 누가 피할쏜가.

진현은 자신을 향해 다가오는 매화 꽃송이를 보았다. 하나, 둘, 셋, 넷……. 비록 모두 네 개뿐이었지만 자신이 피할 곳은 없었다. 너무도 현란해 보이는 그의 검에 그는 감히 맞설 엄두조차 내지 못했다. 그래도 그는 입술을 깨물며 수중에 있는 나뭇가지를 내질렀다.

툭.

진현의 나뭇가지가 아까와는 달리 보기 좋게 잘리며 땅에 떨어졌다.

"크아악!"

가슴의 중앙에서 이어진 검상은 왼쪽 팔까지 이어졌다.

뚝뚝.

진현의 가슴과 팔에는 새빨간 피들이 한 방울씩 떨어지더니 이내 작은 물이 흐르는 것처럼 흘러나왔다. 몸에서 많은 피가 빠져나가자 진현은 현기증을 느꼈다. 어지러움과 함께 쉬고 싶다는 생각이 간절했다. 하지만 그는 자신의 헝그리 정신을 떠올리며 몸을 움직였다.

"난… 이… 제… 쉽… 게… 당하지… 않… 는… 다……."

털썩.

마지막 한마디를 내뱉은 진현은 바닥에 쓰러지고야 말았다.

"아직 멀었다. 다시는 분수도 모르게 나서지 못하도록 무공을 전폐시켜 주마."

시철영은 다시 한 번 검을 내질러 진현의 사대근맥(四大筋脈)을 향해 나아갔다.

"멈춰라!"

무공 전폐에 있어 제일은 뭐니 뭐니 해도 단전의 파괴이다. 내가의 길을 걷는 무인들의 전부라 할 수 있는 단전이 파괴가 된다면 폐인보다 더 못한 삶을 살 수밖에 없다. 하지만 그것보다 더욱 지독한 것이 있으니 바로 사대근맥의 단절이다. 이건 무인뿐만 아니라 평범한 일반인에게도 해당이 되는 것으로 팔다리의 힘줄을 끊어버리면 제대로 거동조차 생각할 수 없다. 그래서 사파인조차도 상대를 죽였으면 죽였지 차마 이짓만은 하지 않는 것이 불문율이었다.

시철영은 진현의 사대근맥을 자르기 위해 검을 펼치는데 갑작스런 소리와 함께 날아온 자그마한 돌멩이에 경악을 금치 못할 수밖에 없었다.

탕!

그 돌멩이는 시철영의 검과 부딪치자 마치 쇠와 쇠가 만나는 것 같은 소리를 내었다. 시철영은 돌멩이에 실린 힘에 못 이겨 검을 놓을 수밖에 없었다. 자신의 힘으로 대적하기에는 너무도 큰 힘이 실려 있었던 까닭이다.

"으윽."

시철영은 자그마한 신음 소리를 내며 돌멩이가 날아온 방향을 쳐다보았다. 아마 자신의 검을 떨치게 만들었던 돌과 함께 들려온 말도 그쪽에서 나온 것 같았다.

과연 그곳에는 사람이 있었다. 하지만 시철영과 같은 또래의 아이가 아니었다. 오 척 단구의 작은 키에 볼품없어 보이는 노인이었다. 하지만 시철영은 그 볼품없어 보이는 노인을 감히 경시하지 못했다. 아니, 감히 그 누구도 이 노인을 경시하지 못할 것이다. 왜냐하면 이 노인이 바로.

"노… 사(老師)… 님……."

무림사군(武林四君) 중 하나인 탄군(彈君) 신탄자(神彈子) 하후단(夏候單)이기 때문이었다. 그는 이곳 소천성탑에 온 목적대로 자신의 후계자를 찾으러 검성지회에 왔다가 그곳에서도 자신의 후계자 재목(材木)을 찾지 못하자 여기저기 둘러보고 있던 터였다. 그러던 때였다, 갑자기 그의 귀로 비명 소리가 들려옴은.

신형을 날려 이곳에 도착한 그는 피를 뿌리며 쓰러지는 거대한 몸을 가진 소년과 쓰러진 아이에게 검을 날린 소년에게로 달려가는 한 아이를 볼 수 있었다. 그는 가만 놔두면 큰일 나겠다 싶어 자신이 나서려 했으나 달려가던 아이의 자세를 보고 생각을 바꾸었다. 그 아이의 손에 들린 나뭇가지의 자세가 눈에 익었기 때문이다. 그것도 잠시 그 아이마저 피를 뿌리고 쓰러졌다. 그리고 쓰러진 아이에게로 검을 가진 소년이 다시 검을 날렸다. 손속에 살기를 두어 쓰러진 아이의 팔과 다리를 노리는 폼이 그가 예상하는 위험한 짓을 하고 있는 것이 분명했다. 그는 재빨리 주위에 있는 돌 하나를 주어 소년의 검을 노리며 던졌고 그도 전면으로 나섰다.

"이게 무슨 짓이냐! 어디 감히 이 아이의 무공을 전폐하려 하느냐!"

시철영이 한 짓이 얼마나 위험하고 잔인한 짓인지 알기에 하후단은 노기를 가득 담은 소리를 질렀다.

시철영은 한참 일이 잘되고 있는데 하후단이 나타나자 당황하지 않을 수 없었다. 지금이야 만천과해(瞞天過海)의 수법으로 주위의 사람들을 속였다 하지만 하후단 같은 노기인(老奇人)은 속이기 힘들다는 것을 잘 알기 때문이었다. 하지만 이왕지사 일이 여기까지 왔기 때문에 물러설 수도 없었다.

"노사님, 이 일에는 그럴 만한 사정이 있기 때문에 그리한 것입니다."

시철영은 속이야 어떻든 겉으로는 아무 표정을 짓지 않은 채 세부적인 사정을 상세히 말했다. 그런 시철영의 자초지종을 들은 하후단은 그제야 자신의 몸에서 가득히 피어오르던 노기를 거두었다. 하지만 일의 경중(輕重)이라는 것이 있기 때문에 시철영을 탓하지 않을 수도 없었다.

"하지만 얘야, 그렇다고 이 소년의 무공을 전폐시킨다는 것은 말이 안 되지 않느냐. 더구나 이 아이는 헤아에게 하수를 쓴 녀석도 아니고 말이다."

"하지만 이 녀석이……."

"됐다. 이 이야기는 내일 날이 밝으면 탑주와 함께 이야기하도록 하자."

하후단은 대충 진현과 언무청의 상처 주위를 점혈(點穴)해서 지혈을 하고 주위에 있는 아이들을 시켜 옮기도록 하였다.

소란했던 쌍쌍무도회의 일은 어느새 지나가고 일주일이라는 시간이 지나 어김없이 날이 밝아왔다. 오늘도 더울 모양인지 안개가 자욱한 것이 형산의 운치를 더하였다. 그런데 오늘 아침은 다른 날과는 차이가 있었다. 아침부터 수련생들이 삼삼오오 모여 이야기를 하고 있었기 때문이다. 그들은 하나의 공통된 화제를 두고 이야기했는데 내용인즉 일주일 전에 있었던 진현과 시철영과의 일이었다.

"들었어?"

"무얼 말이야? 아, 그 일 말이야?"

"응, 어제 그 일에 대한 처분이 나왔다지?"

"그래, 어젯밤에 보니 공고가 붙어 있었어."

"나는 보지 못했는데 너는 혹시 그 내용에 대하여 알아?"

"응, 우리가 예상했던 대로 됐어."

"그럼 둘 다 탑에서 나갔단 말이야?"

"그렇지. 언무청은 자신의 가문으로 돌아갔고, 진현인가 뭔가 하는 자식은 운남으로 돌아갔지."

"그것으로 끝인가?"

"또 있지. 그들은 이제 앞으로 맹(盟)에 진출할 수 없어."

"아니, 그럼 그들의 장래는 끝장난 거 아냐? 맹에 진출하지 못한다는 말은 정도를 걷는 인물 중에서 이름을 떨치기 힘들다는 말과 다를 것이 없으니……."

"그렇지. 하지만 언무청인가 하는 아이는 낫다고 볼 수 있지. 그래도 진주언가(晉州彦家)라는 가문이 버티고 있으니까. 하지만 진현이라는 아이는 그런 것도 없이 매우 불쌍하게 됐어."

"맞아. 솔직히 진현이라는 아이는 아무 잘못도 없지. 오히려 친구를 위해 뛰어든 용기를 칭찬해야지."

"암, 아무래도 이번 일은 석연치가 않아."

"그리고 또 하나 궁금한 것이 있는데……."

"뭐가?"

"그날 말이야, 언무청과 진현이 탑을 떠나는 날 모용세가의 아이들은 왜 같이 떠난 거야?"

"글쎄… 그거야 나도 모르는 일인데."

　한편 그들과 조금 떨어진 곳에 이 대화를 듣고 있는 한 명의 여자 아이가 있었는데 무척이나 자태가 아름다운 것이 얼마 후면 천하의 미인 소리를 들을 만하였다.

"이상하구나… 이상해……."

　문인혜는 한 가지 생각에 머리 속이 복잡하였다.

"그때는 몸이 안 좋아 깊이 생각하지 못하고 속단을 하였지만 아무래도 이상한 점이 한두 가지가 아니구나."

"뭐가 이상하다는 거냐?"

　문인혜가 목소리가 나오는 방향을 향해 고개를 돌리니 그곳에는 시철영이 서 있었다.

"그때 일 말이에요."

"그게 어떻다는 것이냐. 탑주와 무사부(武師父)들께서 친히 결정을 내리셨는데."

"아니에요. 그럴 리가 없어요."

"뭐가 그럴 리가 없다는 것이냐?"

　시철영은 계속해서 문인혜가 알 수 없는 말을 하자 답답함이 일어 그녀에게 반문을 하였다.

"그때는 경황이 없어 몰랐지만 언무청 그 사람은 결코 그럴 사람이 아니었어요. 이 일에는 무언가 우리가 알지 못하는 비밀이 있는 것 같아요."

"어허, 너까지 그런 소릴 하는구나. 그리고 비밀이 있으면 어떠냐, 이미 지나간 일이다. 너는 신경을 끄고 잊어버려라."

시철영은 자신의 사매의 별호인 문봉(文鳳)을 생각하고는 그녀가 더 이상 알면 안 된다고 생각했다.

"그리고 저는 분명히 들었어요. 그도 중독된 것 같다구요. 그리고 보면 그가 그런 행동을 하기 전에 저처럼 몸에 힘이 빠진다고 했었어요."

"흥, 빠져나가려는 수작이었겠지. 감히 차에다 미혼약을 타고도 그런 말을 하다니… 너는 더 이상 그쪽 일은 생각하지 말거라. 생각해 봐야 좋지 않은 기억일 뿐이다."

말을 마친 시철영은 더 이상 이야기해 봐야 좋을 것이 없다 판단하고 서둘러 가버렸다. 그런데 그의 말을 들은 문인혜는 갑자기 떠오른 생각에 놀람의 표정을 지었다.

그리고 문인혜는 또다시 떠오르는 생각에 몸을 떨었다.

"혹… 시… 아니야… 그럴 리 없어. 만약… 그렇다면… 나는 씻을 수 없는 죄를……."

"휴우."

청진자(淸眞子)는 연신 차를 마시며 답답한 가슴을 달랬다.

"어찌하면 좋단 말인가……."

청진자는 조금 전에 자신에게 왔다 간 아이의 말 때문에 머리 속이 혼란스러워졌다. 바로 문인혜였다. 그녀는 그에게 와서 말을 해주고

갔는데 그것이 이토록 청진자를 혼란스럽게 만들었던 것이다.

"그 아이의 말에 따르면 분명 이 일에는 무언가가 있다. 하지만……."

청진자는 비록 구담전에 속해 있는 무사부이지만 나아가서는 소천성탑의 무사부이기도 했다. 이번 일을 맡은 이상 공평해야 한다는 것을 그도 잘 알고 있었다. 사실 그녀가 오기 전까지는 공평이고 뭐고 따질 것도 없었다. 누가 봐도 이 일의 인과 관계는 명백했기 때문이다. 그렇기에 결과 그대로 탑주에게 올렸고 쉽게 결정이 났다. 그런데 변수가 생겼다. 그녀로부터 전해받은 사실은 처음 내린 결정에 지장을 줄 만한 일은 아니었기에 모른 척 넘어가도 되었다. 하지만 그녀의 신분이 사실의 신빙성을 더하고 있었다. 만약 그녀의 말이 틀림없다면 더욱 큰 문제가 발생되기에 머리가 아픈 것이다.

청진자는 좀 전에 있었던 문인혜와의 대화를 떠올렸다.

"사부님."

"오, 혜아가 아니냐. 그래, 이제 몸은 괜찮니?"

"예, 저… 한 가지 드릴 말씀이 있습니다."

"그래, 말해 보거라."

"이번 일을 더욱 자세히 살펴보았으면 합니다."

"음… 그래, 그래야겠지. 하지만 이건 누가 봐노 그 아이를 싯이 아니너냐."

"모르겠습니다. 그 사람들 짓이라 하기엔 너무도 의심스런 점이 많습니다."

"뭐가 그리 의심이 가더냐?"

"이건 말씀드리기 곤란하지만 정확한 사정을 알기 위해 말씀드리겠습니다. 사실 그날 저는 누구에게도 제가 미혼약에 중독되었다는 말과 또 그것이 차를 마심으로 인해 그리되었다는 것을 단 한 번도 말한 적이 없습니다. 그런데 누군가 그걸 알고 있더군요."

"호오, 하지만 누가 그걸 봤을지도 모르는 것이 아니냐."

"아닙니다. 저와 언무청이 차를 마시고 있었을 때는 주위에 아무도 없었고 또 그 일이 있은 후 저는 바로 제 방으로 갔기 때문에 아무에게도 말할 틈이 없었습니다. 더구나 언무청 역시 그 일 이후로 독방(獨房)에 혼자서 있었으니 아무도 이 사실을 알 수가 없을 것이었습니다."

"그래, 과연 듣고 보니 의심나는 점이 한두 가지가 아니구나. 알겠다. 너의 말대로 하지. 그럼 가보거라."

"예."

"휴우… 이게 무슨 일인지."

이미 결정난 일이기에 더욱 난감한 일이었다. 이틀이라도 빨리 이야기했으면 재수사에 들어가 문인혜가 말하는 진실을 파헤쳤을지도 모른다. 하지만 이미 끝난 일이 아닌가. 그의 머리 속에는 아직도 언무청이 부르짖던 말이 떠오르고 있었다.

"저희는 정말 아무것도 모르는 일이에요! 정말이에요! 그리고 제 친구 진현은 무슨 잘못이 있어 저와 같이 처벌을 받게 되는 겁니까? 예? 이거 뭔가 잘못됐어요. 지금 실수하시는 겁니다. 정말로 저희가 아무 잘못이 없다면 어떻게 하시겠습니까? 그 책임을 지시겠습니까?"

"그때 진현이라는 녀석도 말했었지."

"됐어, 청. 탑과 우리의 인연은 이것밖에 안 되었던 거야. 그렇게 생각해. 나중에… 나중에 우리의 결백이 밝혀지면 그때 가서 책임을 물어도 늦지 않아. 그리고 생각해 봐, 우리는 소천성탑이라는 배경을 버린 대신 우정이라는 소중한 것을 다시 한 번 확인했잖아. 안 그래? 그것으로 됐어."

청진자는 처연히 말을 하던 진현의 모습을 잊을 수 없었다.
"그래, 뭔가 잘못되었어. 하지만… 하지만 이제 와서 돌이키기엔 소천성탑의 명예가 너무 커."
한낱 어린아이, 그것도 직계가 아닌 방계의 언가(彦家) 출신의 자제와 근본도 알 수 없는 아이 때문에 이미 결정난 사항을 번복하기엔 소천성탑이 겪을 불명예가 너무 크다고 생각하는 청진자였다.
"그리고 무엇보다 중요한 것은 철영이 그 아이가 화산의 제자라는 점이다."
각 파에서 차출된 장로 급은 소천성탑에서 무사부의 역할을 하고 있었다. 청진자 역시 화산의 장로라는 신분을 가지고 있었다. 만약 이번 일을 번복해 재조사에 들어가서 시철영의 잘못이라도 밝혀진다면 그 아이 역시 처벌을 피하기는 힘들다고 생각했다. 그러니 자연 팔은 안으로 굽는다고 화산의 제자가 잘못되기를 바라지 않는 청신사는 이번 일을 묻어두기로 하였다.
그때였다, 그의 방 안으로 한 아이가 들어옴은.
"자인(子仁), 네가 여기에 웬일이냐?"

독고자인(獨孤子仁).

그는 사파(四派)나 속가사대세가, 혹은 그밖의 이름난 문파의 자제가
아니었지만 너무나도 유명한 아이였다. 그것은 그의 별호가 증명해 주
고 있었다.

혈성(血星). 정확히는 촉산혈성(蜀山血星).

일인비전(一人秘傳)으로 내려오는 촉산혈성의 명예를 얻은 당대의
혈성이 바로 독고자인이었다. 정파도 사파(邪派)도 아닌 말하자면 정사
지간(正邪之間)의 인물이었지만 그의 재능을 탐낸 맹의 추천으로 이곳
에서 수련을 하는 아이였다.

"한 가지 말씀드릴 것이 있어 왔습니다."

독고자인은 풍기는 기도대로 차분하게 말을 이어갔다.

"그래? 말해 보거라."

청진자는 아직도 문인혜의 일로 머리가 아파왔지만 독고자인의 말
을 무시할 수는 없기에 그의 말을 듣기로 했다.

"이번 사건의 처분 말입니다."

"너도 그 일에 대해서 할 말이 있느냐?"

청진자는 설마 독고자인까지 골치 아픈 이야기를 할 줄 몰랐기에,
그리고 그와 아무 상관도 없는 이 일에 끼어들 줄은 몰랐기에 잠시 놀
람의 기세를 보였다.

"예, 이번 사건의 처분이 좀 잘못된 것이 아닌가 생각합니다."

"뭐라고? 그게 무슨 말이냐?"

청진자는 독고자인이 갑자기 와서 한다는 말이 문인혜와 비슷한 내
용의 말이자 놀라지 않을 수 없었다.

"그럼 내 결정이 잘못되었다는 말이냐."

청진자는 비록 결정권자는 자신에게 없지만 자신이 결과를 낸 것이나 마찬가지이기에 독고자인의 말이 건방지게 들릴 수밖에 없었다.

"제가 본 것에 의하면 그렇습니다."

"뭣이라? 그래, 니가 본 것이 무엇이냐?"

"예, 제가 본 것은 다름이 아니라……."

독고자인이 본 것을 요약하자면 이랬다. 독고자인은 자신과 맞지 않는 쌍쌍무도회라는 것이 마음에 들지 않아 숙소로 돌아가려 하였다. 그런데 자신의 귀로 어떤 대화 내용이 들려오는 것이 아닌가.

"그 녀석 먹었으니 이제는 어찌할 수도 없을 거야."

"그렇고말고. 난 그 녀석이 오지 않을까 봐 걱정하고 있었어."

"그건 그렇고 그 녀석이 과연 끼어들까?"

"아무렴, 그래야지."

"이것들은 다 어떡하지?"

"저 멀리에 묻어야 되지 않을까? 혹시 증거라도 남기면 곤란해지잖아."

"아! 이 녀석들, 그러니까 왜 그런 일은 해가지고……."

"내 말이 그 말이야. 하지만 그 녀석만은 절대로 용서할 수 없어."

"그건 나도 마찬가지야. 감히 우리의……."

그 뒤로는 목소리가 작아져 들을 수가 없었다. 독고자인은 이 대화를 나누고 있는 아이들이 누군지 궁금한 까닭에 그들의 얼굴을 보려다가갔다. 하지만 그들은 어느새 가버리고 없었고 자신의 일과 상관이 없으면 관심이 없는 그이기에 그냥 기억 저편으로 묻어버리고 숙소로 돌아와 자버렸다.

그리고 그는 다음날 한 소식을 듣게 되었다. 그 소식을 듣자마자 그는 어제 들은 대화와 관련이 있음을 알게 되었다. 하지만 나서기를 싫어하는 까닭에 알아서 잘 판단하겠지 하고 내버려 두었는데 결과가 상반되게 나오자 그는 여기까지 오게 된 것이다. 물론 그가 처벌 현장에서 본 진현과 언무청과의 대화에서 그들의 우정이 너무도 부러워서이기도 했다.

"너의 말이 사실이렷다."

"예, 한 치의 거짓도 없습니다."

"음… 이건 굉장히 곤란하게 되었구나."

청진자는 독고자인의 말을 듣자 문인혜로 인해 반신반의하던 생각이 확고해짐을 느낄 수 있었다. 하지만… 하지만 이제 와서 어쩌란 말인가. 좀 전에 밝힌 대로 그는 이번 일이 더 이상 분란의 여지를 두면 안 된다고 생각했다.

"자인아."

"예."

"지금부터 내가 하는 말을 잘 듣거라."

"예."

"너의 그 말, 다시는 입 밖으로 꺼내선 안 된다."

"하, 하지만……."

독고자인은 청진자가 이렇게 나올 줄은 꿈에도 상상하지 못하였기에 놀라지 않을 수 없었다.

"이미 결정난 사항. 이제 와서 되돌리기엔 늦었다. 그리고 그깟 두 아이를 다시 받으려면 우리 소천성탑이 짊어져야 할 수모가 너무도 크다. 내 말 무슨 말인지 잘 알겠지?"

"그… 러나……."

"어허, 내 말을 들어라. 그리 알고 물러가거라."

청진자는 그렇게 못을 박고 말았다.

'허어… 내가 잘하는 짓인지 모르겠구나.'

독고자인은 청진자의 방을 나오면서 실망하지 않을 수 없었다.

"썩었군… 이곳도 썩었어. 하긴 물이 고여 있으면 썩기 마련이지. 나도 이곳에 있어봐야 얻을 것이 없겠어."

다음날 구담전의 아이들은 독고자인이 탑을 떠났다는 것을 알게 되었다.

제10장

사나이 가는 길(금강을 향하여)

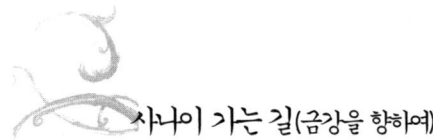 사나이 가는 길(금강을 향하여)

"운랑이 가버리면 저는 어떡해요?"

"련 누이, 하지만 어쩔 수 없어."

"흑… 흑… 저도 운랑을 따라가겠어요."

"그렇게 하지 못한다는 걸 련 누이도 잘 알잖아."

"하… 지… 만… 하지만… 저 혼자 여기서 어떻게……."

"이제 일 년밖에 남지 않았는걸. 우리 일 년 후면 볼 수 있잖아, 그렇지?"

"그래도……."

"내 말 들어. 난 지금… 가야 할 곳이 있어."

"그곳이 어디예요?"

"나도 정확히는 몰라. 하지만 가야 해. 그래야만 하는 것 같거든."

"저는 가면 안 되는 곳인가요?"

"응, 아마 련 누이와 같이 간다면 난 내 길을 이룰 수 없을지도 몰라."

"알았어요. 그래요, 운랑 뜻대로 해요. 하지만 기억해요. 제가 기다리고 있다는 것을……."

"알았어. 나도 그날만을 기다리고 있을게. 련 누이, 울지 마. 련 누이가 울면 나도……."

무슨 군대 입대하는 것도 아니고 생이별하는 연인처럼 슬퍼하는 이 장면은 진현과 사마화련이 헤어지면서 나누었던 대화 내용이었다.

"휴우… 그날이 언제인지……."

"무슨 날?"

옆에 있는 언무청이 진현이 흘린 혼잣말의 내용이 궁금해 물어보았다. 하지만 밝혀서는 안 되는 내용이기에 진현은 대충 얼버무렸다. 언무청은 자신이 지은 죄도 있고 해서 진현이 말할 뜻이 없자 더 이상 물어보지 않았다.

"그보다… 너, 꼭 거기에 갈 거야?"

"응."

대답하는 진현의 얼굴에는 확고한 의지가 서려 있었다.

"하지만 거기가 어딘지 너도 잘 모르잖아."

"대충 북궁 탑주(北宮塔主)님이 말한 곳을 둘러봐야지……."

"그럼 사천(四川)까지 간단 말이야? 여기서 사천까지면 한 달은 족히 걸릴 텐데."

"걱정하지 마. 소천성탑에 올 때도 그 정도는 걸렸어."

"미안해… 나 때문에……."

언무청은 진현이 현공탑에서 편히 수련할 기회를 놓치고 이렇게 알지도 못하는 곳으로 가는 이유가 자신 때문임을 알기에 미안함에 고개를 들 수 없었다. 비록 자신의 잘못이 아니더라도.

"그런 말 하지 마. 우리는 친구잖아, 그렇지? 넌 나를 친구로 여기지 않는 건 아니지?"

"아니야… 넌 내 친구야. 그렇고말고."

진현의 농담 한마디에 언무청은 황급히 말했다. 그는 진심으로 진현과 모용자인을 자신의 평생지기로 여기고 있었기에 진현의 농담에도 정색을 했다.

"그래, 우린 친구야."

진현의 말을 끝으로 둘은 한동안 서로를 쳐다보고 있었다. 평상시 같으면 언무청의 얼굴을 바라보며 동물원의 곰 얼굴 바라보듯 할 터이지만 진현은 그런 마음이 들지 않았다. 오히려 그의 얼굴 속에서 한줄기의 진심을 찾아내며 가슴속에서 우러나오는 우정을 느꼈다.

"비록 몸은 떨어지지만 서로를 잊지 말자."

"그래, 언젠가는 만날 날이 올 거야."

진현과 언무청은 서로의 손을 잡으며 눈길을 주고받았다.

"그리고 나 너에게 밝힐 것이 있어."

"뭔데?"

진현은 이토록 자신을 위해주는 언무청을 속이면 안 되겠다고 생각한 나머지 이곳에서의 이름을 밝히려 했다.

"내 이름은 진현이 아니야. 사실은……."

"그만… 아무럼 어때. 네가 진현이든 아니든 내 친구라는 점은 변함이 없어."

언무청의 순수하고도 진심 어린 말은 진현에게 큰 고마움으로 다가왔다.

"이제 헤어져야 할 시간이 온 것 같아. 언젠가 하북에 올 일이 있으면 언가장(彥家莊)을 꼭 찾아와야 해. 알겠지?"

언무청과 진현은 영원히 놓지 않을 것 같던 서로의 손을 서서히 놓으며 조금씩 거리를 넓혀갔다.

어느새 서로가 점으로 보일 때 진현이 갑자기 언무청을 향해 소리쳤다.

"청, 보고 싶을 거야. 너도 운남에 올 일이 있으면 단지운(段志雲)을 찾아와. 알겠지?"

"진현… 정말로 미안해… 나 때문에… 나 꼭 복수하고 말겠어. 너와 나를 이렇게 만든 녀석에게……."

언무청은 진현이 보이지 않을 때까지 하염없이 바라보다가 입술을 깨물며 말했다.

"그런데… 마지막에 한 말은 뭐지? 단지운이라니? 그럼 진현의 본명이 단지운인가… 그런데 어디서 많이 들어본 이름이란 말이야… 아! 혹시… 에이, 아니겠지. 그 녀석이 그렇게 유명한 가문의 자식일 리 없어."

진현은 형산의 입구에서 언무청과 헤어지면서 모용자인과 모용혜와의 이별을 떠올렸다.

"그래… 모두 나에게 과분한 친구들이지. 영원히 못 잊을 거야."

진현 역시 언무청과 마찬가지로 한동안 멍하니 있다가 곧 자신이 배를 타야 한다는 것을 상기하고는 선착장으로 갔다. 소천성탑으로 올 때 한 번 왔던 곳이라 그런지 낯설음은 없었다. 오히려 감개무량한 생각이 들었다.

"이제 언제 이 상강(湘江)에 다시 올까?"

하지만 미래의 일은 아무도 예측하지 못하는 법이다. 진현 역시 자신의 미래를 예측하기 못했기에 여기에 다시 올 것을 알지 못했다.

"아! 저 노인은……."

진현은 상강의 선착장에서 배를 기다리다가 한 노인을 보게 되었다. 흔히 볼 수 있는 노인이라면 진현이 이토록 놀라지는 않을 것이다. 그 노인은 평범한 노인이 아니었다. 아무도 그 노인을 그저 평범한 노인으로 보지 못하리라.

"하후 노사(夏候老師)님."

진현은 노인과 눈이 마주치자 얼른 고개를 숙이며 그 노인을 불렀다. 그 노인은 다름 아닌 하후단이었다.

"오, 여기 있었구나… 그래."

마치 진현을 찾기라도 한 듯한 말투였다.

"예?"

"아, 저기 배가 오는구나. 어서 가자."

모르는 사람이 봤다면 자상한 할아버지가 친손자를 데리고 유람하는 장면 같았다. 진현은 두 번밖에 본 적 없는 하후단이 자신에게 아는 체를 하며 끌고 가자 뭐가 뭔지 분간이 가지 않았다.

"이런이런, 사람이 많구먼… 젊은 사람들이 말이야 걷는 것을 즐겨야지. 내가 한창일 때는 내 사전에 배, 말, 마차들은 없었지. 오직 내이 튼튼한 두 다리만 믿고 있었어. 지금이야… 아이고… 다리야."

배를 타려고 기다리는 사람이 많아 줄을 서서 기다려야 하자 하후단은 연신 투덜거리며 다리를 주무르고 있었다.

'이분이 사군 중의 한 분이란 말이야?'

동네 복덕방에서 아님, 경로당에서 봄 직한 노인의 모습을 보자 지금껏 이어왔던 하후단에 대한 인상이 모두 손을 흔들며 하늘로 날아갔다.

"이보게. 자네 왕팔(王八)이 아닌가? 아닌가? 그럼 고대(高大)는? 그럼 장삼(張三)?"

이만하면 어디 가서 굶어 죽진 않겠다. 천하에서 가장 유명한 열다섯 무인 중 하나이자 군자의 풍모가 있다 하여 무림군자(武林君子)라고 일컬어지는 사군의 한 명이 그깟 줄 서기가 지겨워 새치기를 하려고 저렇게 발버둥을 치고 있는 것이다.

"뭐야, 이 영감은? 저리 안 가! 안 가면 다치는 수가 있어, 엉?!"

결국 욕 한바가지 얻어먹고서야 다시 제자리로 돌아왔다. 그러면서도 연신 툴툴거렸다.

진현은 진천무제 때 보여줬던 그 엄청난 카리스마의 영감과 지금 한 사람이라도 젖히려고 부단히 노력을 기울이고 있는 저 영감이 동일 인물인지 의심스러웠다.

"저기… 요, 노사님."

"부르지 마. 지금 잘되고 있단 말이야."

뭐가 잘된다는 건지. 쯧쯧… 인간 승리였을까? 드디어 처음 자리에서 두 사람을 젖힌 하후단은 기쁨의 격정을 이기지 못하는 표정으로 진현에게 손짓했다.

"얘야, 이리 오너라. 네 자리까지 맡아놨다."

"……."

"이름이 진현이라고 했나?"

"예."

어느새 카리스마 모드로 돌아온 하후단은 잠시 생각에 빠졌다.

"음… 내가 알기로는 그에게 진현이란 제자는 없는데……."

"누구 말씀이신가요?"

진현은 자신의 이름과 관련하여 하후단이 중얼거리자 예의없게 그의 말을 도중에 끊어버렸다. 역시 예의가 없으면 그만큼의 대가를 치러야 하는 것이 대중적인 지론이었다. 하후단 역시 그 일반인의 범주에서 벗어나지 않기에 자신의 생각하는 타이밍을 끊어버린 진현의 만행에 대해 용서할 생각이 없었다. 또한 하후단의 생활 신조가 바로 예의에 살고 예의에 죽자라는 것을 덧붙이고자 한다.

딱.

"아야!"

뼈도 삭아 보이는 주먹에 뭐가 들었는지 하후단의 주먹으로 머리를 맞자 금세 눈앞에 별이 왔다 갔다.

"이 녀석 보게. 어디 어른이 생각하시는데 그걸 잘라?"

눈을 부라리지만 그다지 무섭지는 않았다.

"그건 그렇고 너의 이름이 진짜로 진현이냐?"

"예."

번뜩이는 눈빛으로 빤히 쳐다보며 묻자 진현은 등줄기에 한줄기 땀을 흘리며 간신히 대답했다.

"그럼 더욱 아닌데… 그 녀석은 전(田)가잖아."

'뭐가 말입니까'라고 물을 뻔한 것을 간신히 참은 진현은 어서 빨리 자신의 궁금증을 해소시켜 주기를 바랐다.

"야! 그런데 너, 어떻게 아냐?"

이번에도 앞 자르고 뒤마저 잘라 내용을 알지 못할 말을 하는 하후단이었다.

"……."

이번에도 자신의 궁금증을 말하지 않은 대견스런 진현이었다.

딱.

"아야!"

"이 녀석, 어른이 말씀하시는데 씹어? 허어… 내 생전에 내 말을 씹는 놈은 네가 처음이다."

"저기… 노사님."

"왜?"

"이제 말해도 되나요?"

흑흑…….

울고 싶은 진현이었다.

"그러니까 너는 조(趙)씨 영감과는 그저 아는 사이라 그걸 전부 배웠단 말이지?"

사정이 어떻게 되었냐 하면 후계자를 찾으려고 해도 눈에 차는 녀석을 보지 못했던 하후단이 진천무제를 찾아왔다가 막상 볼 수 있었던 것은 그와 함께 사군의 한자리를 차지하고 있는 곤군(棍君) 조진환(趙鎭環)으로부터 전해진 게 분명한 곤술(棍術)이었다. 비록 나뭇가지로 펼치고 있고 내력도 부족해 보여 상대의 공격을 막진 못했지만 분명 조진환의 곤법(棍法)이었다. 조진환이 자신과 마찬가지로 제자 두기를 극히 조심스러워하는 인물이었던 것이다. 예외가 하나 있다면 전가 녀석으로 그 녀석이야 그의 집안 명성 때문에 할 수 없이 받아들였음도 알고 있었다. 그런 이유로 이후 하후단은 계속해서 진현과 마주칠 시간만을 노려왔던 것이다.

"전부는 아닙니다. 오직 네 개의 구결만을 배웠을 뿐입니다."

"예끼, 이 녀석아. 곤군을 오늘날까지 오게 한 것이 바로 그 네 구결이라는 것을 모르느냐? 그 네 구결이야말로 그의 밑천인 셈… 넌 그의 밑천을 거덜냈던 거야, 이놈아."

딱.

끝내는 때릴 줄 알았다. 왜 나이가 지긋할 대로 먹은 데다 오늘 내일 하는 영감들이 말로 해도 될 순간에 꼭 손을 드는 것인지 모르겠다.

"그… 런… 가요?"

놀라서 말을 더듬는 것이 아니다. 맞은 곳이 엄청 아파서 그런 것이다.

"허, 곤군의 제자도 아닌 놈이 곤군의 밑천까지 알고 있다? 이거 굉장한 봉인데."

봉이라… 이거 사기꾼들이 물주를 잡을 때 쓰는 말 아닐까?

"어디 맥을 한번 잡아보자."

보통 맥을 잡는다 함은 왼쪽이나 오른쪽 손목을 잡아 맥박을 느끼는 것을 말하는 것이 아닌가. 하지만 이 엽기스런 영감 앞에서는 그런 상식이 물거품이 되었다.

팍… 팍… 팍… 팍.

여기저기 진현의 몸을 주무르고 그것도 모자라 이리저리 한 번씩 툭툭 건드려 보던 하후단은 잠시 행동을 멈추고 고개를 갸우뚱거렸다.

"너, 혹시 변을 당했냐?"

이번에는 알아들을 수 있었다. 하후단이 무슨 말을 할지 짐작하고 있었기 때문이다.

"예, 주화입마를 당했습니다."

"허어."

하후단은 입맛을 다실 수밖에 없었다. 봉이라 여겼던 아이가 삽시간에 닭새끼로 변했기 때문이다.

"그래서 네가 화산(華山)의 시답잖은 매화십이검(梅花十二劍)에 당한 것이었나?"

진현은 죄지은 것도 없으면서 고개를 숙여야만 할 분위기를 느꼈다.

"할 수 없지. 우리의 인연이 이것밖에 안 된다면……."

"……."

"그럼 이 상강을 벗어날 때까지라도 나와 함께 지내자."

"에구~ 이 녀석아, 명색이 무공을 익혔다는 놈이 어째 그 모양이냐."

"히잉……."

진현은 날이 밝아 갑판으로 나오다 출렁이는 파도에 넘어지고 말았다. 그 모습을 한심스럽게 본 하후단이 혀를 차며 말했고 진현은 애꿎은 파도만 원망하였다.

"그래서야 강호를 활보하고 다니겠냐. 어디 가서 나를 안다고 하지 마라. 부끄럽다."

심히 기가 찼던 모양이다.

털썩.

파도에 의해 흔들거리는 배 위에서 진현은 또다시 곡예를 해야만 했다. 오늘따라 바람이 심하게 불어 파도가 많이 쳤다.

강에 무슨 파도냐고? 강에도 파도가 쳐. 다만 우리 나라의 강은 폭이 작으니 느껴지지 않을 뿐이지.

"어허, 저놈 보세."

"파도가 심하잖아요."

진현은 하면 안 되는 줄 알면서도 하후단이 자꾸만 구박하자 자신도 모르게 말대꾸를 하는 금기를 저지르고야 말았다. 아니나 다를까…….

딱.

"이놈이, 뭐 잘했다고 말대답이야!"

"하지만……."

"그럼 나는 뭐냐? 너는 넘어지는데 나는 왜 안 넘어져. 같은 갑판에 있는데."

할 말이 없다. 저 비리하게 생긴 영감도 잘 서 있는데 자신은 제대로 서 있지도 못하자 부끄러움을 느끼는 진현이었다. 하지만 그도 모르는 것이 있었으니 오늘같이 파도가 심한 날이면 선원들도 함부로 나오지 않는다는 점과 나온 사람들도 진현과 같은 꼴이라는 점이다.

"헛배웠어, 헛배웠어. 도대체 이제까지 뭘 수련한 거냐? 이 정도도 못하고……."

"……."

역시 침묵으로 일관하는 진현이었다.

"처음부터 다시 배워라."

끝까지 이것 한 가지로 물고 늘어지는 하후단이었다.

"좋다. 오늘부터 내가 책임진다."

도대체 뭘 책임진다는 것인가… 알고 싶다.

"네가 이 갑판에 제대로 서 있을 수 있도록 책임지마."

무공을 가르쳐 주는 줄 알았다. 그런데 뭐? 이 갑판에서 제대로 서 있을 수 있으면 뭐가 나오는데… 혹시 쌀이라도…….

"야… 야… 어쭈 제대로 안 하지? 어라, 꾀부리네."

진현은 정말로 고역이었다. 흔들리는 배 위에서도 잘 서 있을 수 있도록 해주겠다더니 웬걸… 고문만 시키고 있는 하후단이었다.

"이 녀석아, 다 그게 중(重)의 원리라는 것이다, 이놈아."

제기랄 중의 원리인지 뭔지 두 번 알다가는 사람 죽겠네.

처음에는 마보(馬步) 자세를 시켰다. 이거야 현공탑 시절에 죽도록 한 진현이었기에 별다른 어려움이 없었다. 그저 갑판이 흔들릴 때마다 자세를 그대로 유지하는 것이 조금 힘들 뿐. 그런데 여기서 요구 사항이 하나 더 늘었다. 마보 자세에서 한쪽 다리만 지면에 붙여 지탱하고 나머지 다리와 두 팔을 뻗으라고 하였다. 정말 고난이도의 자세였다. 이거 반 시진만 할 수 있다면 그는 기인(奇人)이란 소리를 들을지도 몰랐다.

"어허… 그러니 몸의 균형을 잡으라니까. 아래쪽에 힘을 줘. 마보 자세를 취하는 이유를 모르냐?"

마보 자세. 자고로 남자든 여자든 하체가 튼튼해야 한다. 이건 일반인이나 무림인이나 마찬가지다. 특히 무공을 익히는 사람이라면 더욱 하체가 튼튼해야 한다. 그래서 어릴 때부터 공을 들이는 것이 마보 자세. 하체를 튼튼하고 견실하게 만드는 데는 마보 자세가 왕도라는 것을 이미 선조들은 알고 있었던 것이다.

"이 녀석아, 한 다리가 올라갔으면 그에 맞춰 무게 중심을 잡아야 할 것 아니냐."

저놈의 잔소리. 이게 말처럼 쉬운 것인 줄 아나?

진현은 중얼거렸다. 물론 속으로.

"그래, 옳지. 이제… 이런… 역시 칭찬을 하면 안 돼."

진현은 밀려오는 파도에 배가 흔들리자 그만 자신도 넘어져 버렸다. 철공을 익혀 아프지는 않았지만 자존심까지 아프지 않은 건 아니었다. 아무리 허약하다 해도 이깟 무게 중심 하나 잡지 못하다니… 진현은 갑자기 오기가 불타올랐다.

오오오오…….

어디선가 본 듯한 기운을 내뿜으며 눈에 불을 켠 진현이 다시 한 번 도전하였다. 일각, 이각, 삼각, 드디어 진현이 반 시진(1시간)을 견뎠다.

"이제 조금 하는구나… 그렇지만 아직 멀었어."

"이제 발 바꿔서……."

젠장. 이제껏 왼발에 무게 중심 맞추는 것에 적응했더니 이제는 발을 바꾸란다. 역시 적응하지 못한 발은 티가 났다.

쿵.

쓰러졌던 진현은 다시 한 번 의지를 불태우며 도전! 한 발로 서기에 임하였다. 이제 적응이 되려는 찰나.

"자, 이제 그만. 선실로 들어가자. 찬바람을 맞으니 뼈가 시리구나."

자기 뼈 시린 것 하고 진현이 수련하는 것 하고는 무슨 상관이 있다고…….

"어서 가자니까. 너라도 있어야 내가 살지."

결국은 자기 뼈를 주물러 달라는 것이었다.

그날부터 진현은 아침 묘시(卯時:5시부터 6시 사이)가 되면 어김없이

선실에서 나와 아무도 없는 갑판에서 하후단과 함께 그 지랄을 떨어야
했다.

"야, 이놈아! 그것밖에 못하냐?"

한 번도 쉬지 않는 잔소리와 함께…….

"이제는 거꾸로 해봐."

"예?"

"거꾸로 하라고. 그럼 중(重)의 묘리(妙理)가 하반신에만 있는 줄 알
았냐? 어떤 상황에서도 흔들림이 없으려면 몸 전체의 중심이 잡혀야
돼."

결국 진현은 물구나무서기를 하였다. 물론 한쪽 팔은 든 채로.

"힘들지, 이놈아."

알면서 왜 물어볼까?

"이 녀석아, 내가 한마디 해줄까? 중심이란 말이야. 다른 데 있는 것
이 아냐. 바로 네 안에 있는 거야. 알겠냐?"

무슨 소리인지… 진현은 하후단의 말을 들으면서도 알 수가 없었다.

'내 안에… 내 안에… 있다구?'

진현은 물구나무를 선 채 곰곰이 생각했다.

'그래, 분명 금단태극선공(金丹太極仙功)에서도 그런 구절이 있었어.
우주삼라만상(宇宙森羅萬象)이 내 안에 있다고. 세상의 모든 것이 내
안에 있는데 그까짓 중심 하나 내 안에 없겠어. 어디 한번 찾아보자.'

해부라도 하겠다는 말인가, 찾아보게. 진현은 수술용 칼을 들고 자
신의 배를 쨀 줄 알았더니 물구나무서기로 한참을 그렇게 있다가 뭐가
잘 안 되는지 고개를 갸우뚱거리며 한 발로 서기 자세를 하였고 다시
고개를 설레설레 젓더니 여러 가지 방법을 시도했다. 사람이 오든 말

든 자신의 옆으로 지나가든 말든 그 사람들이 미친놈 취급을 해도 진현은 상관없었다. 무언가 잡힐 듯한 예감에 계속해서 몰입을 할 뿐이었다. 다시 한 번 진현의 헝그리 정신이 빛을 발하는 순간이었다.

그런 그를 흐뭇한 미소로 바라보던 하후단 왈.

"조진환이 저 녀석에게 밑천을 털린 이유를 이제야 알겠구나."

"저기, 노사님… 노사님은 갈 데가 없으세요?"

"나? 갈 데야 많지. 오라는 데가 없어서 그렇지."

어느새 상강의 종착점인 동정호(洞庭湖)에 도착한 진현과 하후단이었다. 진현은 하후단이 배에서 내려 자신의 갈 길로 가는 줄 알았는데 자신을 따라오자 물어본 것이다.

"그… 럼… 가보시지요."

딱.

"아야!"

"허어… 이 녀석 보게. 기껏 가르쳐 났더니 이제는 가라고? 그래, 단물 다 빨아먹고는 이제 버리겠단 말이냐? 이래서 옛말이 하나도 틀리지 않다는 말이 있는 거야."

"그게… 아니라."

진현은 정말로 자신이 진드기 중에 왕 진드기를 만났다고 생각했다.

"저는 사천으로 가야 하기 때문에… 노사님과 그만……."

"알겠다… 이놈아. 그래, 간다, 가. 그래도 가르친 것이 있는데 밥은 얻어먹고 가야 하지 않겠느냐."

"……."

"야, 이놈아! 그렇게 멍하게 있지 말고 저기 가서 대나무나 잘라와."

밥 얻어먹는다길래 주루(酒樓)로 갈 줄 알았던 진현은 하후단에 이끌려 동정호의 한 변(邊)에 갔다. 그리고 곧 동정호에서 가장 많이 잡힌다는 잉어와 향어를 잡는 하후단을 본 직후였다.

"예."

진현은 하후단이 준 단도(短刀)를 가지고 대나무 밭에 갔다. 키가 삼장을 넘어가는 것이 두께도 엄청났다. 한마디로 진현의 힘으로 자르기에는 힘들다는 것이다. 물론 외공을 익히면서 자연스레 힘이 세진 진현으로서는 하려고 마음만 먹는다면 불가능한 일은 아니었다.

하지만 대나무를 잘라본 사람은 알겠지만 대나무를 작은 칼로 자른다는 것은 정말로 고수가 아니면 힘들었다. 하물며 내가의 내 자도 모르는 진현이 자른다는 것은 무리였을지도 모른다.

"으랏차차!"

전직 스모 선수였을까. 진현은 아무리 칼로 자르려고 해도 잘라지지 않자 그냥 자신의 힘으로 대나무를 뽑으려 하였다. 그나마 그중에서 작았던 대나무라 그런지 진현의 옷이 흠뻑 젖을 때쯤에 단단하게 박혀 있던 뿌리를 드러내며 뽑히고 있었다.

"휴우~"

진현은 이마에 맺힌 땀을 닦으며 자신이 뽑아놓은 대나무를 보았다. 잠시 흐뭇한 표정으로 바라보던 진현이 대나무를 들고 하후단이 있는 곳으로 갔다.

"뭐여? 이런… 누가 대나무를 자르라고 했지, 뽑으라고 했냐?"

진현이 질질 끌고 오는 대나무를 보며 황당한 표정을 지은 하후단의 말이었다.

"다시 갔다 와."

"예?"

"잘라 오라고."

"하지만 대나무가 잘 잘라지지 않는데요."

"가라면 갈 것이지, 웬 말이 많아!"

진현은 연신 툴툴거리며 대나무 밭으로 갔다. 하지만 잘릴 턱이 있나. 자를 수 있었으면 벌써 잘라 왔지.

"이놈의 대나무가 왜 이리 질겨. 오냐, 누가 이기나 한번 해보자."

그놈의 무대포 정신이 또다시 발휘되는 순간이었다. 이제는 시도 때도 없다. 진현이 한참을 대나무와 힘 겨루기를 하고 있을 때 진현의 귀로 들리는 목소리가 있었다.

"됐다, 이놈아. 밥 한번 얻어먹으려다 날 새겠다. 이리 와라."

진현은 고개를 숙이며 하후단을 따라갔다. 곧 좀 전의 장소에 도착한 진현과 하후단은 자리를 잡고 잡아났던 고기를 요리하기 시작했다.

"불도 없이 생으로 먹어요?"

"그럼 어떡하랴? 고기란 대나무로 구워야 그 향이 독특한 법인데… 구하라고 보낸 놈이 부실하여 못 구했는데… 회라도 떠서 먹어야지."

"히잉~"

하후단은 어느새 잘라났는지 대나무 칼을 이용하여 금세 잉어와 향어의 회를 뜨기 시작했다. 다년간의 경험이 있어서인지 한치의 머뭇거림도 없이 잘도 떴다.

"잘 보았냐?"

"예, 아주 먹음직스럽게 하셨습니다."

딱.

있는 그대로 느끼는 그대로 말한 진현은 머리를 잡고 바닥을 굴렀다.

"이놈아, 그래서 네가 안 되는 것이야. 내가 회를 뜨는 것을 보았냐니까?"

"예, 아주 잘 보았습니다. 이 정도면 어디 가셔도 굶어 죽진 않으시겠는걸요. 아마도 이 근처 횟집에서 섭외가……."

딱.

"이 녀석이… 그럼 이 향어를 보아라. 뭐 느껴지는 것 없냐?"

"예, 그저 맛있겠다라는……."

딱.

한 치의 어김도 없었다. 아무리 막으려 해도 귀신같이 진현의 머리와 상봉하는 하후단의 손길이었다. 하지만 지렁이도 밟으면 꿈틀하는 법.

"왜 때려요? 있는 그대로 말했을 뿐인데."

"아이고~ 내가 졌다. 그럼 이 향어가 죽었냐? 살았냐?"

"당연히… 어라, 살았네요?"

"살았네요? 그거밖에 느껴지는 것이 없냐?"

회 뜬 고기가 살아 있는 것 처음 보나. 전생에 횟집을 애용했던 진현은 많이 본 것이기에 별로 신기하지 않아 말한 것이었는데 이게 또 무슨 시비거리가 된단 말인가.

"말을 말자, 말을 말어. 내가 이야기 하나 해주마."

먹을 것 앞에 두고 또 무슨 말을 하려고 하는가. 진현은 투덜거리는 심정을 표현하지 못한 채 그저 들어야만 했다.

"예전에 유명한 도사님이 계셨지. 도호(道號)가 사시미(思始味)라는 분이셨다. 맛의 처음을 생각하자. 뭐, 그런 뜻이지. 아무튼 이분은 도호에서 알 수 있듯이 맛, 즉 음식으로 도를 깨우치려 하신 분이다. 어느 날이었다. 그분께서 한 날은 작은 횟칼을 들고 회를 뜨기 시작하셨지. 한 달, 두 달, 일 년, 십 년째 되던 날이었다. 어느새 회의 달인이 되어 있는 자신을 보게 되신 거야. 죽어야만 하는 생선도 그의 앞에 가면 살아 있는 회가 되곤 했지. 그 소문을 들은 전국 각지의 횟집에서는 비상이 났단다. 그분의 회 뜨는 솜씨를 배우려고 난리가 아니었지. 하지만 사시미님께서는 단 일 언의 가르침도 내리지 않으셨다. 그저 묵묵히 회만 뜨셨지. 전국에서 모인 횟집 칼잡이들은 할 수 없이 그저 사시미님께서 하는 모양새만 따라 하는 수밖에 없었다. 그런데 일 년이 지날 무렵 칼잡이들은 이상한 것을 발견하게 되었다. 그것이 무엇이냐 하면, 사시미님께서는 한 번도 칼을 갈지 않았던 것이다. 비록 칼에 묻은 피만은 한지로 조심스레 닦으셨지. 그것이 비밀임을 안 칼잡이들은 모두 모여 가르침을 주지 않으면 사시미님 앞에서 자신들의 배를 째겠다며 협박 어린 부탁을 했지. 이에 이들을 불쌍하게 여기신 사시미님은 딱 한 마디만 했다. '결'. 이 한마디만 하시고 다시는 그들 앞에 모습을 보이지 않으셨다. 이제는 느끼는 것이 있느냐?"

하후단은 길고 긴 이야기를 끝맺으면서 진현의 반응을 살폈다.

"결국 회 뜨기에 전문가란 말이잖아요. 역시 뭐든지 전문가 밑에서 커야 한다니까."

딱.

이번에도 맞을 줄 알았다. 그런 한심한 소리를 하니 맞지 않을 턱이 있나.

"이놈아, 고작 느끼는 것이 그것뿐이더냐? 그분의 행동 하나하나가 머리 속에 떠오르지 않느냐 이 말이다."

어떻게 죽은 사람 행동을 알 수 있어요 하고 말할 뻔했다. 간신히 자신의 입을 틀어막은 진현은 계속해서 이어지는 하후단의 말을 들었다.

"사시미님께서 왜 한 번도 칼날을 갈지 않으셨겠냐? 그것은 그 뒤에 하신 말씀에 답이 있다. 바로 결이지. 틈, 바로 틈이다."

진현은 역시 이번에도 하후단이 무슨 소릴 하는지 이해하지 못했다. 그저 설명만 바라는 수밖에……

"사시미님은 그 틈을 알고 계셨던 거야. 생선의 신경과 살, 그리고 혈맥과 근육 모든 것의 사이에 있는 틈을… 비록 눈으로 보이지는 않지만 그분은 알고 계셨던 거야. 너무 환상적인 경지이지 않냐? 틈을 노린다. 바로 틈새 시장을 노리는 것이지. 그 틈의 길을 알고 계시니 아무리 많은 회를 뜨셔도 칼날이 상할 리가 없지. 아마 나무 막대기를 드려도 그분은 살아 있는 횟감을 만들어내실 것이다."

"아……"

아무리 돌머리라도 이렇게 설명해 주면 이해를 한다. 진현 역시 마찬가지였다.

"무공 역시 마찬가지다. 아니, 무공뿐만 아니라 모든 생활사가 마찬가지야. 틈만 알고 있으면 자르지 못할 것이 없고 해내지 못할 것이 없어."

진현은 그제야 하후단이 이 이야기를 하는 이유를 알게 되었다. 진현은 조용히 듣고 있던 젓가락을 놓고 단도를 들고는 대나무 밭으로 돌아갔다. 하후단은 아무런 말 없이 지켜만 보았다. 입가에 미소를 띤 채.

"찾아내고야 만다. 이 대나무의 틈을……."

진현은 이번에도 땀만 쭉쭉 흘렸다. 틈이라 생각한 곳에 아무리 단도를 내려쳐도 대나무에 흠만 날 뿐 잘라지지는 않았다. 게다가 얼마나 내려쳤는지 마지막에는 그냥 으스러지는 경우가 허다했다.

"아이고, 힘들어."

진현은 그만 땅바닥에 주저앉고 말았다.

툭.

진현이 앉은 자리에 대나무 조각이 있던 모양이다. 진현이 깔고 앉자 그만 부러져 버렸다.

"이렇게 잘 부러지는 것이 왜 그리 잘려지지 않는… 앗!"

진현은 그제야 대나무의 틈을 볼 수 있었다. 진현이 부러뜨린 대나무는 세로로 쪼개져 있었다. 그렇다. 대나무의 결은 가로가 아니라 세로다. 세로에 틈을 내고 살짝만 힘을 줘도 잘 쪼개진다.

"내가 왜 이 생각을 못했지?"

이제껏 헛지랄을 한 셈이었다. 진현은 굵은 대나무를 겨냥하여 세로로 단도를 내리치자 대나무는 쩍 하는 소리와 함께 갈라졌다.

"그래, 뭐든지 한 가지 방법만 있는 것이 아니야. 다른 길도 있는 것이었어."

진현은 오늘의 이 깨우침을 소중히 간직했다. 잘난 사부 밑에서 좋은 비급을 가지고 수련을 하는 것보다 이런 깨달음 한 번이 좋을 수도 있기 때문이다.

"절 받으세요."

"내가 너의 절을 왜 받냐?"

"제가 아무리 눈치가 없고 멍청해도……."

"알긴 아네."

빠직.

"그래도 노사님의 은혜는 압니다. 그 가르침 평생 잊지 않겠습니다."

"어허, 나는 가르쳐 준 적이 없다는데 이러는구나. 내가 편하자고 너에게 시킨 거지, 결코 너 잘되라고 그런 것이 아니야."

진현은 이제 헤어지는 마당에 감사의 마음을 담아 절이라도 올리려 하였으나 하후단은 한사코 받으려 하지 않았다.

"도대체 왜 그러세요? 제가 절하고 싶다는데."

"너야말로 왜 그러냐? 나는 받기 싫다는데."

이 정도면 용호상박이요, 난형난제, 그리고 또 뭐 있나. 아무튼 쌍벽을 이루는 두 사람이었다.

"아무튼 절 받으세요."

진현은 말이 끝나기 무섭게 절을 했다.

"허어… 이 녀석도 참……."

싫지만은 않은 듯 하후단은 진현의 절을 받고야 말았다.

"그래… 오냐… 알았다… 그럼 가는 마당에 내가 몇 가지 당부의 말을 하지. 강호에 나가면 항상… 불소심, 물 소심, 날 소심, 녀사 조심, 그리고 제일 중요한 것, 노인에 대한 공경이다. 알겠냐? 요즘 것들은 노인에 대한 공경심이 없어… 엥……."

"……."

"드디어 사천인가……."

진현은 하후단과 헤어진 후로 걷고 또 걸어 드디어 사천에 도착했다. 여기까지 오면서 별의별 짓을 다 당했지만 지면 관계상 그만두도록 하자.

"여기가 중경이란 말이지."

진현은 저 멀리 성곽의 누각(樓閣)에 쓰인 편액에 중경성(重慶城)이라고 쓰여 있는 것을 보았다.

"사천까지는 물어서 오긴 왔는데 아미산(峨嵋山)까지는 어떻게 가지?"

진현은 우선 성안으로 들어가자는 생각에 성문으로 향했다.

"이봐, 이름이 뭐야?"

"진현입니다."

경비 병사의 물음에 진현은 자신의 이름을 밝혔다. 하지만 이곳까지 오면서 한 번도 이런 적이 없었기 때문에 조금 의아해했다.

"신분을 증명할 수 있는 것이 있어?"

"예?"

"신분증 있냐고!"

"예, 여기 있습니다."

이런 일이 많은지 짜증을 부리는 경비병에게 진현은 소천성탑 수련 시절에 사용하던 확인서를 보여주었다. 진현이 주는 확인서를 재빨리 낚아챈 경비병은 종이에 적힌 내용을 읽어보았다.

"아이고… 소협, 제가 눈이 있어도 알아보지 못했습니다그려."

"그게 무슨 소리입니까?"

"저기 탑에서 나오신 소협이 아니십니까?"

"그건 맞는데… 왜요?"

아무리 관(官)과 무림이 서로 간섭을 하지 않는다 하여도 탑(塔)의 위명이 너무도 높았기 때문에, 아니, 탑에 들어가는 수련생들의 배경이 너무도 높기 때문에 지레짐작한 경비병이 호들갑을 떠는 것은 어찌 보면 당연하였다.

"그저 늙은이의 노망이라 여기시고 한 번만 눈감아주십시오. 집에는 늙은 노모와 잔소리밖에 모르는 여편네, 그리고 줄줄이 밥을 달라고 아우성을 치는 아이들이 많습니다. 흑흑."

"예, 알겠어요."

진현은 그의 말에 고소를 금치 못했지만 이럴 땐 그저 수긍하고 넘어가는 것이 좋기 때문에 그저 고개만 끄덕였다.

"그런데 왜 여기만 이렇게 경비가 삼엄한 거죠?"

"예, 그건 다름이 아니오라 사천에 희대의 살인마가 나타났기 때문입니다. 그래서 치안을 강화하라는 명령을 받았습죠."

"오~ 그렇군요. 그런데 어떤 살인마죠?"

"예, 몇 달 전부터 여자 아이들이 없어지기 시작하더니 시체가 되어 나타났습니다. 게다가 강간을 당한 흔적이 있었죠. 몇 달이 지나면 잡힐 줄 알았는데 아직까지 잡히지는 않고 피해자만 속출하고 있습죠."

"그런 일이 있었군요."

진현은 고개를 끄덕이며 대충 여기 사정을 짐작할 수 있었다. 진현은 곧 경비병의 배웅을 받으며 성안으로 들어갔다.

중경은 장강의 하행 지점의 중심이 되는 곳이다. 중경성을 관통하는 장강은 예로부터 수로를 중심으로 교통 교역의 중심으로 만들어주었다. 성안으로 들어서자 장강의 중심에 위치한 반도(半島)에 빽빽이 들어찬 시가지가 장관을 이루고 있었다.

"우와… 마치 여의도와 비슷하구나."

이 시대에 여의도를 아는 사람은 진현밖에 없었다. 진현은 여의도같이 생긴 중경의 시가지를 바라보며 대교를 지나 중경 중심으로 이르는 대로(大路)를 걸었다.

"과연… 듣던 대로 번화가구나."

곳곳에 세워진 객점과 기루의 크기를 통해 중경을 지나가거나 중경을 이용하는 인파의 수를 짐작하게 하였다. 특히 중산일로(中山一路)와 이로(二路), 삼로(三路)가 교차하는 곳에는 성대한 크기의 주루가 많았다.

"호오~ 금강산도 식후경이라고… 밥이라도 먹고 뭐를 하든 해야겠다."

진현은 주루의 정문에 걸쳐져 있는 발을 걷으며 주루 안으로 들어섰다.

"어서 옵쇼."

점소이가 재빨리 진현에게 다가든다. 그리고는 싱글거리는 얼굴로 진현의 뒤를 보면서 일행이 있는지 살폈다.

"혼자 오셨습니까? 그럼 저를 따라오세요."

진현이 뭐라고 할 틈도 없이 이층으로 데리고 갔다. 아래층과는 달리 이층 안은 조용한 가운데 사람들이 식사를 하며 담소를 나누고 있었다.

"여기 앉으세요. 주문은 뭘로… 우리 중경제일루(重慶第一樓)에서는 향압동충(香鴨冬虫)이 제일 유명하고 화과(火鍋:전골) 또한 천하일미(天下一味)입죠. 그리고 소동파가 만들었다는 동파육(東坡肉)은 그야말로 저희 루의 자랑입습죠. 그럼 어느 것으로……."

"그냥 간단한 소면 한 그릇 주세요."

"크윽……."

열나게 떠들었건만 돌아오는 것은 국수 한 그릇이라니… 손해본 장사를 했다고 생각한 점소이는 투덜거리며 내려갔다. 이윽고 간단한 야채 몇 가지와 소면을 가져온 점소이는 진현 앞에 툭 하고 던지듯이 놓았다.

"이런……."

소면 그릇에 담겨 있던 국물이 튀었다. 진현은 급히 자신의 옷자락에 묻은 국물을 닦으며 점소이를 노려보았다. 하지만 자신의 옷에 국물을 묻게 한 만행의 원인 제공자는 사라지고 없었다. 다른 손님을 받기에 바빴던 것이다.

"아이고, 선녀님들… 어서 옵쇼."

진현은 점소이를 노려보다가 점소이가 하는 말을 듣고 이층으로 올라온 다른 손님들을 바라보았다. 네 명의 소녀로 이루어진 정말 점소이 말대로 선녀처럼 아리따운 소저들이었다. 특히 그중 한 명은 그 아름다움이 필설로 표현하기 어려울 정도로 뛰어났다. 사마화련과 견주어도 뒤지지 않을 것 같았다.

그녀들은 점소이의 안내로 자리를 잡고 자리에 앉았으나 진현의 시선은 떨어질 줄을 몰랐다. 일행 중에서 가장 아름다운 소녀에게서……

진현도 아름다운 소녀를 보자 정신을 못 차리는 것인지 계속해서 멍한 눈으로 그녀의 얼굴을 쳐다보고 있었다.

"아! 련 누이도 저렇게 아름다운데… 련 누이가 보고 싶구나."

진현은 그 아름다운 소녀의 얼굴에서 오랜 시간 동안 보지 못했던 사마화련의 얼굴을 보게 된 것이다.

주설란(周雪蘭)은 저 사람처럼 노골적으로 자신을 쳐다보는 사람을 본 적이 없다고 느꼈다. 다른 사람과 달리 침은 흘리지 않았지만 자신의 얼굴을 빤히 쳐다보는 것은 엄청난 실례였다.

그녀가 자신을 노골적으로 바라보는 눈빛에 미간을 찌푸리자 곧 그녀의 사저가 나섰다. 평소 성격이 급하고 저돌적이었던 사저의 성격대로 사매를 괴롭게 만든 이를 찾아가 대판 싸울 기세였다.

"이봐, 당신 뭐야?"

추선혜(秋善慧)는 아직도 하염없이 바라만 보고 있는 진현을 향해 앙칼지게 소리쳤다. 하지만 산속의 메아리인가, 들려오는 것은 주루 안에 울려퍼지는 자신의 목소리뿐이었고 정작 대답을 원했던 진현은 아무 말도 없었다.

"이 자식이 씹네? 야! 너 죽을래, 엉?"

진현은 계속해서 떠오르는 사마화련과의 추억 속에서 헤매다가 북궁진성이 있었으면 수양딸을 삼을 만큼 쩌렁쩌렁 울리는 목소리가 들려오는 것을 알았다.

"련 누이… 보고 싶어… 아! 예?"

"이 자식이… 끝까지 해보겠다 이 말이지, 엉?"

"누구세요?"

진현으로서는 당연한 물음이었다. 그러나 이 당연했던 물음이 타오르는 불 속에 기름을 부었나 보다.

"이… 씨… 너 죽었어."

"허걱."

진현은 아름다운 아가씨의 입에서 상소리가 나오자 경악했다.

"너같이 추잡한 놈은 맞아야 해. 죽어랏!"

이만하면 정말 여자치고 개차반이다. 어떻게 저런 얼굴에 이런 성격이 나올 수 있는지… 정말로 하늘은 공평했다.

"허어, 모용혜와 같은 성격의 소유자가 이 하늘 아래 또 있었다니……."

진현은 정말로 하늘의 실수라고 여겼다. 모용혜 하나만으로도 세상의 모든 남자들이 벌벌 떨거늘, 또 하나의 모용혜를 낳으시다니…….

"뭐? 모용혜? 네가 어떻게 혜아를 알고 있지?"

역시 그럴 줄 알았다. 유유상종(類類相從)이라는 말이 괜히 나온 말이 아니었다.

"그녀와 난 동문수학(同門修學)을 한 처지라……."

"그럼 네가 소천성탑 출신이라 이 말이냐?"

"예, 그렇긴 한데……."

"소천성탑을 나온 놈이 이런 짓을 한다는 말이냐?"

"도대체 무슨 짓을 했다고 그러십니까? 그리고 아까부터 자꾸 반말을 하시는데……."

"허어, 니가 한 짓을 니가 모른다? 그렇다면 가르쳐 주지. 너 아까부터 나의 사매의 얼굴을 계속해서 쳐다보지 않았느냐. 어디 너 따위가 우리 사매의 얼굴을… 흥!"

기가 막힌지 연신 콧방귀를 뀌는 그녀였다. 진현은 그제야 사정을 알고는 오해를 풀어주려 하였다.

"이것 보세요. 저는요, 댁의 사매 얼굴을 쳐다본 것이 아니라 어떤 사람의 생각을 한 것이에요."

"변명까지… 정말로 여러 가지 하는구나."

"이게 끝까지 반말을 하네. 야! 아니라면 아닌 것이지, 왜 그렇게 따져?"

진현은 끝내 폭발하고야 말았다. 도저히 말로 해서는 통하지 않는 여자였기 때문이다. 그리고 그깟 여인네 얼굴을 좀 쳐다봤기로서니 이토록 사람을 무시하는 것이 어디 있나.

"따져? 따져? 너 지금 반말했냐?"

"그래, 했다. 네가 하는데 나라고 못할 것 같냐?"

진현과 추선혜… 과연 어떻게 될 것인가… 노려보는 눈길 속에 오고가는 욕 한마디… 어디선가 들어봄 직한 격언의 내용을 충실히 따르고 있던 두 사람간의 불화는 때마침 들려오는 아름다운 목소리에 중지될 수밖에 없었다.

"사저, 그만 하세요. 그리고 공자님도 그만 하시고요."

"아니, 사매… 이런 놈을……."

"이년이 끝까지 놈이라 하네."

한마디도 지지 않는 진현이었다. 주설란은 두 사람의 행동에 머리가 아파옴을 느끼고는 그녀답지 않게 큰 소리를 질렀다.

"그만 해요!"

정다운 눈길로 서로를 마주 보던 진현과 추선혜는 갑자기 옆에서 주설란이 소리를 지르자 동시에 그녀의 얼굴을 쳐다보았다.

"제발 좀 그만 해요. 어린아이도 아니고… 대체 이게 뭐예요?"

"알았어."

"알겠습니다."

진현과 추선혜는 똑같이 주설란의 서슬 퍼런 잔소리에 고개를 숙였다.

"우선 자리에 앉죠."

주설란의 제의에 둘 다 자리에 앉았다.

"이름부터 밝히죠. 저는 주설란이라 해요. 그리고 이쪽은 저의 사저(師姐)인 추선혜라 하고요."

그녀의 말에 진현보다 주위에 있던 사람들이 더 놀랐다.

"아니, 화성(花聖)이다."

"그럼 그렇지. 화성이 아니고서야 저토록 아름다울 리가 없지, 암."

"와!"

화성(花聖) 주설란(周雪蘭).

정확한 별호는 구중화성(九重花聖)이다. 사마화련과 함께 무림사화(武林四花)에 속하는 주설란의 출신지는 정확히 어디인지 알 수 없으나 아미파(峨嵋派)의 청목신니(淸穆神尼)의 수발을 전수받았다고 전해지는 후기지수 중에서도 극강(極剛)의 고수로 알려져 있다.

웅성웅성.

아직도 주설란의 외모와 이름으로 주위가 시끄러웠지만 진현은 오히려 추선혜의 이름에 놀랐다.

'뭐라고? 추선혜? 착하고 슬기로워… 이 세상에 착한 사람 다 죽었나 보다. 니가 착하게……'

하지만 입 밖으로 토하지는 못했다.

"저는 진현이라 합니다."

이름을 밝히자 여느 사람들처럼 주설란과 추선혜도 머리를 굴리며 진현의 출신을 생각해 보는 모습을 보였다. 그래서 이번에는 진현이 먼저 선수를 쳤다.

"아, 들어보지 못하셨을 겁니다. 운남(雲南)의 운무관(雲武館)에서 사사받았습니다."

"아, 그렇군요."

삼류문파의 비애를 다년간의 강호 생활을 통해 잘 알고 있던 주설란 은 진현에게 뭐라 내색하지 않았다.

"흥! 그럼 그렇지."

진현의 조그만 꼬투리라도 잡고 싶은 추선혜였기에 삐딱하게 나가 는 것은 당연하다 싶었다.

"그럼 소협은 운남에서 여기까지 무슨 일로……."

"예, 아미산(峨嵋山)에 갈 일이 있습니다."

일단 화나면 누구보다 무섭지만 그렇지 않을 때는 자상한 누나 같은 주설란의 모습에 진현은 미소를 지으며 대답했다.

"어머… 잘됐네요. 우리도 마침 아미산으로 가야 했어요."

"예? 그… 그런가요?"

진현은 기회다 싶었다. 그렇지 않아도 아미산으로 가는 길을 몰라 헤매고 다녀야 할 뻔했는데 자신의 눈앞에 길잡이를 할 사람이 나타났 기 때문이다.

"그런데 아미산에는 무슨 일로 가려고 하시죠?"

"그냥… 좀… 찾을 것이… 있어서……."

진현은 자신의 목적을 말하지 못하고 대충 얼버무렸다. 이에 속사정 이 있겠지 하고 생각한 주설란 역시 더 이상 물어보지 않았다.

"그럼, 저희랑 같이 가시지요. 우리는 아미파 사람들이라 지금 복귀하던 참이거든요."

"그래도 되겠습니까?"

말하기 무섭게 뒤따르는 반발이 있었다.

"사매, 그 무슨 말도 안 되는 소리야? 저런 놈 하고 동행을 하자니… 저 녀석이 무슨 짓을 할지 모르잖아."

뿌득.

드디어 진현의 이성을 간신히 이어오던 끈이 끊어지고 말았다.

"우워어."

괴성 뒤에 이어진 마치 언무청을 방불케 하는 진현의 난동은 주설란과 추선혜, 그리고 나머지 두 명의 사매까지 힘을 합쳐서야 간신히 잠재울 수 있었다.

〈1권 끝〉

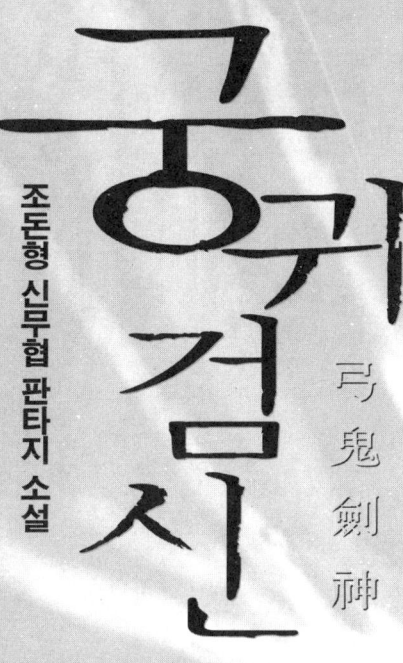

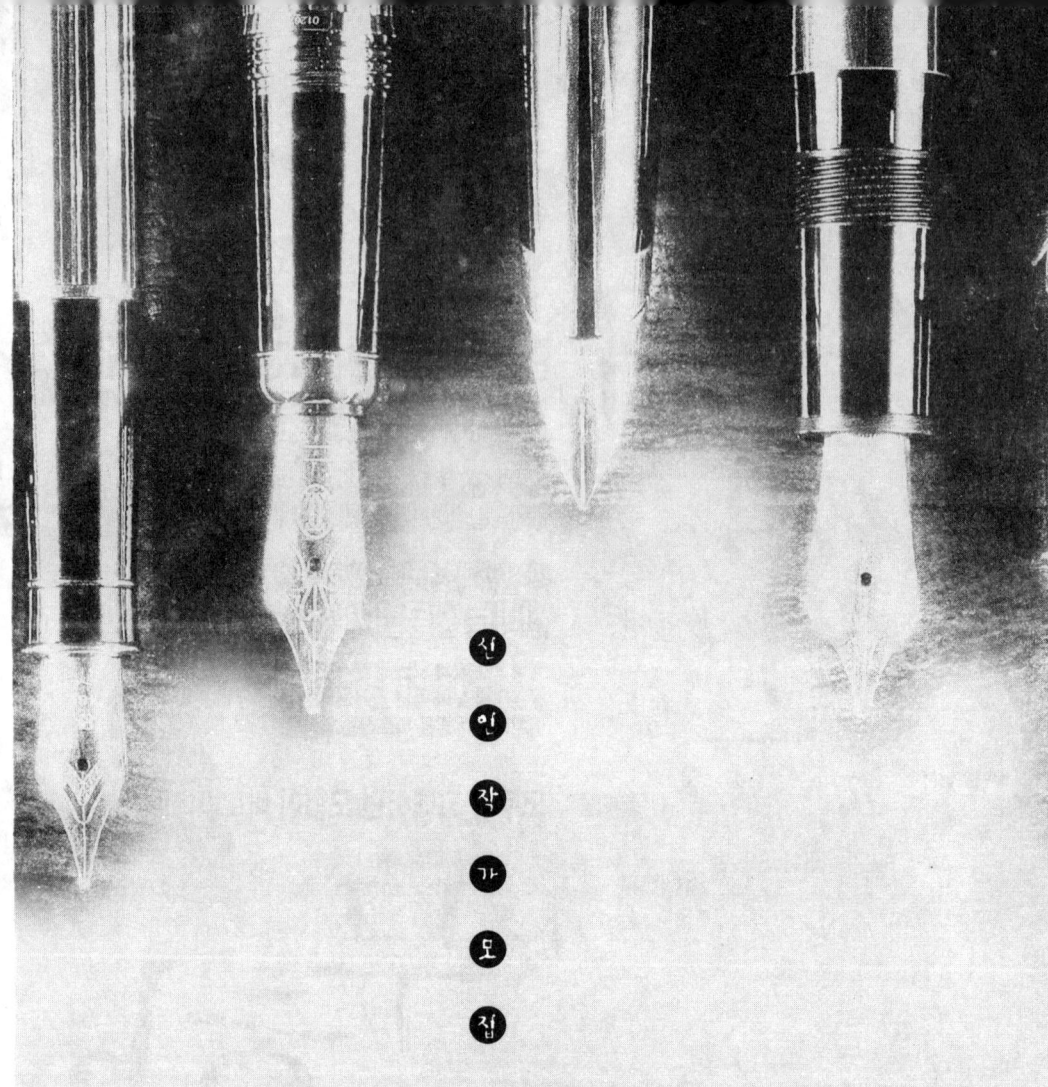

신

인

작

가

모

집

**시작이 반이라고 했습니다.
작가의 길에 대한 보이지 않는 벽을 과감히 깨뜨리십시오!
청어람은 작가 지망생 여러분들의
멋진 방향타가 되어드리겠습니다.**

저희 도서출판 청어람에서는
소설 신인 작가분들을 모집합니다.
판타지와 무협을 사랑하시는 분들의 많은 참여를 바랍니다.
소정의 원고(A4용지 150매)를 메일이나 우편으로 보내주시면
검토 후 출판 여부를 알려드리겠습니다.

주소:경기도 부천시 원미구 심곡1동 350-1 남성B/D 3F 우편번호420-011
TEL:032-656-4452 · **FAX**:032-656-4453
http://www.chungeoram.com
e-mail:chungeoram@chungeoram.com